CW01510550

ŚLEPE
SZCZĘŚCIE

JOANNA CHMIELEWSKA

ŚLEPE SZCZĘŚCIE

KOBRA

WARSZAWA 2004

Redaktor wydania: **Anna Pawłowicz**
Projekt okładki: **Włodzimierz Kukliński**
Typografia: **Piotr Sztandar-Sztanderski**

© Copyright for text by **Joanna Chmielewska**,
Warszawa 2004
© Copyright for cover by **Włodzimierz Kukliński**,
Warszawa 2004
© Copyright for the Polish edition by **Kobra Media Sp. z o.o.**,
Warszawa 2004

ISBN 83-88791-48-6

Wydawca:
Kobra Media Sp. z o.o.
UP Warszawa 48, al. Niepodległości 121
02-588 Warszawa, skr. poczt. 13
www.chmielewska.pl

Dystrybucja:
L&L Sp. z o.o. 80-445 Gdańsk, ul. Kościuszki 38/3
tel. (58) 520 35 57/58, fax (58) 344 13 38
(również sprzedaż wysyłkowa)

Druk i oprawa:
Łódzka Drukarnia Dziełowa SA

I. RZECZKA SKARBÓW

Wieść, całkowicie nieoczekiwana i brzemienna w skutki, została przyniesiona przez trzynastoletniego młodzieńca o odstających uszach i obliczu wdzięcznie usianym piegami. Niekoniecznie może podobny wysłańcom bogów, prawie dorównał im szybkością. Obarczony nowiną Januszek pędził do domu, chcąc czym prędzej podzielić się ciężarem swojej wiedzy ze starszą siostrą, Tereską, a ewentualnie także z jej przyjaciółką, Okrętką. Sytuacja była wyjątkowa, wieści sam wykorzystać nie mógł i te dwie dziewczyny, bardzo stare, starsze od niego o całe cztery lata, traktowane na ogół dość obojętnie, teraz stanowiły jedyną nadzieję.

Tereska i Okrętka siedziały właśnie w ogródku za domem, ukończywszy przed chwilą podlewanie, poprzedzone usuwaniem zielska. Odpoczywały. Całodzienny upał zelżał nieco, słońce zniżało się ku zachodowi, zwilżone wodą rośliny odzyskały odrobinę świeżości i zaczynały wydzielać z siebie coś w rodzaju miłego, wonnego chłodu. Można było trochę odetchnąć.

6   Skracający sobie drogę Januszek pośpiesznie przelazł przez ogrodzenie i pojawił się znienacka wśród krzaków porzeczek.

— Hej, słuchajcie! — wołał już z daleka, z wielkim przejęciem i tajemniczo. — Coś wam powiem! Dowiedziałem się czegoś! Mówię wam, galaktyczna bomba!

Tereska i Okrętka spojrzały na niego bez żadnego zainteresowania. Nie zdążyły jeszcze odżyć po upale i wysiłkach. Zaledwie przed kilkoma minutami wypuściły z rąk narzędzia ogrodnicze i osunęły się bez sił, jedna na stołeczek pod drzewem, a druga na niski pieniek, zamierzały wreszcie trochę odpocząć i warstwa przyjemnego odrętwienia odgradzała je od wszelkich sensacji.

Januszek wyplątał się z krzaków.

— Słuchajcie, jeden mój kumpel mówi, że w jednej takiej rzeczce, niedaleko, słuchajcie, mówi, że są raki!

Dwie pary oczu patrzyły na niego obojętnie i bezmyślnie.

— No to co? — spytała po chwili Tereska apatycznie.

— Jak to co? Raki są, mówię przecież! Prawdziwe raki! Mój kumpel mówi, że można ich nałowić!

Przyjaciółki nadal patrzyły na niego bez emocji, w milczeniu, najwyraźniej nie doceniając wagi informacji. Januszek się zdenerwował.

— No co tak siedzicie jak zmurszałe pnie! Głuche jesteście? Mówię wam, że są raki! Mój kumpel widział na własne oczy! Można ich nałowić! Jeszcze jak żyję nie łowiłem raków! Co wy na to? Ta rzeczka jest dosyć blisko... No, co wy na to? Raki podobno można jadać, nałapiemy i zjemy! No? Co wy na to...?

Do Tereski treść komunikatu zaczęła z wolna docierać. Raki... Stwory nieomal egzotyczne... Z rybami miała do czynienia, ostatnio nawet dość dużo, z rakami nigdy. Rzeczywiście, a gdyby tak pojechać na raki...?

— Gdzie ta rzeczka? — spytała z odrobiną ożywienia.

Januszek pojął od razu, że ziarno zapału pada na żyzny grunt. Sapnął triumfująco, usunął ze ścieżki przewróconą konewkę i podnóżek leżaka i usadowił się na zwiniętym szlauchu.

— Za Lublinem. W lesie. Będzie ze sto pięćdziesiąt kilometrów, nic takiego. Wiem jak tam jechać, bo on mi narysował drogę.

— Kto?

— Co kto?

— Kto ci narysował drogę?

— No jak to kto, ten mój kumpel!

— A on co? Nie chce jechać?

— Chce, ale nie może, bo go wloką do Gdańska. Rodzina. Myślałem, że znajdę paru innych kumpli, ale jeszcze nikogo nie ma, nie wrócili z wakacji. Tylko wy mi zostajecie. No? Co wy na to?...

Nieobecność kumpli Januszka od razu wzmogła zainteresowanie Tereski proponowaną wyprawą. Wyjazd w towarzystwie bandy nieznośnych smarkaczy byłby w ogóle nie do strawienia, w tej sytuacji jednakże owe niezwykłe łowy mogły mieć pewien urok. Ona też nigdy w życiu nie łapała i nie jadła raków, nigdy w życiu nie widziała nawet z bliska żywego raka...

— No? — powtórzył Januszek niecierpliwie.

— Jedziemy?

Tereska nie namyślała się już ani chwili.

— No pewnie, że jedziemy. Możemy zaraz jutro. Okrętka, co ty na to?

Wsparta plecami o pień jabłoni Okrętka wydała z siebie ciężkie westchnienie. Zajęta była właśnie porządkowaniem własnych skomplikowanych uczuć, z których jedna część kłóciła się z drugą. Z jednej strony napawała się błogim przeświadczeniem, że po wszystkich wakacyjnych przeżyciach i wstrząsach te ostatnie dni lata upłyną łagodnie, bez emocji i okropnych niespodzianek. Aż do rozpoczęcia roku szkolnego będzie miała święty, anielski, upragniony spokój. Z drugiej jednakże, po siedmiu tygodniach włóczęgi na Jeziorach Mazurskich, po tej wodzie, lasach, świeżości i przestrzeni, miasto wydawało się beznadziejnie obrzydliwe i duszne, ulice w ogóle nie do zniesienia, plaże i baseny wstrętne i nawet ten ogródek Tereski robił wrażenie przykurzonego, ciasnego i ograniczonego. W głębi duszy tęskniła do tamtego czystego, rozległego pleneru. Propozycja Januszka przestraszyła ją, zarazem zwiększając tęsknotę. Zawahała się.

— Bo ja wiem... — powiedziała niepewnie.

— Co to znaczy, bo ja wiem! — oburzył się Januszek. — Raki to jest rzadka rzecz! Jedyna okazja!

— No właśnie! — poparła go Tereska. — On ma rację. Jadłaś kiedy raki?

Okrętka pokręciła głową.

— Nie jadłam, ale... Ale myślałam, że już do końca wakacji będzie spokój...

— No pewnie, że będzie, czy tu ktoś mówi, że nie będzie spokoju? — zdziwiła się Tereska. — Mamy te raki łowić nerwowo, czy co? A to jest rzeczywiście jedyna okazja, żeby tego spróbować, możliwe, że ostatnia. Raków jest coraz mniej, przypominam

ci, że one żyją tylko w czystej wodzie. Jeszcze trochę
i na raki będziesz musiała jechać do Kanady albo do tajgi ussuryjskiej...

Całkowicie pomijając wątpliwości, czy istotnie w tajdze ussuryjskiej może panować urodzaj na raki, na samą myśl o wyprawie w wymienione przez Tereskę rejony, Okrętka poczuła dreszcz paniki. Nieuchronność podróży do tajgi ussuryjskiej, względnie w dziewicze puszcze Kanady w celu łowienia raków od razu przygniotła ją nieznośnym ciężarem. Z dwojga złego wolała już okolice Lublina, spróbowała jednak jeszcze się bronić.

— A czy ja muszę jadać raki? — spytała tonem rozpaczliwego protestu.

— Oczywiście, że musisz! — wykrzyknęła Tereska. — Przynajmniej raz!

— No pewnie! — przyświadczył gorąco Januszek.

— Kto to widział, nigdy w życiu nie zjeść raka! I nie złapać! Takie życie jest w ogóle zmarnowane!

Okrętka chciała zaprzeczyć tej ocenie sposobów marnowania życia, ale nagle tknęła ją nowa myśl.

— Czy one są podobne do węgorzy? — spytała z nikłym ożywieniem.

— Z wyglądu? — zdziwił się podejrzliwie Januszek.

— Nie, w smaku...

Januszek już otworzył usta, żeby udzielić wyczerpującej odpowiedzi, ale Tereska uciszyła go stanowczym gestem. Namiętność Okrętki do węgorzy, wędzonych i smażonych, przekraczała wszelkie granice i Tereska znała ją doskonale. Oczywiście, że jedyne, co mogło skłonić jej przyjaciółkę do wyprawy na raki, to nadzieja na smak węgorzy. Tereska nie miała zielonego pojęcia, jak smakują raki, ale to było bez znaczenia.

— Bardzo podobne — oświadczyła z przekonaniem. — Prawie zupełnie takie same.

Zaskoczony Januszek z otwartymi ustami spojrzał na siostrę, nie pojmując przyczyn tego dziwnego stwierdzenia. Według jego wiadomości raki z węgorzami nie miały nic wspólnego. Uznał, że coś w tym musi być i na wszelki wypadek przyświadczył. Tak jest, węgorze i raki to prawie jedno i to samo, z całą pewnością, wszyscy kumple mówili...

Okrętka poczuła w sobie wyraźniejszy cień ożywienia, a pragnienie świętego spokoju zdecydowanie przywiędło.

— No dobrze — zgodziła się. — Ale to jest podobno bardzo skomplikowane. Potrzeba mnóstwa rzeczy... I w ogóle czym pojedziemy?

— Autobusem oczywiście...

— Od autobusu to jest kawałek — przerwał mężnie Januszek. — Najmarniej trzy kilometry.

Teresce pomysł już się zaczął podobać i głupie drobiazgi nie miały na nią wpływu.

— No i co z tego? Nie przejdziesz trzech kilometrów? Wyjedziemy jutro w południe i będziemy na miejscu akurat przed wieczorem. Raki się łapie w nocy.

Okrętka niespokojnie pokręciła głową, odczepiła włosy od pnia jabłoni i wyprostowała się na stołku.

— Ale chyba musimy mieć wiaderko. Coś słyszałam, że raki łapie się do wiaderka. One muszą mieć wodę...

— Nie wiaderko, tylko worek — poprawił Januszek. — Raki łapie się do worka.

— Nic nam nie przeszkadza zabrać jedno i drugie — zadecydowała energicznie Tereska. — Nie ma zakazu wożenia wiaderek autobusami. Trzeba zapy-

tać babcię, co wie o rakach, jak to się wozi i tak
dalej, bo może trzeba je mordować na miejscu...?

— Ja nie morduję! — krzyknęła Okrętka nieco histerycznie.

— Jakby co, to ja mogę — zaofiarował się Januszek.

— A może trzeba je trzymać w wodzie — ciągnęła Tereska — jak ryby na przykład. Albo w soli. Babcia miała do czynienia z rakami i powinna takie rzeczy wiedzieć. Wiem na pewno, że trzeba mieć latarki albo pochodnie. Poza tym weźmiemy namiot, bo może zostaniemy tam dwa albo trzy dni, możemy nie znaleźć od razu właściwego miejsca. Jeżeli jedziemy na raki, ja bez raków nie wracam!

— Fajnie! — ucieszył się Januszek. — Jak nie będzie raków, zostaniesz tam na zawsze i ja zajmę twój pokój. Ale mój kumpel mówi, że to się łapie na żaby. Na haczyk. Warto by wziąć wędki...

— Jakie żaby, coś ty!? To się łapie ręką!

— Ale co wy mówicie, jaką ręką, podobno to się łowi siatką...

— Ale żaby muszą być na wabia!...

Nagle okazało się, że w kwestii połowu raków wszyscy mają mnóstwo wiadomości. Fakt, że wiadomości te były sprzeczne ze sobą, nie przeszkadzał w najmniejszym stopniu. Nie ulegało wątpliwości, że raki żyją w wodzie i że łowi się je nocą, i w zasadzie ta pewność wystarczała.

Narada z babcią uzupełniła wiedzę. Wprawdzie w pierwszej chwili jako artykuł podstawowy i niezbędny babcia wymieniła koper, szybko jednak okazało się, iż koper dotyczy drugiej fazy kontaktu z rakami, a mianowicie gotowania. W fazie pierwszej, połowu, można go pominąć. W kwestii metod łowienia babcia nie miała żadnego zdania, co do transportu natomiast wypowiedziała się bardzo stanowczo. Wyszło na jaw, że raki muszą przyjechać w wiaderku z wodą, żywe, inaczej bowiem zaśmierdną się i będą nie do użytku. W wodzie powinno znajdować się jakieś zielsko, najlepiej pokrzywy. Łapie się tylko duże, długości co najmniej dwudziestu centymetrów i musi ich być kilka tuzinów, bo inaczej w ogóle nie ma o czym mówić. Przyrządzić je babcia potrafi. Dwie kuchnie zostały zubożone o dwa wiaderka na śmieci, plastykowe, z przykrywami. Ojciec Tereski bez oporu pożyczył dwie wędki i mnóstwo haczyków. Namiot był w porządku, materace również, cały biwakowy sprzęt, używany tak niedawno, znajdował się pod ręką. Do towarzystwa przyłączył się Zygmunt, starszy brat Okrętki, który, dowiedziawszy się o planowanej wyprawie, natychmiast z wielkim zapałem zgłosił chęć uczestnictwa. On również nigdy w życiu nie łowił raków.

— Niech jedzie, co? — powiedziała zachęcająco Okrętka do Tereski. — Będzie nosił te ciężkie rzeczy i w ogóle może się przydać. Ma drugi namiot. I ma taką siatkę, mówi, że odpowiednia, chociaż nie wiem, jak ją weźmiemy, bo jest na drągu.

— Mnie raczej ciekawi, jak będziemy wracać z połowem — odparła Tereska trochę niespokojnie.

— Tam to nic, ale z powrotem w tych wiaderkach powinna być woda...

— Teraz się o to martwisz? Żeby zauroczyć?

— Rzeczywiście, masz rację. Później się pomartwimy, a na wszelki wypadek nie zapomnijmy o przykrywkach. Przynajmniej nie będzie chlapało.

— Widzę, że masz wielkie nadzieje. Osobiście byłabym pewniejsza, gdyby ktoś z nas już kiedyś to łapał. Szkoda, że nie ma...

— Czego? — spytała niecierpliwie Tereska, bo Okrętka urwała zdanie, najwyraźniej nie zamierzając go kończyć.

— Nie czego, tylko kogo — odparła Okrętka sucho i znów zamilkła, całą uwagę poświęcając starannemu wycieraniu umytego wiaderka.

Tereska nie musiała już dalej pytać. Bez najmniejszego wahania odgadła, jaką to ludzką jednostkę jej przyjaciółka może mieć na myśli. Gdzieś, w środku, odczuła delikatne piknięcie, które sprawiło, że cicha błogość zalała jej duszę. Istniał ktoś taki... Ktoś taki, w kim, oczywiście, wcale nie była zakochana, broń Boże, ani też, tym bardziej, on w niej, cóż znowu, nic z tych rzeczy... Ale jednak ktoś taki istniał...

— Nie wiem po co — powiedziała po chwili milczenia. — Wcale nie szkoda. Jestem pewna, że on doskonale umie łowić raki, sama mówiłaś, że jest za dobry i jak już umie, to umie. Wszystko byłoby proste i łatwe i nic by nas niezwykłego nie spotkało...

— No wiesz...! — wykrzyknęła ze śmiertelnym oburzeniem Okrętka, na moment aż nieruchomiejąc. — Mało ci było...?! Przecież właśnie o to mi chodzi! Jeszcze ci nie dosyć tych niezwykłości przez całe wakacje?! Chociaż jeden raz mogłoby się obyć, na rakach mi zależy, a nie na niezwykłościach i jeżeli sobie wyobrażasz, że znów dam się wpędzić w coś takiego...!

— Dobrze już, dobrze — powiedziała Tereska pośpiesznie i ugodowo. — Nie wiem, jakie niezwykłości chcesz znaleźć nad zwyczajną rzeczką z rakami...

— Żadnych nie chcę! To ty chcesz!

— Ja też nie chcę, wystarczą mi raki. Zostaw to naczynie, przetrzesz je na wylot. Raki same w sobie są dostateczną niezwykłością i niczego więcej możesz się nie spodziewać. Już dobrze, niech ci będzie, szkoda, że go nie ma...

Okrętka odstawiła wiaderko, zdjęła z suszarki pokrywę i mechanicznie zaczęła ją wycierać, zatroskanym wzrokiem patrząc gdzieś w dal.

— Zmieniłam zdanie — oznajmiła nagle z lekkim rozgoryczeniem. — Nie szkoda. Lepiej, żeby go nie było. Spotykasz go zawsze wtedy, kiedy dzieje się coś dziwnego, nie daj Boże znów jakiegoś okropieństwa. Niby nic, same raki i rzeczka, a diabli wiedzą, co się może okazać. Nie wiem, skąd się to bierze, ale do tych koszmarnych dziwolągów mamy ślepe szczęście...

☆ ☆ ☆

Cztery młode, zgrzane i ciężko zasapane osoby zboczyły z polnej drogi i zatrzymały się w cieniu pod lasem około godziny piątej po południu. Upał trwał. Na skraju lasu było prawie równie gorąco jak wśród szczerych pól, najmniejszy powiew nie poruszał powietrza. Tereska usiadła na pieńku, wachlując się chustką na głowę, Okrętka przyklękła na mchu, usiłując zebrać na ciemieniu wszystkie włosy, które opadały jej ciągle na szyję i potwornie grzały. Zygmunt zrzucił z ramion plecak, popatrzył na siostrę i pozazdrościł jej możliwości. Miał włosy zbyt krótkie, żeby dało się zebrać je w kok, za to dostatecznie długie, żeby ogrzewały uszy. Pomyślał, że chyba jednak niepotrzebnie czekał ze strzyżeniem do końca wakacji...

— Z tego wszystkiego jedyne, co się zgadza, to fakt, że doszliśmy do lasu — rzekł zjadliwie. — Mała sztuka, do jakiegoś lasu zawsze się dojdzie. Za jaki miesiąc dojdziemy może i do wody.

— W lesie można przenocować — wymamrotała niepewnie Okrętka.

— Pokaż tę mapkę! — zażądała gniewnie Tereska, podnosząc się z pieńka. — Albo ten twój kumpel jest niedorozwinięty, albo ty. Nie było żadnych wielkich stogów siana ani żadnego żółtego pola. Diabli wiedzą, gdzie jesteśmy!

— Ale szosa się zgadza i słup telegraficzny był! — zaprotestował Januszek. Oparł swoje brzemię o pień drzewa i wygrzebał z kieszeni pogniecioną kartkę papieru, którą Tereska od razu wydarła mu z ręki. — Skręciliśmy gdzie trzeba i jesteśmy w odpowiedniej okolicy, ja wam to mówię!

— Słupów telegraficznych było dosyć dużo — wytknął zgryźliwie Zygmunt. — I wszystkie podobne do siebie...

Czarowna podróż dwoma zatłoczonymi autobusami, a potem na piechotę, kamienistą, zakurzoną drogą wśród pól wywarła wyraźny wpływ na nastroje i przygasiła nieco pierwotny zapał. Potępienie kretyńskiego pomysłu wyprawy na raki zaczynało już delikatnie kiełkować. Jedyną pociechę stanowił zabrany przez Januszka składany rower, który służył teraz jako środek transportu. Jechać na nim, oczywiście, było niemożliwe, załadowany i obwieszony bagażami do ostatnich granic wytrzymałości pozwalał się tylko prowadzić. Drąg od starej siatki Zygmunta, sprawiający szalone trudności w autobusie, teraz okazał się wprost bezcenny, zastępował bowiem ramę. Myśl, że bez roweru trzeba by to wszystko nieść na plecach, łagodziła nieco stosunek do Januszka.

— Zdaje się, że za drugim razem skręciliśmy obok niewłaściwego słupa — powiedziała ponuro Tereska, studiując pogniecioną kartkę. — Siano zwieźli do stodoły, a to żółte przekwitło i zmieniło kolor...

— Tak od razu przekwitło? — przerwał niedowierzająco Januszek. — Trzy tygodnie temu było żółte. Ty, weź to...

Podtrzymał osuwający się rower, przekazał go Zygmuntowi i razem z Tereską jął oglądać kartkę.

— Może skosili? — powiedziała Okrętka i również podniosła się z mchu. — Mam wrażenie, że po drodze było coś skoszonego.

— Nawet taka większa ilość — przyświadczyła sarkastycznie Tereska. — Jest po żniwach. Według tego, co tu widzę, zalecieliśmy za daleko. Rzeczka płynie bliżej, powinniśmy się przedrzeć przez ten las na lewo. Do drugiej drogi.

Zygmunt oddał kierownicę roweru Okrętce i również obejrzał kartkę.

— Właściwie nie jest źle — zawyrokował po namyśle. — One się do siebie zbliżają, te drogi, możliwe nawet, że idziemy na skróty...

— Ten cały kawał drogi to na skróty...?!

— Nie, teraz na skróty. Te raki, to gdzie, na początku lasu czy w głębi?

— Na początku — rzekł pośpiesznie Januszek.

— Ledwo kawałek w las. To miejsce to ja poznam, bo tam jest mostek i pagórek. I droga skręca, ma być brukowana, a z drugiej strony takie bagienko...

— Tutaj odchodzi droga przez las — zauważyła Okrętka, obserwująca nie kartkę, lecz naturę. — Moim zdaniem dobra dla nas, ma odpowiedni kierunek, chociaż nie wiem co dalej. Może spróbować?

Po krótkiej naradzie zadecydowano, że Januszek wsiądzie na rower i spenetruje kierunki dróg, reszta wyprawy zaś, razem z bagażem, poczeka na skraju

lasu. Januszek ma obowiązek nie zabłądzić, znaleźć
rzeczkę i dobre miejsce na biwak. Raki zostawić
w spokoju, poszukiwanie raków można, ostatecznie, odłożyć do jutra.

W kwadrans później trochę niespokojny, a trochę
dumny z zadania Januszek wyjechał z lasu na sąsied-
nią drogę i zatrzymał się, nieco zaskoczony. Tuż za
nim, blisko drogi, zostało bagienko, obok którego
szła wąska, czarna ścieżka. Przed sobą widział bru-
kowaną kamieniami, nierówną szosę, pełną dziur
i wądołów, wznoszącą się nieco i okrążającą niewielki pagórek. Przed pagórkiem widniał mostek, pod
nim zaś wesoło pluskała rzeczka, niknąca gdzieś dalej w lesie. Nie wierząc własnym oczom Januszek
sięgnął po pognieciozną kartkę, obejrzał ją, porównał
z plenerem dookoła i poczuł potężne wzruszenie,
połączone z jeszcze potężniejszym zdumieniem.
Wyjechał dokładnie na miejsce, opisane przez kumpla!

Nie zawrócił od razu. Wsparty o kierownicę roweru napawał się przez chwilę błogością i triumfem, wyobrażając sobie zaskoczenie i podziw tamtych trojga, których tak bezbłędnie doprowadził do
celu. Odszczekają teraz wszystko, co na niego wy-
gadywali! Żeby jeszcze te raki nie zawiodły...

Przeprowadził rower przez rów, oparł go o pień
drzewa i popędził ku rzeczce. Płynęła leniwie, dość
płytka i czysta, widać było piaszczyste dno i trochę
czegoś czarnego przy brzegach. Krzewy i drzewa rosły tuż nad nią, to gęściej, to rzadziej, tworząc tra-
wiaste polanki. Przeciwległy brzeg był wyższy, moc-
niej zarośnięty i niedostępny. Pochylony Januszek
wpatrywał się pilnie w wodę z nadzieją dostrzeżenia
chociaż jednego małego skorupiaczka, nic jednakże

nie wskazywało na ich obecność. Nieco rozczarowany, pocieszył się przypomnieniem, że rakom z jakichś powodów potrzebna jest noc, w dzień zatem mają prawo być niewidoczne. Zaniechał wypatrywania, porzucił rzeczkę, przebiegł przez mostek i zanurzył się w las po drugiej stronie, idąc ścieżką wzdłuż strumienia, u podnóża pagórka.

Teren był dość zarośnięty. Panująca wokół najdoskonalsza cisza sprawiła, że Januszek przestał przedzierać się przez kępy zielska z głośnym szelestem, zaczął omijać zarośla i poruszać się bezgłośnie. Okrążająca pagórek ścieżka oddaliła się nieco od rzeczki, Januszek zwolnił, wydało mu się, że słyszy jakiś dźwięk. Zatrzymał się, przestał oddychać i nadsłuchiwał, bez żadnych złych przeczuć, zwyczajnie zaciekawiony, bo mogło tam być jakieś interesujące zwierzę...

Dźwięk istniał, tak nikły, że właściwie ledwo dosłyszalny i nie do rozpoznania. Gdyby to było zwierzę, należało go nie spłoszyć. Z największą ostrożnością Januszek uczynił jeszcze kilkanaście kroków, wciąż usiłując nie oddychać, razem ze ścieżką zbliżył się do drugiej strony pagórka...

Dźwięk rozległ się nieco wyraźniej. Jakby brzęknięcie i szuranie. I znów szuranie, i brzęknięcie. I głosy. Niewątpliwie ludzkie.

Na wszelki wypadek, bez żadnej racjonalnej przyczyny, Januszek przykucnął, a potem przykląkł. Na czworakach przeczołgał się kawałek dalej, delikatnie usuwając sprzed twarzy różne łodygi i gałązki. Głosy i szurnięcia rozległy się bliżej. Januszek znów się poczołgał, okrążył już pół pagórka i znalazł się prawie po jego drugiej stronie. Ostrożnie rozchylił zielska i wyjrzał.

Znajdowało się tam dwóch ludzi. Byli bardzo zajęci, śpieszyli się, rzucali sobie półgłosem krótkie zdania i pojedyncze słowa. Januszek obejrzał ich dokładnie, usłyszał, co mówili, przez długą chwilę jeszcze nie mógł zrozumieć, co widzi i słyszy, aż nagle do niego dotarło...

Zdrętwiał tak, że nie był w stanie cofnąć wystającej z krzaków głowy, a serce zaczęło mu walić z nieprzyjemną gwałtownością. To, co ujrzał i usłyszał, było całkowicie jednoznaczne i wykluczało jakiekolwiek wątpliwości. Tkwiąc w zaroślach na czworakach, zesztywniały doszczętnie, gorączkowo myślał, co właściwie powinien teraz zrobić. Nie zdradzić się, że tu jest, to przede wszystkim...

Z wysiłkiem przezwyciężył ten jakiś okropny, skamieniały bezruch, powolutku cofnął głowę i przypadł do ziemi tak, że dla tamtych nie mógł już być widoczny. Nie zauważyli go, dalej robili swoje. Januszek obserwował ich ruchy poprzez łodygi i liście, gwałtownie usiłując zmusić do pracy tę część swojego umysłu, która nie uległa ogłupiającej panice. Co teraz? Coś trzeba zrobić, ale co? Wrócić i powiedzieć wszystko tamtym trojgu, czekającym pod lasem...? Nie, to nie będzie dobrze, gotowi zrezygnować z raków! Milczeć, zostawić to tak, narazić siebie i wszystkich... Też źle! Zawiadomić kogoś...? Milicję...? To samo, raki diabli wezmą. Raków nie wyrzeknie się za skarby świata! Zaraz, ale ci tutaj skończą przecież swoją robotę i chyba sobie pójdą, nie zostaną w takim miejscu na całe życie! No więc dobrze, trzeba ich zwyczajnie przeczekać... W porządku, powie o wszystkim później, jutro, proszę bardzo, zawiadomi cały świat, ale dopiero jak już nałapią tych raków. Teraz jeszcze nie!

Podjąwszy kategoryczną decyzję, z największą ostrożnością wycofał się z zarośli. Przepełznął tyłem kilka metrów, sprawdził, czy zbocze pagórka już go osłania, wyprostował się i szybko podążył ścieżką z powrotem do szosy. Przebiegł mostek, chwycił rower, skoczył na siodełko i ruszył wokół bagienka, niebotycznie przejęty, niespokojny, wystraszony i zdeterminowany.

☆ ☆ ☆

W ostatniej chwili, już prawie o zmroku, udało się urządzić biwak. Nastąpiłoby to znacznie wcześniej, gdyby Januszek tak przeraźliwie nie marudził. Zamiast od razu poprowadzić na odnalezione miejsce, opowiadał o jego urokach, roztkliwiał się nad czystością rzeczki, opisywał mostek i rozmaite szczegóły terenu. Bagaż ładował na rower jak paralityk, gubił i upuszczał wszystkie przedmioty kolejno, po każdym pakunku usiłował odpoczywać, sapiąc i stękając. Co najmniej godzinę zmarnowali niepotrzebnie przez ten jego dziwny stan, uznany przez Tereskę za nagły atak debilizmu.

Na miejscu, ocenionym jako rzeczywiście prześliczne, Okrętka od razu zaprotestowała przeciwko ustawianiu namiotów na niższym, wilgotniejszym brzegu rzeczki i uparła się przy zboczu pagórka. Nachylone było łagodnie, ale jednak nachylone, i wymagało dodatkowych zabiegów.

— Tak lubisz sypiać głową w dół? — zdziwił się gniewnie Zygmunt.

— Po pierwsze może być nogami w dół. A po drugie, mamy saperki. Podkopie się trochę i wyrówna. A tam jest zimno, mokro i nieprzyjemnie.

— Ale łowić możemy tylko z tamtego brzegu — zauważyła Tereska. — Ten jest za wysoki i zielsko rośnie. Nawet nie ma dostępu do wody.

— No to co? Do łowienia przejdziemy tam, a spać będziemy tu. Parę kroków przez mostek, wielkie rzeczy! I ogień wyżej, będzie lepiej oświetlał. I dym będzie leciał do wody, i las się nie zapali.

— Mnie bez różnicy — oznajmił Januszek. — Myć się i tak nie będę, to mowy nie ma. Trzeba nałapać żab.

— Żaby później! — zakomenderowała energicznie Tereska. — Teraz do roboty! Okrętka ma rację, przekonała mnie. Wyrównajcie teren, Januszek, dmuchaj materace! Ja załatwię drewno, musimy mieć dużo...

Okrętka i Zygmunt chwycili saperki, Okrętka z zapałem, Zygmunt z lekką niechęcią. Nie zależało mu na suchym noclegu do góry nogami, wolałby spać na terenie nawet zupełnie mokrym, ale za to równym, nie na wykopki tu przyjechał, tylko na raki. Ustąpił siostrze wyłącznie dla świętego spokoju.

Ziemia pagórka, oprócz korzeni i kamyków, zawierała w sobie jakieś dodatkowe śmieci. Okrętka i Zygmunt odrzucali je na bok, nie zwracając na nie żadnej uwagi. Pracowali energicznie i w pośpiechu, odepchnęli jakiś duży kamień, usunęli potłuczone skorupy, wyrzucili coś w rodzaju przerdzewiałego żelastwa. Ładnie wyrównali i uklepali kawałek gruntu.

— Też ci się zachciało suchego noclegu, trzeba było jechać na pustynię — mamrotał z wyrzutem Zygmunt. — Cały ten pagórek to jedno wysypisko śmieci...

Tereska przywlokła z lasu potężny konar, wysuszony na pieprz i od razu ruszyła po następny. Januszek skończył nadmuchiwanie materaców, obejrzał się na nią, odczekał, aż zniknęła w gęstwinie i chyłkiem skoczył w las, w drugą stronę. Jego siostra mogła sobie gadać co chciała, on wiedział, że żab należy nałapać, póki jeszcze jako tako widno. Poza tym, niepokoiło go tamto miejsce...

W tamtym miejscu nie działo się nic, panowała cisza i spokój. Z bijącym sercem i lekkim dreszczem na kręgosłupie Januszek obserwował je przez chwilę, porządnie ukryty w zaroślach. Wiedział, że nie powinien tam się zbliżać, nie powinien ujawniać żadnego zainteresowania, ale coś ciągnęło go nieodparcie właśnie w tym kierunku. Wiedział, że się naraża, wcale nie był pewien, czy rzeczywiście nikogo tam już nie ma, czy ci ludzie zupełnie poszli. Mogli usłyszeć ich głosy i schować się w lesie, mogli czaić się gdzieś blisko... Za żadne skarby świata nie powinni odgadnąć, że on o nich wie! Powinni myśleć, że przeciwnie, nic nie wie, nic nie widział, nic nie słyszał i w ogóle przyszedł tu pierwszy raz w życiu. Łapie żaby. Interesują go wyłącznie żaby, które rechoczą akurat w tej stronie. Łapanie żab jest zasadniczym celem jego egzystencji!

Gorliwa chęć zmylenia wrogich oczu, patrzących, być może, z jakiegoś ukrycia, połączona z owym dreszczem na kręgosłupie, spowodowała, iż na widok wracającego z foliowym workiem Januszka Zygmunt wydał okrzyk zgrozy.

— Na litość boską, czyś zwariował?! Będziemy jedli te żaby na kolację, czy co?!

— Wystarczyłoby jeszcze na śniadanie i jutrzejszy obiad — przyświadczyła z niesmakiem Okrętka. — Po co ci tyle tego?

— A skąd wiesz, jaki one mają apetyt? — oburzył się Januszek, który w pobliżu towarzystwa od razu odzyskał równowagę. — Skąd wiesz, jak one to żrą? Może tak, chap! I już! Robaków na ryby kopie się dużo!

— Naprawdę nie zauważyłeś różnicy w rozmiarach? — zdziwiła się zjadliwie Tereska. — Żaba jest odrobinę większa od robaka. Bierz się do roboty, bo zaraz będzie ciemno! Skończymy z namiotami i zjemy kolację...

Ciemność zapadła wreszcie zupełna. Przed namiotami płonęło ognisko, rzucając blask aż na drugi brzeg rzeczki. Odpoczynek przy posiłku najzupełniej wystarczył, po przeraźliwie męczącym dniu jakoś nikomu nie chciało się spać. Wraz z zapadaniem zmroku rosły emocje i niecierpliwość, tajemniczość nocy dodawała uroku całemu przedsięwzięciu. Umilkły rozmowy na banalne, prozaiczne tematy, leśną ciszę mąciły tylko nerwowe szepty, lekkie trzaski i szelesty. Zygmunt stanowczo zabronił odzywać się głośno, twierdząc, że raki boją się hałasu jeszcze bardziej niż ryby. Tereska przygotowała dwie wędki z haczykami, na które można by złapać krokodyla, Januszek ostrożnie umieścił na nich zdechłe żaby. Okrętka rozpaczała nad brakiem pokrzyw, o których wszyscy zapomnieli.

— Trzeba było narwać, póki był dzień! — szeptała, przejęta głęboką troską. — Czy ja teraz widzę, które to pokrzywa, a które co innego...?

— Jak się oparzysz, to rozpoznasz — pocieszył ją Januszek.

— Cicho! — szepnął Zygmunt. — Bierzcie drugie wiaderko! Idziemy! Nie tupać!...

Przeszli przez mostek na palcach, cichutko, z największymi ostrożnościami, co najmniej tak, jakby raki posiadały najczulsze aparaty podsłuchowe świata. Na drugim brzegu rzeczki o miejscu decydował Januszek.

— On mówił, że one są z tej strony — szeptał z przejęciem. — Znaczy tu, przed mostkiem. Akurat naprzeciwko pagórka, koło zejścia do wody...

— Ja nie wiem, czy my dobrze robimy — szeptała niepewnie Tereska. — Słyszałam, że trzeba wejść do wody, patrzeć i łapać ręką...

— Ja słyszałam, że siatką — zaprotestowała szeptem Okrętka.

— One gryzą...

— Nie gryzą, tylko szczypią — sprostował szeptem Zygmunt. — Cicho bądźcie! Trzeba popatrzeć...

Cztery latarki oświetliły czarną wodę. Można było dostrzec dno i nic poza tym. Czarna noc kryła wyraz niepewności, który zagościł na wszystkich obliczach. Nikt z czworga łowców nie miał pojęcia, jak to naprawdę jest z tymi rakami.

— Trzeba chyba zarzucić przynętę — szepnął w końcu Zygmunt z lekkim wahaniem.

Tereska, która przez siedem wakacyjnych tygodni łowiła ryby prawie codziennie, odruchowo wykonała piękny, wprawny, prawidłowy zamach. Ciężka żaba urwała się z haczyka natychmiast i plusnęła w wodę prawie pod drugim brzegiem rzeczki. Równocześnie Zygmunt, od paru już lat przyzwyczajony do morskich połowów siecią, pozbawiony całkowicie wędkarskich odruchów, ostrożnie zanurzył swoją wędkę bardzo blisko, obok korzeni wchodzącego prawie w wodę drzewa. Okrętka usiłowała reagować na wszystko równocześnie.

— Zaplącze się! — mamrotała bez tchu. — Urwało się! Ucieką...! O mój Boże, co teraz...?

— Przepadła, dajcie drugą! — szeptała zdenerwowana Tereska. — Januszek, gdzie masz drugą żabę?

— Zostały na tamtym brzegu. Mówiliście, że za dużo...

— Zgłupiałeś, czy co? Na co czekasz, leć i przynieś! Przynieś wszystkie!

Januszek popędził na drugi brzeg, błyskając dziko latarką i dudniąc po mostku. Spocony z przejęcia Zygmunt z całej siły dzierżył w dłoniach wędzisko, niepewny, na co patrzeć. Spławik się tu nie liczył, skąd można było wiedzieć, czy rak już się złapał na żabę, czy jeszcze nie? Okrętka ześlizgiwała się z nadbrzeżnych korzeni, ustawicznie wpadając mu na plecy i mamrocząc coś o siatce. Tereska wąskim promieniem światła penetrowała brzeg pod nogami, uniesiona w górę wędka zaczepiła o gałęzie drzewa, wyplątała ją z wielkim trudem. Zygmunt nie wytrzymał, ostrożnie podniósł wędkę, z wody wynurzyła się samotna żaba na haczyku. Opuścił ją z powrotem, pełen rosnącej niepewności.

— Nie świećcie tak, może one się boją! — syknął gniewnie.

— Pewnie trzeba trochę poczekać — wysunęła przypuszczenie Tereska.

Zgasili latarki, czekali w ciemnościach, rozjaśnionych nieco blaskiem płonącego na drugim brzegu ogniska. Januszek wrócił z torbą żab. Tereska wybrała średnią, założyła na haczyk, za przykładem Zygmunta ostrożnie opuściła wędkę do wody, pod drzewem, kilka metrów dalej.

Skądś, z oddali, dobiegł narastający warkot samochodu. Rósł, zbliżał się, po czym umilkł nagle gdzieś bardzo niedaleko. Zygmunt zapalił latarkę i zaczął unosić wędkę.

— Nie teraz! — zasyczał wściekle Januszek jakimś dziwnie nieswoim głosem. — Zgaś!

— Dlaczego? — zaniepokoił się Zygmunt, gasząc jednakże latarkę i opuszczając wędkę z powrotem. Januszek wydał z siebie kilka osobliwych, niezrozumiałych chrypnięć. Brzmiało to tak, jakby się dławił. Zygmunt się zniecierpliwił.

— O co ci chodzi, do licha? Dlaczego nie teraz? Januszek uczynił wysiłek, niewidoczny w ciemnościach.

— Bo tego... No...! Jeszcze za wcześnie...

— Skąd wiesz? Trzeba zobaczyć...

— Ale nie teraz! Nie słyszysz? Jakiś samochód przyjechał...

— No to co? Co cię w ogóle obchodzi jakiś samochód?

— Ale on się zatrzymał... O rany, no... Skąd wiesz, kto to jest, może to jacyś... Może pilnują...

— Tu nie ma żadnych zakazów!

— No i co z tego? Zatrzymał się, podejrzane... Wszystko jedno zresztą, niech nas lepiej nie widzą...

— Poczekajmy, co ci zależy, mamy dużo czasu — szepnęła ugodowa Tereska. — Rzeczywiście ktoś tu przyjechał...

Okrętka nie odzywała się ani słowem, ponieważ nagły przypływ paniki odebrał jej głos. Samochód w lesie, w nocnych ciemnościach, tak blisko... Skąd się tu wziął...? Podejrzane, oczywiście, że podejrzane, w ciemnościach wszystko jest podejrzane... W ciemnościach czają się złoczyńcy...

Czekali w milczeniu i w bezruchu, zarażeni niepojętym zdenerwowaniem Januszka. Zygmunt nagle jakby się ocknął.

— Na mózg ci padło, czy co? — szepnął z irytacją.

— Przecież ognisko świeci jak latarnia morska! Z daleka je widać! I w ogóle nie zawracaj głowy, co tu ma być podejrzane, puknij się!

— Bandyci...

— Półgłówek. Co tu bandyci mają do roboty?!

Na to pytanie Januszek mógłby odpowiedzieć dość wyczerpująco, chwila jednakże nie wydawała mu się odpowiednia.

— Dobra, jak mamy świecić, to świećmy wszyscy, żeby myśleli, że jest nas bardzo dużo — odszepnął z determinacją. — I nie gapmy się w tamtą stronę...

Zygmunt wzruszył ramionami, zapalił latarkę i poruszył wędkę. Zaczepiła się chyba o coś, musiał lekko szarpnąć, żeby unieść ją do góry. Równocześnie tamci troje zapalili swoje latarki, światło przebiło wodę, dosięgło dna.

— Tam się coś rusza! — zakwiliła Okrętka z przestrachem.

— Gdzie...?!

— Tam! W wodzie! Takie coś duże! O Boże...

Trzy promienie światła skierowały się na miejsce, gdzie upadła pierwsza żaba Tereski. Na dnie poruszała się jakaś duża, rozczłonkowana masa, przemieszczająca się powoli i zmieniająca kształt. Przez chwilę patrzyli na nią w osłupieniu.

— Hej, to chyba raki...? — zaszeptał z niedowierzaniem Januszek.

W tym samym momencie Zygmunt wyciągnął wreszcie swoją wędkę i razem z żabą ujrzał coś małego, nieforemnego, przyczepionego do niej. Nad wodą to coś odczepiło się znienacka i chlupnęło z powrotem do rzeczki.

— O rany! Rak...! — krzyknął zduszonym głosem.

Tereska w nagłym przebłysku natchnienia, nie poruszając swojej wędki, skierowała strumień światła na przynależną do niej żabę. Żaba była niewidoczna, na niej i dookoła poruszały się z wolna jakieś wielkie, ciemne, rozcapierzone stwory...

Wszelka myśl o podejrzanym samochodzie, bandytach i innych złoczyńcach przepadła w mgnieniu oka. Raki okazały się najprawdziwszą rzeczywistością. Wylazły skądś, ukazały się w przezroczystej wodzie, skupiły dookoła żab. Było ich mnóstwo! Ilość przerosła najśmielsze nadzieje... Teraz dopiero pojawił się nowy, okropny problem. Zwierzyna nie zawiodła, przychylnie potraktowała przynętę, kotłowała się pod samym nosem, nikt z łowców jednakże nie miał pojęcia, jak ją wydobyć. O wyciąganiu na wędce nie było mowy, nad wodą raki odczepiały się od żaby i pluskały z powrotem, największe nie czekały nawet powierzchni, odpadały w połowie drogi. Rozpłomieniony zapałem Januszek wlazł do rzeczki, żeby łapać je ręką i od razu okazało się to bezsensowne. Była zbyt głęboka, sięgała powyżej kolan, żeby chwycić ręką coś z dna, musiał zanurzać twarz. Na domiar złego nogami poruszył tę czarną warstwę przy brzegu, mułu czy torfu, który podniósł się zmąconą chmurą i całkowicie zlikwidował widoczność. Łapanie ręką odpadało, Okrętka triumfowała, słyszała dobrze, należało wyciągać siatką! Wśród gorączkowych, przenikliwych szeptów i okrzyków, błysków latarek, potykania się i ześlizgiwania do wody, odkryto wreszcie metodę. Trzeba było lekko i bardzo delikatnie unieść wędkę z przynętą i uczepionymi jej rakami, podsunąć pod spód siatkę i wszystko razem szybko wyrzucić na brzeg. Siatka na drągu była ciężka, otwór miała dość mały, operacja wymagała doskonałej koordynacji poczynań co najmniej dwóch osób. Ciemność wzmagała trudności.

— Niech kto pójdzie dołożyć do ognia! — zażądała zemocjonowana Tereska. — Przygasa i nic nie świeci!

Nikt się nie ruszył ani krokiem, zajęcia po tej stronie rzeczki były zbyt pasjonujące. Nowo odkryta metoda powinna była wreszcie dać pożądane rezultaty. Zesztywniała z napięcia Tereska powolutku i z wyczuciem unosiła coraz wyżej wędkę, na końcu której gmerał się łup, Zygmunt i Okrętka próbowali podsunąć pod spód siatkę, Januszek świecił dwiema latarkami. Któraś kolejna próba powiodła się, siatka wyskoczyła z wody obciążona zdobyczą.

— Są! — kwiknął półprzytomny z wrażenia Januszek. — Rany, jakie przepiękne...!

W siatce poruszały się cztery czarne, strzępiaste potwory, dwa większe i dwa mniejsze. Tereska na oko oceniła ich rozmiary.

— Z tego, co babcia mówiła, to dwa się nadają — wyszeptała krytycznie. — A dwa trzeba wyrzucić, niech podrosną...

— Zwariowałaś, wyrzucać takie wspaniałe raki! — oburzyła się Okrętka.

— Jeżeli my ich nie wyrzucimy, babcia nas wyrzuci. Trudno, jak duże, to duże.

— Tu jest tego zatrzęsienie — poparł ją żywo Zygmunt. — Możemy nałapać samych dużych, nie ma sprawy. Jazda, teraz drugą wędkę...

— Ale wyjmijmy to! — zażądał niecierpliwie Januszek.

Raki niemrawo gmerały się w siatce i oczywiście znów nikt nie wiedział, jak się z nimi obchodzić. Teoretyczne wiadomości nakazywały chwycić raka w połowie za tułów, co pozwalało uniknąć kontaktu ze szczypcami. W praktyce było to dziwnie trudne, szczypce mnożyły się, wyrastały ze wszystkich stron, broniły tułowia, przeszkadzając nieznośnie. Wszystkie ręce chciwie wyciągały się po zdobycz i cofały bardzo gwałtownie. Zygmunt przypomniał sobie w końcu, że jest w tym towarzystwie najstarszy i w ogóle dorosły, w dodatku jest mężczyzną, a nie jakąś tam niedojdą, a zatem nie ma siły... Mężnie sięgnął do siatki, celując od strony ogona i chwycił twardy, chropowaty tułów. Rak dość łatwo pozwolił odczepić się i wyplątać.

— No i co teraz? — spytał jego pogromca z nie bardzo męską bezradnością, stojąc z ręką odsuniętą możliwie jak najdalej od siebie. — Co mam teraz robić, jak rany, zostanę z nim tak do końca życia?!

— Wiaderko! — przypomniała sobie Okrętka.

— Gdzie wiaderko?! Czekaj, przyniosę...!

Skoczyła ku rzeczce, pośpiesznie nabrała wody, mocząc sobie tylko jedną nogę. Podsunęła wiaderko Zygmuntowi, który ze szczerą ulgą wpuścił do środka chropowatego potwora, po czym, już śmielej, wyplątał z siatki następnego.

Januszek pozazdrościł mu sukcesów, zaryzykował, chwycił kolejno dwa mniejsze raki i szerokim zamachem wrzucił je do rzeczki. Tereska poświeciła w głąb wody.

— Zygmunt, na twojej wędce żeruje całe stado! — wyszeptała z niebotycznym zachwytem. — A tam... Popatrzcie!

Na pierwszej, oderwanej żabie kłębiła się już cała góra olbrzymich, wspaniałych, z pewnością większych niż te dwa złowione. Było ich tam bez porównania więcej niż przy wędce Zygmunta. Wyciągnąć je, cóż za zdobycz...!

— Ona leży luzem, ta żaba — szepnął Januszek z troską. — Nie ma jak tego podnieść.

— Najlepiej byłoby nagarnąć do siatki grabiami — poradziła Okrętka.

— Grabi nie mamy... Ale saperką! Januszek, skocz po saperki! I podrzuć do ognia, bo przygasa!

Tym razem Januszek nie zwlekał, popędził przez mostek na drugi brzeg. Zygmunt podniósł z trawy siatkę.

— Ty unieś wędkę, a ty świeć! — zarządził. — Ostrożnie! Ja spróbuję podsunąć...

W pocie czoła wydobyli z wody następne trzy sztuki, godne uznania babci. Opuścili żabę z powrotem. Łowy wciągnęły ich już bez reszty, nie czuli nawet chłodu nocy. Raki były czujne, reagowały na najmniejszy ruch, te wielkie, upragnione, odczepiały się od razu, razem z wędką unosiły się tylko mniejsze. Dopiero za czwartą próbą Zygmuntowi udało się podsunąć siatkę pod dwa olbrzymie.

— Trzeba założyć nową żabę, bo z tej już nic nie zostało — zauważyła Tereska. — Niech znów poleży, a my chodźmy do tamtej.

— Najpiękniejsze polazły tam — przypomniała nerwowo Okrętka, machając latarką. — Niech on się pośpieszy z tą łopatą...

Zygmunt ostrożnie zanurzył siatkę obok drugiej wędki.

— Pewnie — przyświadczył. — Takie stado...! No, zaczynaj!

— Gdzie on się podziewa? — mruknęła gniewnie Tereska. — Świeć porządnie, bo nic nie widzę... Zabłądził, czy co?

— Delikatnie, żeby ten wielki nie uciekł...

Januszek jakoś nie wracał, chociaż płonące jaśniej ognisko wskazywało, że do namiotów dotarł i drewna dołożył. Raki żerowały na nowych żabach, co jakiś czas lądując w siatce. Były zupełnie przyzwoite, ale nie umywały się nawet do tamtych, tłoczących się na żabie luzem.

— Uciekną nam! — rozpaczała wpatrzona w nie Okrętka. — Zeżrą kolację i pójdą do domu! I już drugi raz nie przyjdą...

— Ja go chyba zabiję, tego padalca! — warczała z furią Tereska. — Zygmunt, idź po niego, to znaczy nie po niego, tylko po saperki. I tak musimy teraz chwilę poczekać.

Zygmunt odebrał Okrętce jedną latarkę i bez słowa ruszył ku drodze. Okrętka z zachwytem zaglądała do wiadra.

— Wiesz, ile już mamy? Liczyłam. Szesnaście!

— Mało. Na tamtej kupie jest więcej. Co on tam robi tyle czasu, umarł, czy co...?!

Januszek nie umarł, aczkolwiek, wedle jego własnej oceny, niewiele mu do tego brakowało. Bezgranicznie przejęty rakami, pędził ku namiotom z jedną tylko myślą: upolować tę wspaniałą, wielką, kotłującą się w wodzie kupę! O wcześniejszych wydarzeniach całkowicie zapomniał, wyleciały mu z głowy, nie wytrzymawszy konkurencji z tym cudownym, egzotycznym polowaniem. Dlatego też teraz, kiedy zza namiotów, przed którymi dogasało ognisko, coś nagle jakby wyskoczyło, w pierwszej chwili tylko się zdziwił. Zatrzymał się, nieco zaskoczony, bo przecież wszyscy byli po tamtej stronie i nagle jak grom z jasnego nieba spadło na niego przypomnienie okropnej sytuacji...

Nieprzyjemna odrętwiałość trwała ledwie sekundę. Gdzieś w środku zrobiło mu się przeraźliwie gorąco. Zgasił latarkę. Odrętwiałość przeszła, zboczył ze ścieżki, po omacku, trochę na oślep, przekradł się dalej, wpatrzony w ciemność za namiotami. Przez chwilę patrzył w czerń, nic w niej nie widząc, aż nagle dostrzegł gdzieś dalej króciutki błysk. Zrozumiał od razu,

ktoś oddalał się od ich biwaku ścieżką wokół pagórka...

Poderwał się, skoczył biegiem, dopadł ogniska, czym prędzej dorzucił suchych patyków i zaczekał, aż płomień buchnie i oświetli większy kawałek terenu. Na wspomnienie, że tamtych było dwóch, poczuł dla odmiany lodowate zimno. Ten drugi mógł się czaić gdzieś tutaj...

W jednym ułamku sekundy oczyma duszy ujrzał swoje własne zwłoki, leżące w ciemnościach między namiotami. Następnie do towarzystwa przybyły mu zwłoki tej osoby, która pierwsza przyjdzie go szukać, następnie zwłoki pozostałych osób, wracających kolejno... Nikt nie ujrzy tych zwłok, zostaną pochowane tu, na zboczu pagórka, nikt się nie dowie gdzie i dlaczego przepadli wszyscy czworo, nikt przecież nie wie, gdzie są, chyba że kumpel... Ale nikt także nie wie, który to kumpel, mogą do niego nie trafić... Zatem zostaną tu na wieki pod darnią, żwirem i tym całym śmietniskiem... A wszystko dlatego, że ukrył to, co widział i słyszał...

W następnym ułamku sekundy dusza Januszka gwałtownie zaprotestowała przeciwko wizji tej zbiorowej mogiły pod śmieciami. Nie, w żadnym razie nie mógł do tego dopuścić, szczególnie, że przy okazji zmarnowałyby się wszystkie wyłowione raki! Musiał coś zrobić, może jeszcze nie wszystko stracone, może istnieje jakiś ratunek...

Dołożył do ognia więcej suchego drewna i znów odczekał długą chwilę. Wokół panował spokój, nikogo nie było widać, nic się nie poruszało, światła latarek błyskały tylko na tamtym brzegu. Tak bardzo był nastawiony na konieczność zachowania ciszy i odzywania się szeptem, że myśl o alarmującym krzyku nawet nie zaświtała mu w głowie. Blask ogniska podniósł go nieco na duchu. Zapalił latarkę i ostrożnie obszedł namioty dookoła. Nikogo tam nie było, nikt się nie czaił. Zgasił latarkę, zawahał się, po czym, z bijącym sercem, z determinacją, z duszą na ramieniu, skoczył w mrok, poza krąg światła. Zdecydowany na wszystko i osłonięty krzakami, zaczął przekradać się dalej, tam gdzie dostrzegł ów króciutki błysk.

Uczucia, które go wiodły, były dość skomplikowane i przypominały graniastosłup. Z jednej strony korciła go szaleńcza ciekawość, strasznie chciał zobaczyć na własne oczy tę okropność, o której dotychczas tylko słyszał albo czytywał. Z drugiej czuł na sobie gniotący ciężar odpowiedzialności za tamtych troje, wprawdzie starszych od niego, ale niczego nieświadomych. Ukrył przecież przed nimi wszystko, co wiedział, musiał teraz sprawdzić... musiał się zorientować w stopniu zagrożenia i w razie czego zdążyć ich ostrzec, to był w ogóle jego podstawowy obowiązek! Z trzeciej kołatała się w nim cicha nadzieja, że może jednak niebezpieczeństwo nie jest aż tak wielkie, może uda się uratować nie tylko życie, ale nawet polowanie na raki. Nie wyrzeknie się przecież takiej frajdy dla byle czego! Z czwartej błąkały mu się po głowie chaotyczne, ale mocno kuszące myśli na tle własnej sławy i chwały, sam wykryje... Już wykrył...! Sam do końca wykryje potworne przestępstwo, zawiadomi władze, doprowadzi na miejsce, udzieli wszelkich wyjaśnień... Boi się piorunująco, ale to tym większa zasługa...

Mimo ciemności przekradał się dość szybko, bo znał już teren. Zwolnił, zatrzymał się, znów ruszył. Usłyszał coś. Znieruchomiał. Gdzieś przed nim coś

szemrało. Wolno, ostrożnie, bezszelestnie posuwał
się dalej, aż wreszcie ujrzał błysk...

Wbrew nastawieniu na różne widoki, wbrew chęci oglądania jak najwięcej, Januszek na moment stracił dech. Ktoś był tam, w tym przerażającym miejscu... Błyskał cieniutkim promykiem światła, omiatając nim zbocze pagórka, szeleścił żwirem, trochę zgrzytało mu pod butami...

Januszek przemógł paraliż i przykląkł, bo krzewy były tu niskie, a za jego plecami świeciło ognisko i mógł być widoczny na jaśniejszym tle. Teraz nagle bardzo wyraźnie poczuł, że niepotrzebnie tu przyszedł. Przecenił chyba swoją siłę ducha, w ogóle nie warto było sprawdzać sytuacji, ci tutaj nic do nich nie mają, niczym nie grożą, uczepili się wyłącznie tego przeklętego miejsca i reszta ich nie obchodzi. Nie należy tu po prostu przychodzić...

Tamten ktoś zamarł nagle, znieruchomiał, zgasił swój cienki promień. Trwał chwilę w miejscu, jakby nadsłuchując, po czym zszedł z pagórka i ruszył gdzieś w las. Bardziej go było słychać niż widać. Januszek czekał w napięciu, bez tchu, bo był tu jeszcze ktoś drugi, czuł to, wiedział na pewno. Oczy już dawno przyzwyczaiły mu się do ciemności, rozjaśnionej odrobinę światłem gwiazd i blaskiem odległego ogniska, czerń miała różne stopnie natężenia...

Od zbocza pagórka oderwał się nagle ruchomy, czarny kształt. Cicho, ledwie dosłyszalnie podążył w mrok, w las, za tym pierwszym. Podążył w jakiś taki sposób, że Januszkowi przeleciał po plecach lodowaty dreszcz zupełnie nowego rodzaju.

W jednym mgnieniu oka zmienił poglądy. Wyrzekł się sławy i chwały. Za żadne skarby świata nie chciał być świadkiem tego, co się tam teraz miało stać. Nie życzył sobie tego widzieć ani słyszeć, ani udzielać o tym żadnych informacji. Na czworakach wykonał obrót i trafił ręką na coś, co nie było patykiem ani kamieniem. Zasadniczo było mu w tej chwili obojętne, w co trafia ręką, ale prawa dłoń z latarką sama skoczyła do przodu, przełącznik sam się nacisnął i krąg światła od razu wyłowił to coś.

Lewą rękę Januszek opierał na zębach najprawdziwszej w świecie, prawie kompletnej trupiej czaszki. Nie krzyknął tylko dlatego, że zabrakło mu głosu, ale resztki jego wytrzymałości pękły jak bańka mydlana...

Szukający saperek Zygmunt już z daleka usłyszał tętent galopujących i potykających się nóg. Januszek wypadł z ciemności zziajany, zgrzany, ze zjeżonym włosem. Migotliwy blask ognia nie pozwalał, na szczęście, rozpoznać koloru jego twarzy. W świetle dnia osobliwe połączenie zieleni z purpurą niewątpliwie zwróciłoby na niego powszechną uwagę i spowodowało wnikliwe dociekania.

— O jak rany, gdzie ty się pętasz?! — zawołał Zygmunt z irytacją. — Czekamy jak idioci, najpiękniejsze okazy nam się marnują!

Januszek zaszczękał dźwięcznie zębami i uczynił wysiłek, żeby się opanować.

— Ja tego... — rzekł ochryple. — Chciałem zobaczyć... Tego... Czy ich tam nie ma dalej...

— Co cię obchodzi dalej, tu są! Żebyśmy tylko te dali radę wyłowić! Dołóż do ognia i lecimy!

Do ognia Januszek dołożył z takim zapałem, że już po chwili zrobiło się widno jak w dzień. Na przeciwległym brzegu latarki były potrzebne wyłącznie do oświetlania dna. Wspaniała kupa na pierwszej żabie żerowała nadal, ale już zaczynała się rozłazić. Tereska nawet nie miała czasu powiedzieć

bratu, co o nim myśli, bo należało natychmiast przystąpić do połowu.

Do wody wleźli we troje, Tereska, Zygmunt i Januszek, który na widok wielkich raków w olbrzymim stopniu odzyskał równowagę. Okrętka świeciła z brzegu, półprzytomna z przejęcia, Zygmunt powoli zanurzył siatkę, pochylił, oparł krawędzią o dno. Trochę była za mała do tego nagarniania. Tereska i Januszek po drugiej stronie kupy zanurzyli saperki.

— Posuń się dalej — szepnęła Tereska. — Bierz od brzegu, żeby nie uciekły w to czarne...

— Ty, poświeć! — syknął Januszek do Okrętki. Promień światła zachybotał się, omiótł brzeg, wyłowił z zielska jakiś tkwiący w nim przedmiot. Januszek podsunął się bliżej, rozpoznał przedmiot, coś mu nagle zaświtało w głowie, ale nie miał teraz czasu realizować pomysłu.

— Już! — krzyknęła szeptem Tereska. — Nagarniaj!

Dwie saperki równocześnie zagarnęły rozłażacą się kupę, wyrywając z dna pecyny piasku. W zmąconej wodzie wszelka widoczność znikła. Na wyczucie, na oślep, pchali w kierunku siatki Zygmunta wszystko, co wpadło pod łopatę, część tego trafiała do siatki, a część obok. Tereska kątem oka dostrzegła ruch na skraju piaszczystej chmury.

— Ucieka ci ten wielki, ty jołopo, dwa uciekają! — wysyczała wściekle do Januszka. — Łap...!

Januszek również dostrzegł ucieczkę zdobyczy. Nie myślał, działał odruchowo. Rzucił saperkę, wyrwał z zielska wielki, zdezelowany kosz wiklinowy, który przed chwilą natchnął go twórczym pomysłem i wytężywszy wszystkie siły wygarnął spod samego brzegu olbrzymią górę czegoś. Piasku, torfu, jakichś śmieci, korzeni, wśród tego także dwa uciekające raki. Zygmunt wyciągnął właśnie z wody obciążoną siatkę, Januszek zatem, nie mając gdzie nagarniać, potężnym zamachem wyrzucił wszystko na brzeg. Za koszem poleciała siatka, wprost pod nogi Okrętki, która ze zdenerwowania podskakiwała, tupała i wymachiwała dwiema latarkami.

— Gdzie świecisz, nic nie widzę! — rozzłościł się wyłażący z wody Zygmunt. — Nie oślepiaj mnie!

— Ty, poświeć tutaj! — zaszeptał przenikliwie Januszek spod drugiego brzegu. — Zgubiłem saperkę! O rany, wlazłem na coś...! Nie mogę się jej domacać!

Rozgorączkowana Okrętka chciała zakomunikować wszystkim, że jest przejęta nie tylko rakami. Powodów do zdenerwowania ma więcej. Coś się tu dzieje, w lesie coś słychać, jakieś trzaski, łomoty i chyba jęki, boi się tego okropnie! Nie zdążyła wyjawić swoich doznań, bo Tereska, jeszcze stojąc w wodzie, wsparła się ręką o brzeg, dosięgła swojej latarki i oświetliła łup. W siatce gmerały się trzy wielkie, wspaniałe raki, w błocie, wypełniającym przewrócony wiklinowy kosz, poruszały się dwa wprost gigantyczne. Okrętka zapłonęła zachwytem i zapomniała o niepokojących odgłosach.

— Oblejmy to wodą, niech się trochę oczyści! — zawołała, chwytając drugie wiaderko. — Czekajcie, Januszek, nabierz wody!

Januszek miotał się w rzeczce, wściekłym szeptem żądając światła. Okrętka podała mu wiaderko i latarkę. Kilka chluśnięć spłukało z raków piasek, torf i śmieci, Zygmunt troskliwie wybrał zdobycz. Tereska jęła wypędzać brata z wody, twierdząc, że do reszty wypłoszy wszelką zwierzynę. Januszek machnął ku niej latarką.

— Zaraz! — szepnął niecierpliwie. — Nie zawracaj mi głowy! Ja tu sprawdzam ważne rzeczy! Saperkę znalazł bardzo szybko. Oprócz saperki znalazł coś jeszcze. Stopą wymacał jakby kamień, niewielki, ale za to zadziwiająco kulisty i bardzo lekki. Unosząc w górę rękę z latarką, drugą gmerał po dnie, z twarzą w wodzie i z zamkniętymi oczami. Domacał się mnóstwa rzeczy, także owego kamienia, który wyjął wraz z całą garścią piasku i różnych śmietków. Wyprostował się, otworzył dłoń, opłukał, kulisty kamień został mu w palcach, a równocześnie w opadającym na dno piasku coś zabawnie błysnęło. Januszek skierował na to promień światła. Mała, lśniąca blaszka, jakoś tak śmiesznie migocząca, tonęła w wodzie. Zaciekawiło go to migotanie, cisnął kamień na brzeg i zanurzył dłoń za blaszką. Chwycił ją już za trzecim razem, znów z całą garścią śmieci i chciał również rzucić na brzeg, ale powstrzymał się, pomyślawszy, że jest ciemno i nie znajdzie jej w trawie. Poświecił jeszcze w wodę, która już znów zaczynała nabierać przezroczystości, sprawdzając swoje domysły w kwestii ukrycia raków i po krótkiej chwili pilnego wypatrywania dostrzegł w jednym miejscu, pomiędzy splątanymi korzeniami drzew, coś jakby poruszające się szczypce...

Wylazł z wody z saperką, latarką i pełną garścią piasku zmieszanego ze śmieciami, triumfujący i przejęty.

— Hej, słuchajcie! — zawołał przeraźliwym szeptem. — Już wiem, gdzie one siedzą! Słuchajcie, one się chowają w takich dziurach między korzeniami! Słuchajcie, trzeba się zaczaić i łapać jak wylezą, trzeba im dać ze dwie żaby pod nos! Wszystkie siedzą w dziurach między korzeniami...!

— Zamknij się, nie rycz tak! — uciszył go Zygmunt. — Teraz to w ogóle trzeba poczekać, aż się wszystko uspokoi. Damy im żaby, owszem, ale chyba tak zaraz nie wyjdą, wystraszyły się cholernie.

— Siedźmy cicho, niech myślą, że już nas nie ma — poradziła Tereska.

Pochylona nad wiaderkiem Okrętka nerwowo mamrotała coś o pokrzywach. Januszek przykląkł na brzegu, zanurzył rękę i próbował opłukać swoją blaszkę. Zygmunt umieścił pod pniem drzewa nową żabę na haczyku.

— Uciekły wszystkie — szepnął z troską. — Wiecie co, zostawmy wędki i chodźmy się trochę ogrzać przy ogniu, bo po tej kąpieli zimno jak piorun.

— Wszystko zostawmy, nikt nam przecież nie ukradnie — powiedziała Tereska.

Januszek poderwał się gwałtownie znad wody, otworzył usta i wydał z siebie jakieś niespokojne skrzypnięcie, ale na tym poprzestał. Nie protestował. Ustawił tylko wiaderko z rakami tak, żeby było dobrze widoczne spod namiotów, rozejrzał się nieznacznie dookoła i ruszył na mostek.

Grzejąc się przy potężnie rozpłomienionym ognisku, otworzył wreszcie zaciśniętą pięść i obejrzał dokładniej swoje znalezisko.

— Hej, słuchajcie! — zawołał z nagłym zainteresowaniem. — Znalazłem takie coś! To świeci! Wygląda jak forsa!

— A co? — zaciekawiła się Okrętka. — Znalazłeś dwa złote?

— Do dwóch złotych niepodobne, ale całkiem jak obgryziony pieniądz. Popatrzcie!

Podsunął do światła dłoń, na której leżał mały, trochę nieforemny krążek, połyskujący ciemnożółtym blaskiem. Tereska wzięła to do ręki.

— Rzeczywiście, stara moneta — zdziwiła się.
— Gdzie to znalazłeś, w rzeczce?
— W rzeczce. W piasku, na dnie.

Zygmunt odebrał Teresce krążek, oczyścił porządnie rękawem swetra i zważył w dłoni. Podrzucił go raz i drugi, po czym przyjrzał mu się z nagłym zdumieniem.

— Poświećcie mi tu! — zażądał. — Coś podobnego! Wiecie, że to chyba złoto...

— Co...?!!! — wrzasnął Januszek z niepojętą dla pozostałych zgrozą. Wrzasnął i umilkł, znieruchomiały. Nagle poczuł, że rozumie... No, może nie wszystko rozumie, coś tu nie gra, ale właściwie teraz już chyba rozumie...

— Złoto, niech skonam — przekonywał Zygmunt, ciągle zdumiony. — Na mosiądz nie wygląda, miedź byłaby zaśniedziała... Ciężkie i świeci. A leżało w wodzie...

Tereska chwyciła monetę i oglądała ją pilnie w świetle latarki.

— Wiesz, że ty chyba masz rację — stwierdziła zaskoczona. — To musi być bardzo stare. Jakieś coś na tym jest, ale zupełnie zatarte, nic nie można rozpoznać.

— Stanisłavus Augustus Rex — mruknął Januszek, na nowo z wolna przychodząc do siebie.

— Jaki tam Stanisłavus Augustus, coś ty! Augustus może, chociaż wcale nie widzę żadnego A. Z jednej strony chyba krzyż... I rzeczywiście wygląda na złoto!

— No proszę, znalazł skarb! — ucieszyła się Okrętka. — Co za urodzaj, i raki, i pieniądze... Istna rzeczka skarbów!

Januszkowi nasunęły się na myśl różne skojarzenia i nagle zrobiło mu się zimno, a równocześnie aż się spocił.

— Cicho! — syknął gniewnie. — Nie machajcie mi tu tym jak transparentem! Ja sobie życzę to schować!
— Czekaj, pozwól jeszcze obejrzeć...
— Nie teraz. W domu będziesz sobie oglądać, aż ci obrzydnie. Teraz to w ogóle nieważne, śmieć i tyle!
— Oszalałeś? — zdumiała się Tereska, Januszek bowiem dość osobliwie modulował głos. Jedne słowa wypowiadał szeptem, inne zaś wykrzykiwał gromko i brzmiało to nader dziwnie. — Czego tak wrzeszczysz?
— Cicho! — wrzasnął Januszek, bez sensu wobec wydawanych przez siebie samego ryków. — Co cię obchodzą takie struple! Tam już te raki zeżarły wszystkie żaby, a ty tu śmieci oglądasz!

Okrętkę poderwało z pieńka.

— O Boże, on ma rację! Raki...!

— Coś mu padło na umysł, ale możliwe, że raki już wylazły — rzekł Zygmunt, podnosząc się również, zdumiony występami Januszka nie mniej niż Tereska. — Trzeba sprawdzić...

Wokół żab na wędkach znów poruszały się czarne stwory. Było ich nieco mniej niż na początku, ale wciąż jeszcze w wiaderku przybywało zdobyczy. Okrętka dostała istnej obsesji na tle pokrzyw, połączonej z obsesją na tle ciasnoty. Jej zdaniem, w jednym wiaderku było rakom za ciasno, mogły się podusić, należało część przełożyć do drugiego wiaderka, ostrożnie przełożyć, nie przerzucać brutalnie, bo mogłyby się pozabijać! Do Warszawy powinny przyjechać żywe! Brak pokrzyw zaszkodzi im z pewnością...!

— Drugiego wiaderka teraz nie dostaniesz, bo musimy czymś czerpać wodę — oznajmił stanowczo Zygmunt. — Jutro się przełoży, nic im nie będzie.

— Słońce wschodzi o piątej rano — dodała zgryźliwie Tereska. — O czwartej trzydzieści jest już widno, możesz lecieć po te pokrzywy. Do czwartej trzydzieści jakoś wytrzymają.

Połów ukończono dopiero, kiedy zwierzyna całkowicie przestała się pojawiać, to znaczy około drugiej w nocy. Dwadzieścia osiem raków chrzęściło w zatłoczonym wiaderku z wodą. Babcia mówiła o kilku tuzinach, kilka to jest co najmniej trzy, trzy tuziny zawierają trzydzieści sześć sztuk, a zatem nałowili za mało! Bez długich narad zapadła zgodna decyzja trojga uczestników wyprawy, żeby zostać w tym przecudownym miejscu jeszcze jedną dobę. Czwarty uczestnik, Januszek, siedział cicho, nie wtrącał się i w podejmowaniu decyzji na wszelki wypadek nie brał udziału...

☆ ☆ ☆

Nieopisanie zdenerwowana pokrzywami Okrętka obudziła się pierwsza i wylazła z namiotu na świeży, chłodny, już rozsłoneczniony świat. Ubrała się pośpiesznie, z troską zajrzała do wiaderka, gdzie raki, jeszcze żywe, gniotły się w nieznośnej ciasnocie, znalazła nóż i kawał szmaty do owinięcia rąk i udała się na drugą stronę rzeczki, ku bagienku, obficie porośniętemu dookoła pokrzywami. Wczorajsze zaniedbanie gniotło ciężarem jej sumienie, stan raków niepokoił ją głęboko, była uszczęśliwiona połowem i za nic nie chciała dopuścić do zmarnowania zdobyczy. Konieczność natychmiastowego uzyskania pokrzyw absorbowała ją bez reszty i żadne inne myśli nie miały do niej dostępu.

Ścinała te pokrzywy z zapałem, wyszukując najbujniejsze i najbardziej zielone i układała z nich na ziemi wielki bukiet, który potem łatwo byłoby owinąć gałganem i unieść, unikając poparzenia. Posuwała się coraz dalej w głąb mokradła wilgotną, czarną, uginającą się elastycznie ścieżką. Kilkanaście metrów przed sobą ujrzała wspaniałą kępę, pośpieszyła ku niej, wycięła i ułożyła wielką wiąchę, przyjrzała się swemu dziełu i pomyślała, że będzie chyba dosyć. Te i tamte, ułożone na skraju bagienka, razem powinny wystarczyć. Okręciła końce łodyg szmatą, ujęła je w dłoń i nagle usłyszała jakiś szelest. Dość głośny, nieoczekiwany, który w dodatku rozległ się tuż za nią...

Na moment zamarła, zarówno wewnętrznie, jak i zewnętrznie. Z miejsca przypomniały się jej słyszane w nocy odgłosy i krew zastygła jej w żyłach. Była tu sama, tak potwornie daleko od namiotów, tamci spali...

Powoli, z wielkim wysiłkiem, odwróciła głowę i spojrzała na gęste krzaki za pokrzywami. Gdzieś głęboko, na dnie przerażenia, błysnęła jej rozpaczliwa nadzieja, że może to jakieś małe, nieszkodliwe zwierzątko, wiewiórka, ewentualnie mysz... Niechby nawet duża mysz...

Z krzaków, razem z szelestem, dobiegło głuche stęknięcie, jakby jęk. Gałęzie poruszyły się, rozchyliły i coś z nich wyjrzało...

Na widok tego czegoś Okrętce zabrakło tchu. Przez długą chwilę trwały w najdoskonalszym bezruchu, ta rzecz w zaroślach i Okrętka na ścieżce. Potem w Okrętce coś wybuchło i odzyskała głos...

Trzy osoby w dwóch namiotach poderwały się na równe nogi. Zaplątały się w koce, wypadły na zewnątrz, zaskoczone, zaspane, wystraszone i kompletnie zdezorientowane. Po całym lesie grzmiał echem straszliwy dźwięk, potworny, przeraźliwy krzyk sza-

leńczej, dzikiej, śmiertelnej trwogi. Nie dość, że trwał,
to jeszcze zbliżał się szybko.

— O, niech ja skonam, co się dzieje...?! — wymamrotał osłupiały Zygmunt.

— Boże wielki...! — zdążyła krzyknąć Tereska.

Przez mostek pędziła Okrętka z rozwianym włosem i obłędem w oczach, kurczowo ściskając w dłoni potężny bukiet pokrzyw i cały czas krzycząc. Krzyk zaczynał brzmieć nieco mniej przeraźliwie, za to bardziej ochryple i jęcząco. Dopadła namiotów i runęła na pierś swego brata, z impetem waląc go w głowę trzymaną w ręku wiązanką.

—Tam...!— jęczała dziko, niewyraźnie i przenikliwie, ze ściśle zamkniętymi oczami. — Tam...! Wylazło...! Tam...!

Zygmunt w ostatniej chwili zdążył zrobić unik, dzięki czemu dostał pokrzywami w ucho, a nie w środek twarzy. Ogłuszony nieco napaścią, usiłował odebrać siostrze parzącą miotłę, ale Okrętka nie puszczała. Z całej siły zaciskała dłonie, jedną na jego bluzie od piżamy, a drugą na sztywnych łodygach, wciąż wydając z siebie mało zrozumiałe okrzyki. Zygmunt się zdenerwował.

— Rzuć to, do diabła! — wrzasnął z gniewem. — Zabierzcie jej to zielsko! Czego stoicie jak słupy?! Ruszcie się!!!

Tereska i Januszek otrząsnęli się z oszołomienia i pośpieszyli na pomoc. Wspólnym wysiłkiem udało im się wreszcie wydrzeć pokrzywy Okrętce, która osłabła od wstrząsu i teraz już w ogóle nie była zdolna do udzielania jakichkolwiek wyjaśnień. Puściła bluzę od piżamy Zygmunta i pojękując z cicha, osunęła się na ziemię.

— Musiała chyba coś zobaczyć — zawyrokowała Tereska. — Ciekawe co. Trzeba jej dać wody.

— Mówiła, że coś wylazło — przypomniał Januszek. — Możliwe, że zaskroniec.

— Wody to jej trzeba wylać na głowę — powiedział rozwścieczony Zygmunt. — Dobrze jeszcze, że nie leciała tu z nożem!

Okrętka uniosła głowę i bezradnie rozłożyła ręce.

— Zgubiłam... — zaszemrała żałośnie.

— Co zgubiłaś?

— Nóż... Miałam nóż... I nie mam... Zgubiłam...

— Chwała Bogu! — westchnął dziękczynnie Zygmunt.

— A pewnie — przyświadczyła Tereska, pobrzękująca już termosami. — Zabiłaby cię, mur beton...

— Ty, co tam wylazło? — zainteresował się Januszek. — Co to było?

Okrętka wzdrygnęła się gwałtownie i wylała na siebie połowę herbaty, którą troskliwie podawała jej przyjaciółka. Zygmunt wyciągnął z namiotu apteczkę i smarował sobie spirytusem salicylowym ucho i część policzka, mamrocząc coś pod nosem. Januszek rzucał niespokojne spojrzenia to na Okrętkę, to w kierunku bagienka.

— Niech ona powie, co tam było! — zażądał niecierpliwie. — Dajcie jej wody mineralnej albo tego spirytusu, albo jodyny, albo co i niech mówi! Coś tam takiego zobaczyła?

— No właśnie! — poparł go gniewnie Zygmunt. — Bo jak tam był faktycznie zaskroniec, to ja ci tego nie daruję!

— Głupi jesteś! — powiedziała Okrętka, z oburzenia odzyskując nagle siły. — Jaki zaskroniec?! Tam był upiór!

Reakcja na upiora była doskonale zgodna i sprawiła, że Okrętka wróciła do stanu mniej więcej normalnego. Podniosła się z ziemi, samodzielnie napiła wody mineralnej i poszczękując jeszcze trochę zębami, przystąpiła do rzeczowych wyjaśnień.

— Teraz rozumiem, że z tych krzaków wyjrzała ludzka gęba — mówiła, otrząsając się ze zgrozą.

— Ale tak naprawdę to ona była nieludzka. Mówię wam, wyglądała zupełnie jak upiór! Poszarpana i sina, i czarna, i zakrwawiona, i nie wiem co jeszcze! On chyba umarł, ten jakiś, i wyjrzał po śmierci, bo niemożliwe jest tak wyglądać za życia! I jeszcze miał takie skołtunione, okropne kłaki...

— Jakiś pijak — zawyrokował lekceważąco Zygmunt. — Spał w lesie, obudził się i nie wiem, kto kogo bardziej wystraszył. Ty jego czy on ciebie.

— A jeszcze narobiłaś takiego wrzasku, że po alkoholu od razu mógł umrzeć na serce — dodała z naganą Tereska.

— Wcale nie pijak, tam się wczoraj mordowali — upierała się Okrętka. — Słyszałam odgłosy!

— Jakie odgłosy?

— No właśnie takie. Zbrodnicze.

— Skąd wiesz, jakie to są zbrodnicze odgłosy?

— Nie wiem, jakie są, ale powinny być akurat takie, jak te. Chciałam wam powiedzieć od razu, ale wyleciało mi z głowy, bo złapały się raki. On jęczał!

— Pijaństwo jęków nie wyklucza...

— Ja uważam, że trzeba tam pójść i zobaczyć — powiedział znienacka Januszek, słuchający dotychczas w milczeniu.

— Niby po co? Pijaka nie widziałeś?

— Na pijaku mi nie zależy. Ale uważam, że trzeba pójść i zobaczyć. Może to wcale nie pijak, może ktoś go pobił...

— Pójść w ogóle trzeba, bo ona tam zgubiła nóż. Trzeba znaleźć. Co do pobicia, wątpię, byłoby więcej słychać.

— Słyszeliśmy samochód — przypomniała nagle Tereska.

— I co to ma do rzeczy? Ten samochód go przejechał?

— Samochód nie, ale jacyś ludzie... Albo może rozbił się po pijanemu!...

— Żadnego huku nie było!

Na moment zamilkli, rozważając sprawę i próbując przypomnieć sobie nocne odgłosy.

— Jestem pewna, że tu się coś dzieje! — oznajmiła Okrętka z nagłym rozgoryczeniem. — Zawsze tam, gdzie jesteśmy, musi się coś dziać! Samochód warczy, morda jęczy w krzakach, a on znajduje w rzece złote pieniądze. Ja od tego zwariuję!

Januszek charknął jakoś dziwnie. Tereska i Zygmunt spojrzeli na niego, a potem na siebie. Obydwojgu równocześnie błysnęło niejasne podejrzenie. Januszek w nocy zniknął na długo bez żadnego uzasadnienia, potem zaś zachowywał się dość osobliwie i niezrozumiale...

— Ja uważam, że trzeba tam pójść i zobaczyć, co jest z tym upiorem — rzekł stanowczo Januszek.

— Ja się nie znam, ale możliwe, że się coś dzieje. A jak się coś dzieje, to trzeba wiedzieć co!

Słuszność tej uwagi była tak uderzająca, że zgodziła się z nią nawet Okrętka, dla której okolice bagienka stanowiły ostatnie miejsce na świecie, jakie miałaby ochotę zwiedzać. Z drugiej jednakże strony za skarby nie chciała zostać sama na tym brzegu rzeczki. W rezultacie już po kilkunastu minutach wszyscy razem znaleźli się na czarnej, elastycznej ścieżce. Trzymająca się z tyłu Okrętka z daleka pokazała palcem gęste krzewy.

Pęk pokrzyw spoczywał tam, gdzie go ułożyła, nóż leżał nieco dalej na środku ścieżki. Podniósł go Zygmunt, idący na czele badawczej ekspedycji. Zbliżył się do kępy zarośli, rozchylił gałęzie i zajrzał. Okrętka zamknęła oczy.

W krzakach nie było żadnej mordy, żadnego pijaka i żadnego upiora. Nikt jednakże nie posądził jej o głupie przywidzenia, teren bowiem wyraźnie wskazywał, że coś tu się musiało wydarzyć. Pogniecione i połamane gałęzie, zryta trawa, jakieś strzępy, zdeptane zielsko... Ktoś tu się poniewierał, ktoś się czołgał i przewracał, czy może kogoś wleczono...

— Uciekł — stwierdził Januszek z mieszaniną żalu i ulgi. — Znaczy, był żywy.

— Od tych jej ryków uciekłby i nieżywy — mruknął Zygmunt i wylazł z krzaków.

Tereska zajrzała za Zygmuntem i oceniła ślady.

— Za duży tu bałagan, jak na jednego człowieka — zauważyła. — Chyba że się miotał w ataku epilepsji albo tańczył kozaka. Mnie się wydaje, że tych niszczycieli środowiska było co najmniej dwóch.

— Pewnie, że dwóch. Pobili się po pijanemu i tyle. Grunt, że poszli w diabły o własnych siłach i możemy się nimi nie zajmować. Co teraz?

Uspokojona nieobecnością strasznej mordy Okrętka odzyskała równowagę całkowicie. Zawróciła i ruszyła ku drodze i rzeczce.

— Teraz to ja bym obejrzała tę całą okolicę za dnia — rzekła ze zdumiewającą trzeźwością umysłu.

— Wczoraj, w tych ciemnościach, pięćdziesiąt tysięcy razy wpadałam do wody. I wcale nie wiemy, czy łapiemy w najlepszym miejscu, może obok jest jeszcze lepsze? Może powinno się łapać na większej przestrzeni? One się tak tłoczyły, że ja bym im dała więcej żab i nie razem, tylko jakoś rozproszone. Mamy przecież więcej haczyków?

— Słusznie — przyznał Zygmunt. — Żyłka jest, utnie się parę kijów na wędziska...

— Żeby tylko był dobry dostęp do wody! — ożywiła się Tereska i przyśpieszyła kroku.

W miejscu, gdzie minionej nocy Januszek wyrzucił swój łup, wokół przewróconego, dziurawego, wiklinowego kosza, leżały w rozsypanym na trawie piasku jakieś skorupy i mnóstwo śmieci. Słońce oświetlało je, zapalając w niektórych wesołe błyski. Januszek, zmierzający nad brzeg rzeczki za resztą towarzystwa, spojrzał na to z lekkim roztargnieniem, potem nagle zatrzymał się, obejrzał i zawrócił. Pochylił się nad śmietnikiem, oglądając go z uwagą.

— Hej, słuchajcie! — zawołał takim tonem, że wszyscy od razu odwrócili się ku niemu. — Rany kota...!!!

Wśród skorup garnka, w koszu i obok niego leżały rozrzucone licznie małe, trochę nieforemne krążki i coś jakby rozsypane, połyskujące koraliki. Krążki były czarne, ale gdzieś między nimi błyskało złotawo.

Przez chwilę przyglądano się temu w milczeniu. Tereska pierwsza opanowała zdumienie i zaskoczenie. Przyklękła, pogrzebała w znalezisku, obejrzała kilka koralików, jeden i drugi krążek starannie oczyściła o rękaw swetra, przyjrzała im się...

— Skarb! — orzekła uroczyście, podnosząc się.

— Popatrzcie, prawdziwy skarb...

— Jak to, skarb? — powiedział nieufnie Zygmunt.
— Te odpustowe koraliki i ten czarny szmelc...
— No, głupi jesteś czy jaki? Przecież to pieniądze!
Takie czarne, że chyba srebrne. I bursztyny. Bardzo
stare...
— Coś podobnego — wyszeptała Okrętka.
Przyklękli wszyscy, zaczęli zbierać i czyścić z piasku nieforemne krążki.
— Chcesz powiedzieć, że to jest takie coś, co czasem chłop wyorze z ziemi? — upewnił się niedowierzająco Zygmunt. — I potem są krzyki w prasie...?
— No, a jak? Właśnie takie! Patrzcie, te skorupy
to był garnek. Ktoś sobie schował cały majątek
w starym garnku...
— Jak chował, to ten garnek był pewnie jeszcze
nowy — wtrąciła Okrętka z nabożnym wzruszeniem.
— Pewnie zakopał, bo wątpię, czy wrzucił do rzeki — ciągnęła Tereska, coraz bardziej przejęta. —
Wszystko stare, same okazy numizmatyczne! Coś
nadzwyczajnego!
— Niektóre złote — zauważył z szacunkiem Zygmunt, wycierając o spodnie i oglądając oczyszczony
krążek. — Dwie sztuki widzę. Niedużo, ale zawsze...
Okrętka zdenerwowała się na niego.
— Przestań szorować o portki, poniszczysz do
reszty! Z tym się trzeba delikatnie obchodzić! I nie
lataj po tym, depczesz butami!
Na czworakach zbierali rozsypane wokół kosza
monety, układając je pieczołowicie na dwóch wielkich liściach łopianu. Okrętka odpełzła najdalej,
w trawie opodal dojrzała nagle jakiś błysk. Rzuciła
się ku niemu, chwyciła do ręki jakby kulisty, odrobinę przypłaszczony kamień, bardzo lekki, przezroczysty, z dziurką w środku. Zachwyciła się bez granic.

— Patrzcie, to przecież bursztyn! Jaki wielki...!

— A, to z tego rozerwanego naszyjnika! — wykrzyknęła Tereska.

— Na to właśnie wlazłem — oznajmił Januszek.

— Takie było okrągłe i lekkie, że chciałem zobaczyć, co to jest.

— Biedny człowiek, razem z pieniędzmi schował swój jedyny skarb...

— A może przeciwnie, skąpiec, nie dość, że pieniądze zakopał, to jeszcze zabrał żonie biżuterię...

Wszelkie wątpliwości znikły ostatecznie, w wilgotnym piasku leżał najprawdziwszy, bardzo stary skarb, wyciągnięty z wody razem z rakami. Przedtem znajdował się obok pierwszej żaby Tereski, pod przeciwległym, wyższym brzegiem, podmywanym przez wodę od niezliczonych lat. Wpadł do niej zapewne razem z obsuwającą się ziemią i został wygarnięty szczątkami wiklinowego kosza...

— Boże drogi, a garnek? — przeraziła się nagle Okrętka. — Garnek był też zabytkowy! A myśmy go stłukli, barbarzyńcy...!

— Uspokój się, on już był stłuczony — pocieszył ją Zygmunt.

— A co najmniej musiał być pęknięty, przecież jedną taką sztukę Januszek znalazł w wodzie. Luzem!

— Wcale nie musiał, mogło tylko wylecieć to coś, czym go zatkali. Pozbierajmy chociaż skorupy!

— Dobra, skorupy możemy pozbierać, ale wiecie co? Ta rzeczka wolno płynie, tego może być tam więcej. Proponuję, żeby poszukać.

— Igły w stogu siana — mruknął Januszek.

— Wam się zdaje, że to łatwo...

— No pewnie, że poszukamy! — przerwała z zapałem Tereska. — Możliwe, że jest więcej, nie wolno tego tak zostawić! To są nasze zabytki!

Januszek poczuł gwałtownie rosnący niepokój.
Zrozumiał wyraźnie, że nadeszła chwila podjęcia
męskiej decyzji. Nie może dłużej ukrywać tajemnicy, nie może narażać na niechybną zgubę czterech
osób, w tym siebie. I tak dziw bierze, że dotychczas
jeszcze żyją...

— Czekajcie no! — powiedział z determinacją.
— Nie rozpędzajcie się tak. Chyba wam teraz powiem...

Trzy beztroskie, uszczęśliwione skarbem, nie-
świadome zagrożenia osoby spojrzały na niego z po-
dejrzliwym zainteresowaniem. Januszek podniósł
się, rozejrzał, po czym znów przykląkł, bo bliżej ziemi wydawało mu się jakoś bezpieczniej. Wyglądał
tak, że nie można go było zlekceważyć.

— Chyba wam powiem, co się tu dzieje. Ale pod
jednym warunkiem. Ja to wiem już od wczoraj.

Tereska i Zygmunt spojrzeli na siebie i równocześnie pokiwali głowami. Dobrze zgadli, że z Januszkiem jest coś nie w porządku. Okrętka powoli
uklękła w trawie.

— A mówiłam... — wyszeptała z bolesnym jękiem.

— Co się... — zaczął Zygmunt, ale znająca swego
brata Tereska przerwała mu gestem. Lepiej wiedziała, w jakiej kolejności należy z nim wyjaśniać sprawy
i załatwiać interesy.

— Pod jakim warunkiem? — spytała rzeczowo.

Januszek przysiadł na piętach.

— Pod warunkiem, że nie zaczniecie zaraz pchać
się na ślepo do domu. Przysięgniecie, że zostaniemy

tu do jutra i nałapiemy więcej raków, żeby nie wiem co!

— Kto mówi o pchaniu się do domu? — zdumiał się Zygmunt. — Jasne, że zostajemy do jutra. Po co ci w ogóle takie głupie warunki?

— Już ja was znam. Wystraszycie się. I jeszcze będziecie ględzić jakieś głupoty o rozsądku.

— Nic z tych rzeczy, zostajemy, nawet wystraszeni do nieprzytomności — zapewniła stanowczo Tereska. — Szczególnie teraz, nie dość, że raki, ale jeszcze i skarb...

— Zamknij się wreszcie z tym skarbem i przestań tyle gadać! — rozzłościł się Januszek. — Trąbisz na cztery strony świata! To jest niebezpieczna okolica, widziałem i słyszałem, i wiem!

— Dobra — rzekł ugodowo Zygmunt, zniżając głos — zgadzamy się na wszystkie warunki, przysięgamy, że zostajemy, nikt nic nie gada, a teraz mów! Co wiesz?

Januszek znów rozejrzał się niespokojnie dookoła, gestami skupił wszystkich blisko siebie i konspiracyjnym szeptem udzielił informacji.

— Tu grasują zbrodniarze — zakomunikował złowieszczo. — Prawdziwi mordercy. Zamordowali kogoś i wykopali mu grób, a potem zasypali. W moich oczach, tam, z tamtej strony pagórka. I to nie jednego, więcej było tych ofiar, bo wszędzie rozwłóczone szkielety. Czerwona oberża. Wczoraj też próbowali jednego zamordować, pewnie tego, co przyjechał samochodem, ale nie wiem, jak im wyszło, bo nie patrzyłem do końca. Teraz rozumiem, po co im to wszystko, chodziło o ten skarb. Lepiej nie wygłupiajmy się z szukaniem jawnie, bo i nas też pomordują.

Przez chwilę panowało milczenie.

— Zwariowałeś? — spytała Tereska z najgłębszym niesmakiem.

Januszek oburzył się śmiertelnie.

— Sama zwariowałaś, wcale nie zwariowałem, widziałem to na własne oczy! I słyszałem, co mówili! Co ty myślisz, że ja mam jakieś manie prześladowcze?!

— No nie... Manii nie masz... No dobrze, co widziałeś? I co mówili? Konkretnie!

— Widziałem, jak kopali. To znaczy nie, jak zasypywali. Piszczele. Uklepywali porządnie i mówili, jeden do drugiego, żeby dobrze wyrównać, bo nie daj Boże, jak kto znajdzie ten grób...!

— Powiedzieli, grób?

— Grób. Jak byk.

— Zaraz — powiedział z namysłem Zygmunt.

— Czekaj. Piszczele, mówisz, to już stare. Przedawnione. Nic świeżego nie było?

— Nie wiem, nie widziałem początku. Świeże musieli już zasypać. I jeszcze mówili, że jakiegoś trzeba usunąć, bo doniesie. Możliwe, że go właśnie w nocy usuwali. Jeden się czaił na drugiego i skradał się za nim do lasu, to też widziałem...

Januszek umilkł na moment i na wspomnienie nocnej sceny wzdrygnął się z lekką zgrozą.

— I szkielety widziałem — kontynuował. — Możecie sobie obejrzeć, leżą tam, w krzakach. A ten samochód przyjechał i co? I cześć pracy. Nie odjechał...

Milczenie zapanowało na znacznie dłuższą chwilę.

— Nie podoba mi się to — rzekł nagle Zygmunt.

— Faktycznie, co z tym samochodem? Słyszał kto później warkot?

Trzy osoby pokręciły głowami.

— Mogliśmy spać — zauważyła krytycznie Tereska. — Nie chcę twierdzić, że w tym kraju nikt nigdy nikogo nie zabił i że takie rzeczy się w ogóle nie zdarzają, ale... Ale jeżeli załatwili tego jakiegoś donosiciela, powinni byli usunąć i samochód. Widzieli nas, świeciliśmy, może czekali, aż zaśniemy...

— Trzeba to sprawdzić! — zadecydował energicznie Zygmunt. — Idziemy!

— Gdzie ty chcesz iść? — przeraziła się Okrętka.

— Tam, gdzie on warczał. To było blisko, po tej stronie rzeczki. Idziemy w las tyralierą, jak ktoś co zobaczy, to krzyknie. Patrzeć na ślady opon, teraz wilgotno, powinny być. Jazda!

Tereska i Januszek poderwali się z zapałem, zarażeni energią Zygmunta. Odpowiadało im takie postawienie sprawy, wyjaśnić sytuację, a nie trząść się w niepewności. Okrętka wydała z siebie cichy, rozpaczliwy jęk, ale posłusznie podniosła się również, tyle że znacznie wolniej. Z determinacją postanowiła w razie zobaczenia czegokolwiek natychmiast zamknąć oczy. Krzyczeć może, proszę bardzo...

Tajemniczy samochód znalazł się zaledwie kilkadziesiąt metrów dalej, na zarośniętej, leśnej drodze. Był pusty i zamknięty. Został poddany bardzo dokładnym oględzinom, mimo iż jego zasadniczy mankament rzucał się w oczy. Stał mianowicie tylko na dwóch kołach, zamiast dwóch pozostałych widniało jakieś dziwne rusztowanie, złożone z drągów i kamieni. Ponadto dwa obecne koła nie zawierały w sobie ani odrobiny powietrza. Trudno było zawyrokować, czy nie odjechał dlatego, że właściciela zamordowano, czy też dlatego, że nie miał na czym.

— No? I co teraz? — spytała Tereska.

— Teraz to ja bym zjadł śniadanie — zakomunikował spokojnie Januszek.

— No wiesz...?! — zgorszyła się Okrętka. — Takie rzeczy, zbrodnie, groby, a ty chcesz jeść?!

— No to co, że zbrodnie i groby? Pewnie, że chcę jeść, jeszcze przecież jestem żywy!

Zygmunt ze zmarszczoną brwią oglądał teren wokół poszkodowanego samochodu. Dostrzegł coś, co umknęło uwadze pozostałych. W jednym miejscu krzaki były połamane, trawa zdeptana, zniszczenia prowadziły w głąb lasu. Robiło to takie wrażenie, jakby ktoś gwałtownie i na oślep przedzierał się przez zarośla, przewracał się w nich, być może przedzierały się tak dwie osoby, toczące ze sobą walkę. W dziedzinie różnych walk wiedza Zygmunta była obszerna. Pasowało mu to do tamtego miejsca, w którym Okrętka ujrzała straszną mordę. Ktoś tu chyba uciekał, ktoś go zatrzymywał, dopadli się wreszcie bliżej bagienka...

Już otworzył usta, żeby podzielić się spostrzeżeniami, ale nagle zrezygnował. Postanowił nie wprowadzać paniki. Jakaś potężna draka rozgrywała się tu z całą pewnością, żadnych zwłok co prawda nie znaleźli, ale to wcale nie oznacza, że przeciwnicy rozeszli się w dobrym zdrowiu i o własnych siłach. Jego siostra widziała jednego, niewykluczone, iż drugi został ładnie uklepany na zboczu pagórka... Nie będzie się w to wdawał w towarzystwie dwóch dziewczyn i jednego smarkacza, należy po prostu zawiadomić milicję, tyle że nie tak zaraz. Zawiadomienie zaraz automatycznie zniweczyłoby wszelką możliwość polowania na raki...

W ten sposób, mimo różnicy wieku i doświadczenia, Zygmunt doszedł dokładnie do tych samych wniosków co Januszek i podjął identyczną decyzję.

On też uważał te raki za jedyną okazję w życiu, nie miał nadziei na cud, objawiający się nagłym oczyszczeniem wszystkich wód w kraju. Porzucił skraj lasu i podszedł do tamtych trojga, stojących wciąż przy samochodzie.

— Śniadanie możemy zjeść, czemu nie — zgodził się. — Nic tu i tak nie wystoimy. Wracajmy do namiotów, tam się możemy zastanowić nad dalszym ciągiem, z tym, że po drodze dyplomatycznie pozbierałbym skarby.

— Dyplomatycznie, to znaczy jak?

— No wiecie... Jakoś ukradkiem i bez krzyku...

Dyplomatycznie pozbierane i starannie owinięte w ręcznik skarby ukryto w namiocie Tereski i Okrętki. Tereska zajęła się ogniskiem, Okrętka i Januszek ostrożnie przekładali raki, moszcząc im wiaderka pokrzywami. Zygmunt otwierał puszki z gulaszem i kroił chleb. W atmosferze pojawił się trochę niemiły i bardzo emocjonujący cień niepokoju i niepewności, z którym dość skutecznie walczyła beztroska pogodnego, słonecznego pleneru.

Zbierając porozrzucane dookoła ogniska drewno, Tereska natknęła się nagle na jakiś przedmiot, niedrewniany. Już chciała odrzucić go na bok jako niepotrzebny śmieć, ale zawahała się. Coś jej zamigotało w pamięci, kształt przedmiotu był jakby znajomy. Z pewnością kojarzył się z czymś, co musiała kiedyś widzieć i co musiało chyba coś oznaczać. Wzięła to do ręki, oglądając z głębokim namysłem, popatrzyła w dal, zmarszczyła brwi, popatrzyła znów na przedmiot, po czym uważnie rozejrzała się wokół siebie. Dostrzegła drugi dziwny przedmiot, sięgnęła po niego...

Zygmunt cofnął szybko garnek, do którego wrzucał gulasz z puszki, bo Tereska poderwała się tak

gwałtownie, że do środka sypnęła się ziemia i śmieci.

— Słuchajcie, czy tu ktoś kopał? — spytała niespokojnie, głosem z lekka zdławionym i pełnym napięcia.

— Wierzgasz i śmieci lecą — odparł Zygmunt
z niezadowoleniem. — Potem będzie zgrzytało
w zębach. Co kto kopał?

— Tutaj. Tutaj, pytam się, czy ktoś kopał? Ziemię
czy ktoś kopał?

— No pewnie, że kopał, głupie pytanie — odezwała się znad wiaderek Okrętka z wyraźną urazą.

— Obydwoje z Zygmuntem narobiliśmy się jak woły. Nie zauważyłaś, że było nachylone, a teraz pod
namiotami jest równo? To co, samo się wyrównało?

Tereska wydawała się okropnie przejęta, ożywiona
jakąś nagłą, tajemniczą myślą. Cofnęła się, przewróciła termos, odruchowo podniosła go i odstawiła dalej.

— No nie wiem... Wiecie, ja bym poszła obejrzeć
ten grób. Coś mi się widzi... Ale może mi się tylko
wydaje... Ja bym poszła obejrzeć ten grób...

Wszyscy spojrzeli na nią z dezaprobatą i wyrzutem, w oczach Okrętki dodatkowo pojawił się zdumiony popłoch.

— Teraz zaraz? — skrzywił się zgryźliwie Zygmunt. — Nigdy w życiu nie zjemy śniadania?

— Kicham na śniadanie, śniadanie nie ucieknie...

— Grób tym bardziej!

— Oglądanie grobów na czczo jest bardzo szkod-
liwe — oznajmił stanowczo Januszek. — I te szkielety, jeden mnie ugryzł... Potem się traci apetyt. Mogę iść i oglądać, ale po jedzeniu.

— Nie wiem, czy to jest akurat taki widok na deser
— zauważyła z powątpiewaniem Okrętka. — Czy
nie moglibyśmy przez chwilę posiedzieć w spokoju?

— Oni mają rację — przyświadczył Zygmunt. — Śmieci lecą do garnka. Co cię napadło z tym grobem? Masz jakiś pomysł?

Tereska była wciąż ogromnie poruszona, ale nie chciała nic mówić. Ognisko rozpaliła błyskawicznie, postawiła garnek na płonącym drewnie, nie bacząc na możliwość poparzeń i lekceważąc kwestię zakopcenia. Pogoniła Januszka, wetknęła mu łyżkę do ręki i kazała jeść prędzej. Okrętka ze swoją menażką przysiadła obok niej.

— Połowa zimna, a połowa parzy — stwierdziła z naganą. — Nie mogłaś chociaż porządnie pomieszać...?

Urwała, bo wzrok jej padł na przedmiot, który Tereska starannie czyściła skrajem bluzki.

— Jak to...? — powiedziała, zaskoczona. — Skąd to masz...? Czy to jest...? Czy to nie jest...? Przecież...

Tereska bez słowa podała jej przedmiot, oczyszczony już z ziemi i popiołu, a potem drugi, mniejszy, równie mało efektowny, wyglądający jak kawałek starego żelaza. Okrętka odłożyła łyżkę w kretowisko. Wzięła oba przedmioty do ręki, oglądała je przez chwilę, na twarzy jej odmalowało się zdumienie i niedowierzanie, spojrzała na Tereskę. Tereska energicznie kiwnęła głową kilka razy, Okrętka podniosła się pośpiesznie.

— Wiecie — powiedziała głosem dziwnie ożywionym — ja bym poszła obejrzeć ten grób...

Śmiertelnie zdumiony Januszek, nic nie pojmując, patrzył, jak jego siostra i jej przyjaciółka padają na kolana we wskazanym przezeń miejscu i zaczynają gorączkowo rozgrzebywać ziemię rękami. Padanie na kolana przy grobie stanowiło wprawdzie gest ogólnie przyjęty, nikt jednakże, jego zdaniem, nie usiłował przy tej okazji dogrzebywać się zwłok, a w każdym razie nie z tak płomiennym zapałem. Zygmunt wyglądał, jakby się czegoś domyślał, przyglądał się temu pomyleństwu z wyraźnym zainteresowaniem. Tereska i Okrętka kopały niczym rasowe teriery, usuwając warstwę, uklepaną przez wczorajszych złoczyńców, dokopały się chyba w końcu czegoś, bo coś sobie wzajemnie zaczęły pokazywać. Tereska podniosła się, z blaskiem w oczach, z rumieńcem na twarzy, z ziemią wszędzie, nawet we włosach. Według opinii Januszka, sama wyglądała, jak wygrzebana z grobu.

— Ty głąbie jeden beznadziejny — zwróciła się do brata, przy czym treść słów stała w sprzeczności z tonem, podniosłym i wielce uroczystym. — Grób sobie znalazł, debil głupi. Pewnie, że grób! Ci jacyś ludzie odkopali przedhistoryczny grób i wcale nie musieli nikogo mordować, bo szkielety leżą tu od wieków!

— Historyczny — sprostowała niepewnie Okrętka, podnosząc się również i wyglądając podobnie jak jej przyjaciółka. — Szkielety, nie palili, moim zdaniem to pierwsze wieki...

— Historyczny, możliwe... — Tereska zastanowiła się nagle. — Ale coś ty, groby szkieletowe były już w neolicie...!

— Nie powiesz mi, że to neolit...

— Oszalałaś! To przecież brąz...! To jest chyba zapinka albo inna ozdoba, już druga, tam znalazłam pierwszą! I tamten pagaj, nie wiem od czego, wygląda jak koniec czegoś, może berła. Wygrzebaliście to z ziemi...

— To mi się wydaje za mało stare — upierała się Okrętka. — Ja nie wiem, neolit neolitem, ale to powinno być już chrześcijaństwo!

— Możliwe. Z tym, że ja osobiście nie widzę różnicy między wiekami, pierwszy czy piąty, to podobne do siebie... Ale ten wzór jest inny! On mi się z czymś kojarzy, nie mogę sobie przypomnieć...

Zaciekawiony Zygmunt odebrał jej okrągły, plackowaty przedmiot, pokryty nierównościami. Stworzony przez nierówności wzór wydał mu się w ogóle nieczytelny. Popatrzył na zbocze pagórka.

— Jesteś pewna? — spytał ostrożnie. — Nie do pojęcia, że coś w tym widzisz, ja bym nie zauważył...

— O, Boże, myśmy się tego naoglądały do nieprzytomności! — przerwała zemocjonowana Okrętka. — Tuż przed samymi wakacjami pisałyśmy referat o prasłowianach i te wszystkie wykopaliska po nocach mi się śniły. Byłyśmy wszędzie, pokazywali nam wszystko...

— Nawet to, co mieli w magazynach, jeszcze nie uporządkowane — dodała Tereska. — Jak znajdę tu kawałek grzebienia albo sprzączki od paska, gwarantuję ci, że rozpoznam! Dlatego właśnie uważam, że to jest coś innego, albo starsze, albo co, bo mi ten wzór nie pasuje. Ale znam go na pewno, musiałam widzieć! Tyle że w tych wiekach nie mogę się połapać, pojęcia nie mam, z jakiego to okresu.

Zygmunt pokręcił i pokiwał głową z podziwem i szacunkiem. Okrętka na umazanej ziemią twarzy miała wyraz niebiańskiego zachwytu. Obejrzała się na pagórek.

— Wykopalisko archeologiczne — wyszeptała z niebotycznym wzruszeniem. — To ma co najmniej tysiąc lat... Nareszcie nam się udało znaleźć coś takiego! Więc to jednak prawda...

— A tyś myślała, że co, pic i fotomontaż? — spytał niechętnie Januszek, rozczarowany nieco prze-

mianą prawdziwego, porządnego miejsca zbrodni
w jakieś tam strupieszałe mauzoleum. — Uważałaś,
że sami produkują te stare buble, a potem oddają
do muzeum...?

Podszedł bliżej i urwał, w oku błysnęło mu zainteresowanie, schylił się szybko i podniósł coś z ziemi, rozsypanej pod krzakiem.

— Ejże! Czy to przypadkiem nie jest grot od strza-
ły? Słuchajcie no, ja się na tym znam! Grot od strza-
ły, jak Boga kocham...!

Niezwykłe odkrycie archeologiczne okazało się
faktem, rzetelnym i prawdziwym. Naruszony pagórek zawierał w sobie niewątpliwie skarby, tyle że
w stanie bałaganu. Wystarczyło trochę rozgarnąć
ziemię, żeby znaleźć szczątki szkieletów, pojedyncze kości, większą ilość grotów od strzał i rozmaite
inne przedmioty, trudne do rozpoznania, brudne,
ponadgryzane zębem czasu, nieco przerdzewiałe,
z całą pewnością jednak zabytkowe. Tajemniczy
sprawcy rozkopali wielką część zbocza, rozrzucając
dookoła to, co znaleźli w środku, następnie zgarnęli
większość i zasypali z powrotem. Najwidoczniej
znalezisko potraktowali wzgardliwie. Czaszka, która nocą ukąsiła Januszka, została zapewne również
odrzucona na bok jako niepotrzebna, po czym nikt
nie fatygował się odszukiwaniem jej i zakopywa-
niem.

— No no — powiedział Zygmunt z podziwem
— niech ja w życiu do domu nie trafię... Duża rzecz.
Ciekawe, co tu było takiego, mam na myśli w sensie
historycznym?

Tereska gwałtownie szukała w pamięci.

— Właśnie chyba nic. Wpływy rzymskie mogły
sięgać, ale słabo... Wędrówki ludów, mogli tędy

przelecieć, chociaż ja o tym nic nie wiem... Szlak handlowy był bardziej na południe, żadnych wielkich bitew... O wykopaliskach w tym rejonie w ogóle nie słyszałam...

— No jak to, wykopalisko jest tu! — przerwała zemocjonowana Okrętka. — Najlepszy dowód, że coś musiało być! Mam nadzieję, że jest prawdziwe, Boże wielki, to prawie cud! Po tylu wysiłkach, tak zwyczajnie, samo się znalazło, bezproblemowo...

— Bezproblemowo...! — prychnął z rozgoryczeniem Januszek.

— Co to znaczy, po tylu wysiłkach? — spytał podejrzliwie Zygmunt. — Nic o tym nie wiem, żebyś latała po kraju i szukała wykopalisk archeologicznych. I ani razu nie widziałem cię z łopatą! Po czyich wysiłkach?

— Naszych oczywiście! Jak to nie wiesz, mówiłam ci przecież tysiące razy! Ona mnie wplątała w okropną aferę kryminalną, przez całe wakacje kotłowałyśmy się z tymi przestępcami, z narażeniem życia! Dałam się namówić, bo myślałam, że chodzi o prawdziwe zabytki, że coś nam przybędzie z tego, czego wcale nie mamy, wiesz, co nam porozkradali i co się poniszczyło... A potem się okazało, że to było byle co, jakieś tam złoto i dolary, i przedwojenna biżuteria...

— No owszem, mówiłaś coś tam na ten temat. Rzeczywiście, złoto, dolary i przedwojenna biżuteria to całkiem byle co, w ogóle prawie świństwo. Ale gadałaś o aferze, a nie o zabytkach.

— Myśmy rzeczywiście myślały, że znajdziemy autentyczne antyki! — westchnęła Tereska. — Wiesz, w innych krajach muzea aż się uginają, a u nas co? Żałosna chała! Jurek mówił...

— Jaki Jurek?

— Mój stryjeczny brat. Mówił, że w Kopenhadze na całym piętrze są same łyżki. Rozumiesz? Tysiące łyżek! Miliony...!

— A noże i widelce? — zaciekawił się nagle Januszek.

— Co...? Odczep się. Widelec pokazał się dopiero w czternastym wieku. A stryjenka mówiła, że w Luwrze jest galeria, kilometrowej długości, a w niej same małe przedmioty użytkowe. I dekoracyjne! A u nas co...?

— Byłyście na Mazurach — zauważył Zygmunt, ogłuszony nieco kopenhaskimi łyżkami. — Jak rany Boga żywego, w jeziorze chciałyście znaleźć małe przedmioty użytkowe?! Kota macie?!

— A nawet jeśli w jeziorze, to co? — zdenerwowała się Okrętka. — Co się tak dziwisz, były wypadki zatapiania w jeziorach różnych cennych rzeczy! A tamte akurat były w ziemi, zakopane i w ogóle trzeba było słuchać, jak opowiadałam!

— W jeziorach przedmioty użytkowe są! — oznajmił Januszek pouczająco. — Średnio małe. Raz wlazłem na starą wyżymaczkę i zdarłem sobie skórę z nogi. Potem mi powiedzieli, że to wyżymaczka, bo sam nie rozpoznałem. Poza tym, tu nie widzę żadnych łyżek.

Tereska rozejrzała się i nieco ochłonęła. Poruszony temat wywoływał w niej zawsze głębokie wzburzenie, budząc wielkie nadzieje na jakieś odkrycia, znaleziska, wciąż zaczynała rozmyślać nad odzyskaniem utraconych dóbr jakimś nieznanym jeszcze sposobem, jakąś drogą, na którą dotychczas nie natrafiła...

— Łyżek może i nie ma, ale są za to inne rzeczy — powiedziała żywo. — Nic już więcej nie możemy ruszać, wiem na pewno, że dla archeologów jest okropnie ważne, gdzie co leżało i jak. Śmietnik tu się zrobił niemożliwy, trzeba ich natychmiast zawiadomić!

— Kogo?

— Archeologów oczywiście! Zygmunt, bierz rower, skocz do byle której wsi na posterunek milicji i spytaj o najbliższe muzeum...

— Zaraz, zaraz! — przerwał ostrzegawczo Januszek. — Ty nie bądź taka wyrywna! Nie daj Boże, znajdzie ich od razu, przylecą tu i co?

— Jak to co? Bardzo dobrze! Powinni przylecieć!

— Aha. Akurat. A raki?

— Co raki?

— No, coście tak zgłupieli? Mało, że nas przegonią, to jeszcze wypłoszą wszystko! O łowieniu mowy nie będzie! A kto ich tam wie, może sami wyłapią... Ja się tu poniewieram po przedhistorycznych piszczelach jak jaki półgłówek, narażam się, nic nie mówię, a wy chcecie wszystko zaprzepaścić...?!

— O Boże...! — jęknęła Okrętka.

— On ma trochę racji... — przyznał zakłopotany Zygmunt, i nagle jakby oprzytomniał. — Ale czekajże, po co ty chcesz kogoś zawiadamiać? Uważasz, że oni o tym nie wiedzą? To niby kto tu kopał?

— No, przecież nie archeolodzy!

— Skąd wiesz?

— Chyba ci się umysł pomieszał! Nie widzisz, co się tu dzieje? Oni to robią porządnie i delikatnie, nie zostawiliby tych rzeczy, coś ty?! Tu kopał jakiś wandal, barbarzyńca, może nawet sam nie wiedział co kopie, może szukał czegoś głębiej, może i rzeczywiście zakopywał... Może wrócić, jeszcze pokopać, poniszczyć wszystko aż do środka!

— A mówiłem, że tu były bandziory — wytknął
Januszek z satysfakcją.

— Ja się nie zgadzam, żeby stróżować i pilnować! — przerwała gwałtownie Okrętka, od razu zdenerwowana. — Wiem doskonale, że za chwilę coś takiego wymyślicie. Zawsze macie takie potworne pomysły! Ja się nie zgadzam!

— Toteż mówię, trzeba natychmiast zawiadomić archeologów...

— A raki...? — przypomniał znów Januszek.

Okrętka z jękiem usiadła na kupie ziemi. Zygmunt z namysłem przyjrzał się całemu otoczeniu.

— Tych facetów to ja w ogóle nie rozumiem — oznajmił niechętnie. — Żeby ich piorun strzelił, zapaskudzili całą sytuację. Kopali tu nie wiadomo po co, zasypywali w tajemnicy, on mówi, że się czaili na siebie, zostawili samochód, jednemu dali wycisk nie z tej ziemi... O co tu chodzi?

— No właśnie. I nie wiadomo, co jeszcze wykombinują. Tu się coś dzieje, nie możemy dopuścić do zniszczenia skarbów kultury, to są nasze własne skarby naszej własnej kultury, trzeba kogoś zawiadomić...!

— A raki...?

Tereska otworzyła usta i zamknęła, zatroskana i zdenerwowana niebotycznie. Okrętka z cichutkim jękiem rozczochrała sobie wszystkie włosy na głowie. Zygmunt ze zmarszczonymi brwiami patrzył w ziemię, intensywnie rozmyślając. Januszek miał rację, problem był niesłychanie kłopotliwy. Z jednej strony raki, jedyna okazja w życiu, z drugiej wykopalisko, niewątpliwie również sztuka na raz, nie trafia się na coś takiego codziennie. Ponadto wykopalisko zagrożone zniszczeniem... Należało się zdecydować, albo utrata raków, albo utrata bezcennych skarbów przedhistorycznej kultury...

Po dość długiej chwili przedhistoryczna kultura zwyciężyła. Kategoryczny protest Okrętki wykluczał możliwość zabezpieczenia znaleziska przed nieznanymi barbarzyńcami we własnym zakresie. Przez noc mogli narobić szkód niewyobrażalnych. Stanęło zatem na tym, że Zygmunt nie spocznie, dopóki nie dopadnie jakiegoś archeologa, przed udzieleniem informacji zbada stosunek swego rozmówcy do raków, następnie zaś postawi warunek. Powie wszystko, ale w nocy zostawią ich w spokoju i pozwolą łapać. Ewentualni strażnicy, obojętnie jakiej profesji, będą zachowywać się cicho i trzymać z daleka od rzeczki. Tylko do jutra, rzecz jasna, jutro już mogą sobie robić, co zechcą.

Zygmunt wsiadł na rower i odjechał na poszukiwanie wsi i komisariatu MO, nie mając pojęcia, gdzie może znaleźć jedno lub drugie. Tereska, Okrętka i Januszek pozostali na gospodarstwie, niezmiernie przejęci, pełni emocji, zdenerwowani, to snując przypuszczenia natury historycznej, to niepokojąc się możliwością powrotu destruktywnie nastawionych złoczyńców. Januszek na wszelki wypadek sporządził procę, co przyszło mu z łatwością, ponieważ odpowiednią gumę zawsze nosił przy sobie.

— Jakby co, to ja w nich z ukrycia — zaraportował.

— Nie zobaczą mnie, nie ma obawy, ona daleko niesie. Nie mówię, że ich zaraz pozabijam, na to nie liczcie, ale nikt nie wytrzyma, jak co i raz będzie dostawał w ucho kamieniem. Gdzie indziej też może dostać...

— Całkiem niezła myśl — pochwaliła Tereska.

— W razie gdyby Zygmunt nic nie załatwił, możesz do nich strzelać przez całą noc. W takich warunkach niewiele zrobią.

— Złapią go i zamordują — przepowiedziała ponuro Okrętka.

— E tam, złapią... Ucieknie. A jeśli będą go ganiać w ciemnościach po lesie, tym bardziej nic nie rozkopią. Będziemy ich mylić, szeleścić albo warczeć, albo cokolwiek...

— Po prostu cudownie. My będziemy warczeć po lesie, a raki złowią się same. Zdawało mi się, że zależy nam na rakach.

Tereska doznała olśnienia.

— Same...! Wiesz, że to jest świetna myśl! Oczywiście, że same! Zastawimy na nie pułapkę, mówiliśmy o tym wczoraj, dobrze, że mi przypomniałaś. Ta ruina kosza bardzo dobrze się nada, Januszek, skocz po kosz!

Kosz istotnie okazał się znakomity. Należało tylko zatkać jakoś dziurę w dnie, umocować haczyk, umieścić na haczyku żabę i całość zatopić na dnie rzeczki. Potem wystarczał jeden ruch, żeby wydobyć cały łup, kłębiący się na przynęcie. Efekty powinny być bez porównania okazalsze niż przy posługiwaniu się wędką i siatką.

— Szkoda, że nie znalazłeś dwóch koszy! — westchnęła z żalem Okrętka.

— Nie wymagaj za wiele. Szkoda, że nie znalazł go zaraz na początku, mielibyśmy już tyle raków, że nie byłoby problemu z wykopaliskiem i z milicją. Bo obawiam się, że milicja też przyjedzie, chociażby z uwagi na ten samochód.

— Ciekawe, czy jeszcze stoi...

— Na pewno stoi, bo nie warczał. Nie wiem, czyby go nie zepsuć, żeby nie odjechał, zanim przyjadą, bo może jest ważny...

— Mam wrażenie, że i bez psucia do jazdy się nie bardzo nadawał?

— Nie miał kół, wielkie rzeczy. Koła można przykręcić. Nie zwróciliśmy uwagi na numer, gdyby odjechał, powinniśmy przynajmniej znać numer!

— Mogę sprawdzić — zaofiarował się Januszek. — Przy okazji popatrzę, czy tam się co nie dzieje. Wy przez ten czas zatykajcie kosz.

— To leć, tylko nie siedź długo i na nic się nie narażaj...

Januszek zabrał procę i udał się na drugi brzeg. Zanim wrócił, Tereska i Okrętka zdążyły zatkać połowę dziury w koszu gęstą siatką, uplecioną z wikliny i sznurka. Januszek wydawał się bardzo zadowolony.

— Dobrze, że poszedłem — oznajmił, siadając obok zapracowanych przyjaciółek. — Na których kołach stał rano? Na lewych czy na prawych?

— O ile pamiętam, na lewych — odparła żywo Tereska. — Pod prawymi miał rusztowanie. Bo co?

— Bo teraz stoi na prawych, a rusztowanie ma pod lewymi. Znaczy, ktoś był przy nim i zamienił mu koła, całkiem dobrze zgadłaś, że koła można przykręcić. Ja uważam, że wszystkie cztery miał dziurawe, zabrał dwa do wulkanizacji, potem przyjechał, zamienił i zabrał drugie dwa. Teraz właśnie te dwa wulkanizuje.

— Boże drogi, przywiezie je, przykręci i odjedzie! — zaniepokoiła się Okrętka.

— Iiiiiii... — rzekł Januszek lekceważąco. — Nie tak zaraz...

— Jak to? Dlaczego!

Tereska z ukosa spojrzała na brata i wróciła do cerowania dziury w koszu. Nie miała najmniejszych obaw co do odjazdu samochodu, skoro Januszek dość długo pozostawał przy nim, zarazem jednak nie była pewna, czy wskazane jest dociekanie przy-

czyn nieruchawości pojazdu. Januszek miał wyraz
twarzy najdoskonalej niewinny.

— Dlaczego jesteś pewien, że nie odjedzie? — nalegała Okrętka. — Skąd to wiesz?

— Z tych prawych kół wyszło mu całe powietrze. Na kapciach stoi. Do niczego ma te dętki...

— Przedziurawiłeś mu...! — wyrwało się Teresce.

— Coś ty, czym? Nic przy sobie nie miałem.

— To o co chodzi? Napompuje i po krzyku.

— Eeeee, nie. Trudno mu będzie. Pożyczyłem sobie od niego oba wentyle...

— Jezus Mario! — szepnęła Okrętka ze zgrozą.

— Nie możesz się do tego przyznać milicji!

— Dlaczego? — zdziwił się Januszek. — Przecież mu oddam w bardzo dobrym stanie. Pożyczki nie są zakazane.

Tereska i Okrętka spojrzały na siebie i poniechały tematu, usiłując ukryć ulgę, jaką im sprawił naganny czyn Januszka. Niezależnie od rozwoju wydarzeń, jedno z podejrzanych indywiduów z pewnością zostanie zidentyfikowane...

Oczekiwanie na powrót Zygmunta przeciągało się mocno. Nie było go i nie było, i zdenerwowanie zaczęło rosnąć nieznośnie. Z daleka dobiegł warkot zbliżającego się samochodu, wzbudził nadzieje, po czym nadzieje przeistoczyły się w obawy, warkot umilkł bowiem w okolicy tamtego, podejrzanego pojazdu. Januszek nie wytrzymał, skoczył na drugi brzeg, zakradł się przez las do znajomej już drogi i przeprowadził rozpoznanie. Tereska i Okrętka czekały w napięciu. Warkot znów się rozległ, oddalił, ucichł gdzieś wśród pól za lasem. Januszek wrócił i złożył raport.

— Widziałem go — oznajmił konspiracyjnie. — Dożywocie za sam wygląd. Mały, czarny okropnie, brodaty i w okularach i do tego jeszcze ograniczony umysłowo, bo cały czas powtarzał jedno słowo w kółko i żadnego innego nie umiał wymyślić. Te koła mu się nie spodobały, mówiłem, że do niczego. Przyjechał taksówką i przywiózł tamte dwa lewe, założył nawet, ale okazało się, że razem z taksówkarzem mają tylko jeden wentyl, no więc pojechał z nim po drugi wentyl. Nie wiem, czy przyjdzie mu do głowy, żeby sobie przywieźć cztery na zapas.

— Rozumiem z tego, że pożyczyłeś od niego już sześć wentyli? — spytała Tereska ostrożnie.

— Pięć. Tamte dwa i teraz trzy. Wszystkie mu oddam na każde żądanie, chwilowo mu i tak niepotrzebne, bo nie ma czwartego. To znaczy szóstego...

— Czekaj, ciągle jest gadanie o czterech kołach, a gdzie piąte? Powinien mieć piąte, zapasowe.

— Okazuje się, że nie ma, to znaczy koło ma, tylko opony na nim nie ma. Była stara i pękła mu wzdłuż i właśnie miał zamiar kupić nową, ale nie zdążył. Opowiadał o tym temu taksówkarzowi. To w ogóle półgłówek, pozakładał te koła i pojechał. Na jego miejscu schowałbym do samochodu, do środka. Ale możliwe, że chodziło mu o pompkę, bo pompował pompką taksówkarza, jego własna jest zepsuta, a taksówkarz mówił, że drugi raz nie będzie mógł przyjechać. Na jego miejscu wolałbym tę pompkę pożyczyć...

— Nie wiem, jak szybko uda mu się dostać wentyle — westchnęła Okrętka. — Ale wolałabym, żeby ktoś z porządnych ludzi zdążył przyjechać przedtem. Do raków mamy wszystko gotowe.

Tereska westchnęła również.

— Mam obawy, że Zygmunt szuka archeologów pod Gnieznem. W razie gdyby nie wrócił przed no-

cą, rozpalimy po obu stronach dwa ogniska, takie
na dwadzieścia cztery fajerki, dla odstraszenia przeciwnika. Wystąpimy w charakterze świętych słowiańskich dziewic, podsycających wieczny płomień. Na wszelki wypadek nastaw się duchowo.

Okrętka rzuciła jej spojrzenie, wyraźnie świadczące, iż rola słowiańskiej dziewicy napełnia ją głębokim obrzydzeniem. Tęsknie popatrzyła na drogę, niknącą za lasem. Następnie zajrzała do wiaderek z rakami, uklękła przy jednym, oparła się ramionami o krawędź i pozostała tak, wpatrzona w jego chrzęszczące wnętrze, dusza jej bowiem bezwzględnie potrzebowała jakiejś pociechy.

Napięcie dosięgło szczytu, a słońce zaczęło zniżać się ku zachodowi, kiedy Zygmunt wreszcie wrócił. Wrócił nie sam. Towarzyszyły mu dwa samochody, z których jeden wiózł jego i trzech rozgorączkowanych archeologów, a drugi złożony rower i trzech kamiennie spokojnych funkcjonariuszy milicji. Zamieszanie w pierwszej chwili wybuchło nieopisane, ponieważ wszyscy usiłowali od razu wyjaśnić wszystko, rychło jednak nastąpił podział zadań. Milicji został przydzielony Januszek, archeologom zaś Tereska i Okrętka, którym z konieczności towarzyszył Zygmunt. Kurczowo trzymany za odzież i zasypywany pytaniami, jak załatwiał, gdzie ich znalazł, o co w ogóle chodzi i dlaczego tak długo, w żaden sposób nie mógł się uwolnić i oddalić bodaj na krok. W milczeniu przeczekiwał nawałnicę, dobrze wiedząc, że przed jej końcem nie uda mu się dojść do słowa, Januszek natomiast wykorzystywał każdą sekundę dla zdobycia wszechstronnej wiedzy.

— Hej, ci zabytkowcy seplenią — poinformował siostrę półgłosem. — Ciągle gadają o scytach, jakie scyty, tu jest tylko jeden scyt, tego, chciałem powiedzieć szczyt, bo jest tylko jeden pagórek. To seplenienie jest zaraźliwe. A gliniarzy przyjechało więcej, drugi wózek zostawili tam dalej, na drodze...

Nie zwracając żadnej uwagi na wrażenie, jakie uczyniły jego słowa, porzucił obozowisko i popędził na drugi brzeg, spełniać wyznaczone mu obowiązki służbowe. Tereskę informacja oszołomiła tak, że na chwilę przestała nawet maltretować Zygmunta.

— O Scytach... — wyszeptała. — Boże wielki... Kurhan scytyjski...? Niemożliwe...

Okrętka spojrzała na nią i na moment zamilkła również. Zygmunt skorzystał z okazji natychmiast. Był bardzo przejęty i dumny z siebie, bo całą sprawę załatwił dokładnie według pierwotnych zamierzeń, aczkolwiek wśród tysiącznych trudności.

— Głodny jestem pioruńsko — oznajmił, wydzierając się ze szponów dwóch młodych, nienasyconych wampirzyc. — Dajcie chociaż herbaty albo cokolwiek do picia, bo schetałem się jak dziki osioł i zaschło mi w gardle. Jeżeli zamkniecie gęby chociaż na chwilę, wszystko wam opowiem. Wrąbaliśmy się w oko cyklonu!

— A pewnie — przyświadczyła z jadowitą satysfakcją Okrętka — wiedziałam, że nawet głupie raki nie przejdą nam ulgowo.

— Chodźmy za nimi — powiedziała Tereska niecierpliwie. — Pij prędzej! W butelce jest zimna, pomieszaj sobie. I mówże wreszcie po kolei!

— Najpierw znalazłem milicję — zaczął Zygmunt, idąc ścieżką wokół pagórka. — Taki komisariat na wsi. Akurat im się telefon zepsuł, więc mnie odesłali do komendy w czymś takim, zapomniałem jak się nazywa, Fajczyce nie Fajczyce, takie coś podobnego.

Tam się nawet bardzo zainteresowali i powiedzieli, że archeologów mają pod nosem. Ale jak zadzwonili, okazało się, że archeologów już nie ma tam, gdzie byli, bo się zmyli całkiem gdzie indziej i nikt nie wiedział gdzie. A ja się zaparłem z żadną inną branżą nie gadać. No więc zaczęli ich szukać i trwało to do usmarkanej śmierci, bo ciągle im wychodziło, że gdzieś są, a tam gdzieś mówili, że byli, owszem, ale już ich diabli przenieśli. Spytałem tych glin, czy oni może trenują do crossu, ale powiedzieli, że nie, robią sondy. Znaleźli ich w końcu, dorwałem się do telefonu i wtedy okazało się, że nic nie słychać.

— Na litość boską...! — jęknęła Tereska rozpaczliwym głosem.

— A coś ty myślała, że to tak popluł, kichnął i jest, co? — obraził się Zygmunt. — Nie pamiętam, co za idiota wymyślił telefon...

— Bell — warknęła krótko Tereska.

— A, rzeczywiście. Musiał mieć akurat zaćmienie umysłu. W każdym razie jest to urządzenie kretyńskie, tamten ktoś charkał do mnie, a ja charkałem do niego. Żadnych efektów nie udało nam się wycharkać i w końcu gliny załatwiły rzecz przez radio. Krótkofalówką. Ja mówiłem do nich, oni do przyrządu, tam ktoś odbierał i powtarzał, i tak to szło etapami. Jakoś widocznie przyswoili informacje, bo nawet zaczęli pytać na temat, ale ja wtedy odmówiłem zeznań.

— Oszalałeś? — przeraziła się Okrętka. — Dlaczego?!

— Najpierw miało być o rakach, nie? Poczekałem sobie na luzie, aż przyjechali, ci trzej właśnie, pogadaliśmy na stronie po męsku i wyszło na jaw najgorsze. Jak tylko wspomniałem raki, aż im się oczy zaświeciły. Oni też chcą, oni też i oni też, jak Boga kocham, jak dzieci. Musiałem się twardo postawić, wytrułem co należy, wystosowałem ultimatum, że jedno z dwojga, albo nam się chwilowo odpalantują od gadziny, albo wsiadam na rower i pruję w karto-flisko, no i wtedy się załamali. Dotarło do nich, że mogą sobie łowić pojutrze i tylko im obiecałem parę haczyków. Będziesz mogła zostawić...?

— Nawet wszystkie — zgodziła się wspaniałomy-ślnie Tereska. — Takich pagajów ojciec ma ze dwie kopy.

— Dobra, to już gra. Odskoczyli od raków i zajęli się zawodem wyuczonym. Przekazałem wszystko uczciwie, od razu dostali małpiego rozumu i zrobiła się kotłowanina nieziemska. Próbowali się dogadać przez ten telefon, ha, ha, mrzonki wieku dziecięce-go, w rezultacie milicja miała pełne ręce roboty. Trzeba było zmarnować jeszcze trochę czasu, bo we-zwali posiłki, żeby jechać tu w licznym gronie, oka-zało się, że władza z archeologią żyje w pełnej sym-biozie, z miejsca osiągnęli porozumienie na wszys-tkich szczeblach...

Na zboczu pagórka trzej panowie w średnim wie-ku czule i tkliwie rozgrzebywali ziemię. Bił od nich blask, szczególnie od jednego, którego łysina wyka-zywała w słońcu wielką aktywność. Tereska, Okręt-ka i Zygmunt zatrzymali się, obserwując ich poczy-nania z ogromnym zainteresowaniem.

— A milicja dlaczego? — spytała Okrętka. — Ze względu na tych bandziorów?

— A jak? Okazuje się, że to dla nich żadna no-wość. Faktycznie, jest niewąska draka, mnie na ten temat w kamizelkę nie szlochali, ale gadali między sobą, więc coś niecoś odebrałem. Dwie rzeczy tak ich trzasnęły, jedna to ta, że w ogóle coś tu jest. Podobno już od wiosny szukają w całym województwie, rozkopują grunta orne i nieużytki, bo im się wydawało, że powinno coś być, tylko nie wiedzieli gdzie. Zdaje się, że nawet jeden z drugim się założył, dołączyło jeszcze paru i w ogóle o te wykopki cały totalizator idzie. Najbardziej przegrany będzie jeden, którego tu nie ma i jeszcze go nie zdążyli zawiadomić, nie wie chłopak, jaka go radość czeka. A druga sprawa, to właśnie ta draka...

Zygmunt przerwał, bo jeden z panów, średniego wzrostu i średniej tuszy, niezmiernie żywy w ruchach, padł nagle na kolana, wzniósł ręce ku niebiosom i zaczął wykrzykiwać jakieś zdania w obcym języku. Pozostali, nie przerywając ostrożnego grzebania, podpowiadali mu jakby dalszy ciąg. Tereska nadstawiła ucha.

— Chyba po grecku — orzekła trochę niepewnie.

— Nie mam zdania, bo pomija oznakowania matematyczne — oznajmiła zgryźliwie Okrętka.

— Po grecku — przyświadczył Zygmunt. — Czasem się natykam na greckich marynarzy. Możliwe, że na ogół mówią co innego niż ten tutaj, ale brzmi podobnie.

— Zaczynam podejrzewać, że znaleźliśmy coś wstrząsająco nadzwyczajnego. No, mów dalej! Co z tą draką?

— A no właśnie. Draka polega na tym, że podobno istnieje jakiś facet, który im cholernie bruździ. Jakiś niedouczony archeolog, który rzucił uczciwą pracę, czy też może przeciwnie, skoczybruzda, który zapadł na takie hobby. Pęta się za nimi i też szuka, ale dla siebie. Prywatna inicjatywa. Zdaje się, że ma nadzieję tą drogą dojść do majątku, bo kradnie z tych wykopalisk wyłącznie przedmioty złote i bilon, z tym, że bilon jak leci. Straty przez niego mają okropne...

— W naszych wykopaliskach nie ma znowu tak dużo złota — przerwała krytycznie Tereska. — O ile wiem, to ledwo czasem coś się przytrafi, a i to obcego pochodzenia.

— Nie szkodzi. On wierzy w szlachetny kruszec i szuka wszędzie, przy czym niszczy, co popadnie, nie specjalnie, tylko przez lekceważenie. Wartości historyczne go nie interesują. Jest podejrzenie, że pęta się tu po okolicy i stąd milicja. Mają nadzieję wreszcie go złapać. Nazywa się Jaworek.

— Wiedzą, jak się nazywa i jeszcze go nie złapali? — zgorszyła się Tereska.

— Po pierwsze, ma fałszywy dowód osobisty, nie wiadomo na jakie nazwisko. Już parę razy zmieniał. A po drugie, wcześniej nie mogli mu nic udowodnić, dopiero teraz mają na niego haka. Nie z tego tutaj, tylko z jakichś jego wcześniejszych starań, naraził się ostro parę miesięcy temu.

— Myślisz, że to jego morda była w krzakach? — spytała ostrożnie Okrętka.

— Nic nie myślę, nie wiem, czy jego. Milicja myśli, że on sobie dobrał jakichś wspólników. Możliwe, że się trochę posprzeczali.

— I ten Jaworek trafia i znajduje, a oni nie mogą? — zauważyła Tereska, ciągle zgorszona i pełna potępienia. — Tu trafił jeszcze przed nami!

— Czasem trafia, a czasem kradnie tam, gdzie oni znajdują. To autentyczny maniak, poszkodowany na umyśle, tacy miewają ślepe szczęście...

Trzej panowie oderwali się od zbocza pagórka. Promienieli nadal blaskiem prawie nadprzyrodzonym. Przeszli na ścieżkę, gdzie czekały trzy młodsze osoby.

— Znakomite! — westchnął jeden z nich, wysoki i chudy, z haczykowatym nosem. — Znalezisko jest fantastyczne, może potwierdzić przypuszczenia!

— Mam nadzieję! — wykrzyknął ten, który uprzednio się modlił.

— Przepraszam bardzo, po jakiemu pan mówił? — spytała grzecznie Tereska. — Czy to nie było po grecku?

— Po grecku — przyświadczył szybko łysy. — Docent Wiśniewski zna grecki wyśmienicie. Cytował Homera w oryginale, ale ze wzruszenia wzbogacił trochę teksty...

— Nic nie szkodzi, my i tak nie rozumiemy — powiedziała Okrętka uprzejmie. — Gdyby pan wykrzykiwał pi razy lambda, podzielone przez alfa plus beta, moglibyśmy jakoś ocenić, ale Homer...

— O, pi razy lambda, podzielone przez alfa plus beta, charin echo! — wykrzyknął natychmiast ruchliwy.

— Podziękowania — wyjaśnił życzliwie łysy — docent Wiśniewski składał wyrazy wdzięczności wszystkim siłom wyższym, ale okazuje się, że przeoczył bogów matematycznych...

— To znaczy, że co? — spytała chciwie Tereska.

— Rzeczywiście, to jest takie nadzwyczajne? Co to jest? Z jakiego to okresu? Cały dzień się zastanawiamy i nie możemy zgadnąć, i mamy nadzieję, że panowie nam powiedzą...

— A w namiocie mamy garnek — dodała niespokojnie Okrętka. — Ten, który wleciał do rzeczki, stłukł się, bardzo nam przykro, ale pozbieraliśmy wszystkie skorupy. Czy to garnek od tego...?

Całe rozpromienione i przejęte towarzystwo ruszyło ku namiotom. Zygmunt odczuwał złośliwą satysfakcję, ponieważ trzej panowie znaleźli się w takiej samej sytuacji, jak on nieco wcześniej, z tą tylko różnicą, że nie czyniono prób rozerwania ich na sztuki. Niemniej w potoku pytań Tereski i Okrętki nie pojawiła się ani jedna przerwa, w którą ktokolwiek zdołałby wedrzeć się odpowiedzią.

Zamilkły częściowo dopiero przy namiotach, a i to wyłącznie dlatego, że obok wygasłego ogniska leżał rozciągnięty długi kawał papieru toaletowego, na którym widniał ułożony z patyków i kamieni stanowczy napis: CISZA MA BYĆ!!!!!! W charakterze sześciu wykrzykników wystąpiły wszystkie posiadane sztućce, trzy łyżki, dwa noże i widelec. Był to niewątpliwie komunikat nieobecnego Januszka, który zapewne obawiał się jakichś okrzyków entuzjazmu. Zważywszy, iż Januszek pozostawał w ścisłym kontakcie z milicją, postarano się zastosować do polecenia.

— No więc co to jest, to wszystko? — spytała niecierpliwym szeptem Tereska, kiedy już wszyscy usiedli wokół kupki popiołu i papieru toaletowego z ostrzegawczym napisem. — Skoro szkielety, a nie urny, to co...? Nietypowe...? Bo na późniejsze nie wygląda...

Zygmunt postanowił sobie, że jeśli jeszcze i jego siostra otworzy usta, jedną z nich zaknebluje. Okrętka otworzyła usta, ale na szczęście nie zdążyła sformułować pytania.

— Docent Wiśniewski jest tu specjalistą — rzekł łysy normalnym głosem, nabijając fajkę. — Niech państwu wyjaśni.

Docent Wiśniewski wiercił się i podskakiwał na fotelu z dmuchanego materaca. Zawisły na nim wszystkie spojrzenia.

— Słyszeliście może przypadkiem o Scytach? — spytał tajemniczo. — Wiecie coś o nich? Liczne plemiona, cały naród, państwo, po którym wszelki ślad zaginął. Coś wiecie?

— Romantyk... — mruknął pobłażliwie chudy.

— O ile pamiętam, wykończył ich Olek razem ze swoim Bucefałem — odparła szybko Tereska, również zrezygnowawszy z szeptu.

Docent Wiśniewski znieruchomiał i nastała chwila absolutnej ciszy. Na widok wyrazu twarzy wszystkich trzech panów Okrętka uznała za słuszne wkroczyć.

— Niech panowie nie zwracają uwagi, ona ma osobisty stosunek do historii — wyjaśniła pośpiesznie. — To ma być, oczywiście, Aleksander Macedoński. I jeszcze ma swoje prywatne zdanie na temat, kto kogo wykończył i kiedy. Kłóci się o to nawet w szkole.

— O Boże drogi, dobrze, już dobrze, wiadomo, że istnieli aż do trzeciego wieku z naszej strony — przerwała Tereska, niecierpliwie opędzając się ręką. — Ale cóż to było, wegetacja, zdychali sukcesywnie. Owszem, pierwszego solidnego kopa strzelił im Filip, kiedy ten cały Ateas wygłupił się z wzywaniem go na pomoc, zaraz, kiedy to było, taka okrągła liczba... Aha, 339. Ale to był już stary piernik, ostatecznie można mu wybaczyć, może miał sklerozę. Filip im dokopał, ale moim zdaniem tak naprawdę podciął ich Aleksander. Potem już Sauromaci mieli łatwą robotę...

— Wstrząsające... — szepnął chudy, wytrzeszczając oczy na zirytowaną nieco Tereskę.

— Skąd pani wie takie rzeczy? — spytał łysy ze zdumieniem.

— Jak to skąd, ze szkoły...

— Od nieskończonych lat mamy potworną nauczycielkę — wyjaśniła znów Okrętka, wzdychając przy tym ciężko. — I ona jest pierwszą ofiarą, obie zaparły się na siebie nawzajem. Ja też nie wiem, jakim cudem ona to wszystko pamięta, myślę, że musiała po prostu przesiąknąć.

— Znakomicie! — wykrzyknął radośnie docent Wiśniewski i odzyskał utraconą na chwilę zdolność ruchu. — A zatem łatwo pójdzie...!

Łysy energicznie popukał go fajką w ramię i wskazał napis. Docent Wiśniewski zniżył głos, wyładowując wigor we wzmożonych podskokach.

— Wiecie zatem, że Scytowie byli i u nas...

— Ha...! — wrzasnęła nagle Tereska, zrywając się z pieńka. — To jest ten ich jeleń! Ta płaskorzeźba, wiedziałam, że nie nasze, wiedziałam, że ja to znam...!

— Cicho...!!! — ryknął Zygmunt i Tereska gwałtownie usiadła.

— Jeleń w dziesięciu tysiącach odmian — dokończyła szeptem. — Boże drogi, co za ślepa trąba, nie mogłam sobie przypomnieć! Ciągle wszędzie pokazują tego jelenia! Byli u nas w piątym wieku, ale polecieli pod Zieloną Górę, nikt nigdy nie słyszał o Scytach pod Lublinem!

— Teraz właśnie usłyszy! — podchwycił triumfalnie docent Wiśniewski. — To są wiadomości z ostatniej chwili, historia absolutnie romantyczna, w którą nikt nie wierzył. Tylko ja. I wygrałem sześć butelek koniaku! Dużych!

— Upije się pan... — wyrwało się Okrętce z troską.

— Nie wypije wszystkiego sam — zapewnił stanowczo łysy.

— Nie — przyświadczył docent smętnie. — Są tu
szakale, które wezmą udział w uczcie. Zaraz wam
wszystko opowiem. Otóż mam w Turcji przyjaciela,
kolegę po fachu, który w zeszłym roku znalazł jeszcze trochę tabliczek z greckim tekstem. Oni tam
ciągle coś znajdują. Okazało się, że między innymi
jest to korespondencja jakiejś damy, która pisała
listy do drugiej damy, zapewne przyjaciółki, przebywającej wówczas w Małej Azji. Datowanie było
łatwe, ponieważ są tam wzmianki o osobistej znajomości z Pindarem. Całości nie udało się odczytać,
tabliczki były mocno zniszczone, ale fragmenty zawierały informacje właśnie o Scytach...

— Innymi słowy, dwie baby plotkowały, a my wyciągamy z tego naukowe wnioski — wtrącił melancholijnie łysy.

— A wyciągamy, wyciągamy! Szkoda, że nie plotkowały obszerniej! Otóż, ogólnie biorąc, streścić to
można tak: dama skarżyła się na Pindara, który ją
zrobił w konia, zachwalając bardzo jakiegoś księcia
scytyjskiego, rzekomo zaprzyjaźnionego z Herodo-
tem...

— Herodot u nich bywał — wtrąciła Tereska.

— Wrócił żywy, może rzeczywiście nawiązał znajomości...

— Znajomości może, ale w czułą przyjaźń wątpię.
Wątpię też, żeby zajmował się stręczycielstwem, to
jest tego, najmocniej przepraszam, chciałem powiedzieć swatami. W każdym razie nic o tym nie wiadomo. Natomiast Pindar, człowiek pióra, poeta li-
ryczny, mógł sobie zrobić jakiś dowcip i jeśli dama
nie wyssała wszystkiego z palca, istotnie uczynił ją
przedmiotem żartu. Dama twierdzi, że Pindar jej
tego księcia niejako obiecał, Herodot miał go namó-

wić na podróż do któregoś miasta na północy Morza Egejskiego, chyba do Abdery, ale nie jesteśmy pewni, bo tekst jest tu zniszczony, a dama uporczywie określa miasto mianem „tego odrażającego miejsca". Musiało jej się tam nie podobać. Ale nie to ważne, dama czekała na księcia całe lata, raz po raz przyjeżdżając do „tego odrażającego miejsca", książę nie przybywał, po czym okazało się wreszcie, że Pindar zrobił z niej balona. Scytyjski książę, postać dla ateńskiej damy niebywale egzotyczna, frapujący barbarzyńca, który kapał złotem, ale za to nie używał wody do mycia, zamiast przybyć i paść w jej stęsknione ramiona, udał się na wyprawę w strony jeszcze bardziej barbarzyńskie, na tę jakąś straszną północ, gdzie człowiek w ogóle nie może żyć. Nic zatem dziwnego, że nie wrócił i przepadł bez wieści, oburzające natomiast, że Pindar do tej pory ją łudził. Do tej pory, to znaczy do chwili pisania listu. Co gorsza, Herodot doniósł, jakoby ten właśnie książę scytyjski wcale nie dotarł z całą wyprawą do celu, tylko zaplątał się po drodze w jakieś tajemnicze wydarzenia, odłączył od reszty wyprawy i przepadł. Dama przypuszcza, iż wdał się w romans z jakąś prymitywną istotą wśród barbarzyńskiej dziczy, nic innego bowiem, jej zdaniem, nie tłumaczy takiego postępowania. Najlepiej ze wszystkiego zachowały się jej supozycje co do wyglądu owej istoty, miała być, mianowicie, cała porośnięta gęstym, płowym futrem...

— W dziedzinie mentalności kobiet od początku świata nic się nie zmieniło — zauważył znienacka chudy bardzo ponurym tonem.

Tereska i Okrętka popatrzyły na niego z niesmakiem, ale nie zdążyły nic powiedzieć, ponieważ docent Wiśniewski znów zabrał głos.

— Oczywiście ta treść, którą państwu przekazuję, jest zbiorem fragmentów kilku listów, licznych dedukcji, przypuszczeń i ogólnych wiadomości na ten temat. Mój przyjaciel, wiedząc, iż Scytowie stanowią moją specjalność...

— Zakorzenioną manię, fioła i obsesję, przechodzące w stan patologiczny — skorygował uprzejmie łysy.

— W porządku, mój stan patologiczny, mój przyjaciel, mówię, poinformował mnie o znalezisku ze szczegółami. Postarałem się dopasować do siebie różne szczątki wiedzy i okazało się, że istotnie owa wyprawa scytyjska, zakończona pod Witaszkowem, zgubiła po drodze jednego księcia z całym oddziałem. Nieoceniony Herodot także plotkuje. Powracający wojownicy złożyli sprawozdanie, z którego można wydedukować, że książę przepadł gdzieś na naszych terenach...

— Można wydedukować także sto innych rozwiązań — mruknął łysy. — Herodot plotkuje w tym miejscu wyjątkowo niejasno.

— W każdym razie grobowca książę u siebie nie ma. Nie wiem, czy wiecie, że Scytowie nigdy nie wznosili żadnych kurhanów poza terenem, który uważali za swoją rdzenną ziemię. Jeżeli czyjeś zwłoki zostały gdzieś daleko, co, zważywszy liczne wyprawy, musiało się zdarzać nagminnie, grobowiec budowano mu w kraju. Kompletny grobowiec, z wyposażeniem jak należy, tyle że bez zwłok. Zaginiony książę zatem również powinien mieć grobowiec w kraju, a nie ma...

— Nie jest pewne, czy nie ma, możliwe, że po prostu jeszcze go nie odnaleziono — uściślił niemiłosiernie łysy.

— Ja twierdzę, że nie ma. Z jakichś powodów został wymazany z pamięci. No i wygląda na to, że szczątki księcia znaleźliśmy właśnie tutaj...

— O Boże wielki — powiedziała Tereska ze wzruszeniem. — I myśli pan, że to jest ten grób...?

— A, tego nie wiem. Musimy obejrzeć, co jest w środku. To może być tylko miejsce jakiejś bitwy. To, co pani znalazła, a co była pani uprzejma nazwać pagajem, wskazuje na obecność w tym miejscu jakiejś znacznej osobistości. To jest okucie, mocowane na końcach żerdzi, przy czym mogła to być żerdź namiotowa, ewentualnie żerdź noszona jako symbol władzy. Ta tarczka z jeleniem, to nie zapinka, tylko fragment wędzidła. Mnóstwo grotów strzał. Jeżeli książę jest w środku, powinno tam być dużo złota. Hipotezy można sobie snuć rozmaite, ale najpierw trzeba sprawdzić.

— Jak to? — zdziwiła się Okrętka. — Przecież jest rozgrzebane?

— Tylko z wierzchu. To też niepowetowana szkoda, ale książę, jeśli jest, znajduje się niżej i pod kamieniami.

Okrętka ożywiła się nagle.

— A może on się tu osiedlił, uznał to za swoją ziemię i tu umarł? — powiedziała z nadzieją. — I zrobili mu kurhan, bo i tak postanowił nigdy nie wracać?

— Musiałyby istnieć po temu jakieś przyczyny. Nie jestem ateńską damą i nie twierdzę, że książę oszalał z miłości do barbarzyńskiej istoty, ale wszystko jest możliwe.

— Do jelenia — mruknął Zygmunt. — Mógł się zapędzić nie za dziewczyną, tylko za jeleniem. Jelenie u nas były niezłe.

— Dziewczyny chyba również?... Znamienny jest fakt, że z tego oddziału nikt nie wrócił. Gdyby książę zginął tu w jakiejś bitwie, ewentualnie doznał uszczerbku na zdrowiu przy łowach, zostałby cichutko pogrzebany, reszta wojowników zaś udałaby się w drogę powrotną. Chyba że wszyscy zginęli, ale wtedy nie miałby go kto pochować według obrządku scytyjskiego. Rzecz jest niezwykła, bez precedensu i, niezależnie od odkryć wewnątrz pagórka, stanowi niesłychanie cenny przyczynek do naszej wiedzy...

Tereska i Okrętka zamilkły, przepełnione wzniosłymi uczuciami. Zygmunt był odporniejszy na wzruszenia.

— A to? — spytał z zaciekawieniem, wskazując skorupy i monety, wyniesione z namiotu razem z ręcznikiem i troskliwie ułożone na kocu. — Świadczy o czymś?

Łysy pochylił się i delikatnie rozgarnął kupkę krążków. Kilka wziął do ręki i obejrzał z bliska.

— Bezpośrednio jedno z drugim nie ma nic wspólnego — zawyrokował bez wahania. — Natomiast, jeżeli mój szanowny kolega-maniak ma rację, może mieć związek pośredni. Ukrycie garnka z monetami dzieli od najazdu scytyjskiego około tysiąca lat. Tu w okolicy istniało grodzisko słowiańskie, istniały także małe osady, ten pagórek mógł obrosnąć jakąś legendą, mógł stanowić miejsce święte lub też przeciwnie — miejsce nawiedzane przez złe moce. Właściciel garnka w obliczu jakiegoś niebezpieczeństwa zakopał go na terenie, który wydawał mu się nietykalny, a zatem bezpieczny. Sprawdzimy oczywiście, czy nie ma tu czegoś więcej...

— No dobrze, a skąd było wiadomo, że należy szukać w tej okolicy? — spytała Tereska, opanowawszy nieco przejmujące ją do głębi doznania. — On mówi, że panowie szukali. Od Herodota to nie wyszło, bo on tych terenów w ogóle nie znał, od tej greckiej kretynki tym bardziej nie, więc skąd?

— Proszę nie lżyć damy, której umysł i ręka zdolne były opanować sztukę pisania. Na tych terenach pojawiła się ostatniej wiosny wskazówka. Jakieś dziecko znalazło złoty wisiorek, pochodzący bez żadnych wątpliwości ze scytyjskiego naszyjnika, natknął się na ten przedmiot jeden z naszych kolegów. Nikomu nie udało się dowiedzieć, gdzie dziecko ów wisiorek znalazło, był on bowiem obiektem handlu na odpuście w Krasnymstawie pomiędzy osobami dorosłymi. Osoby dorosłe wyparły się jakiejkolwiek wiedzy na ten temat, nie zdołaliśmy dociec nawet płci dziecka, nie mówiąc o bliższych szczegółach, jedyne, co ustalono na wstępie, to fakt, że egzystuje gdzieś w tych okolicach. W powiązaniu ze spuścizną po damie i plotkami Herodota stanowiło to cenny punkt zaczepienia. Zaczęliśmy szukać metodycznie, ale teren był dość duży. Dzięki wam...

— Dzięki rakom... — zaczęła Okrętka.

— Dzięki Januszkowi! — przerwał stanowczo Zygmunt.

— Dzięki niej, bo chciała spać na suchym gruncie — poprawiła Tereska.

— Dzięki wam wszystkim i chwała! — wykrzyknął z żywym podskokiem docent Wiśniewski. — Niewiele nam brakowało do klęski!

Okrętka poruszyła się niespokojnie.

— A właśnie — powiedziała niepewnie. — A ten... No, ten pomyleniec, który panów prześladuje... On nie przyjdzie w nocy? Bo może trzeba pilnować...?

Odpowiedź, jak na zamówienie, nadbiegła z lasu. Zanim ktokolwiek zdążył się odezwać, gdzieś w stronie pozostającego pod czułą opieką Januszka samochodu wybuchły nagle jakieś okrzyki, hałasy, trzaski i łomoty. Ucichły po króciutkiej chwili. Docent Wiśniewski uczynił gwałtowny ruch, zaczepił o zatyczkę materaca, wyrwał ją i sklęsł razem z fotelem. Zygmunt zerwał się uczynnie, gotów do nadmuchiwania na nowo. Docent zerwał się również, machając ręką.

— Drobiazg! — zawołał żywo. — Mam wielkie nadzieje! Zdaje się, że go właśnie dopadli! W nocy będzie spokój, a od jutra przenosimy się tu z całym inwentarzem!

Chudy pochylił się do przodu, oko mu błysnęło, a na twarzy pojawił się wyraz wielkiego zainteresowania.

— Mówiliście coś o rakach — rzekł błagalnie.

— Wiecie... Bo może by... Wiecie, myśmy nigdy nie łowili raków.. .

— Jak to, i panowie też?! — zdziwiła się Okrętka.

— Tak się jakoś złożyło — wyznał z zakłopotaniem łysy, wypukując popiół z fajki na obcas buta.

— Łowiłem kiedyś ośmiornice, ale z rakami nie udało mi się zetknąć. To rzadka rzecz...

— No właśnie! — poparł kolegów docent Wiśniewski. — Podobno łowicie jakoś tak... na haczyki i na żaby... Z tego, co słyszałem, to jakiś niezwykły sposób...

— Bardzo dobry sposób! — zaprotestowała Okrętka. — Myśmy też nie wiedzieli jak się to robi, ale teraz już mamy szalone doświadczenie. Możemy panów nauczyć. Ostatecznie... Czy ja wiem...

Spojrzała na Tereskę. Tereska już była bliska załamania, ale Zygmunt wystąpił twardo.

— Była umowa czy nie? — zapytał z wyrzutem.

— Panowie od jutra! Myśmy słowa dotrzymali, grób jest, jak byk! Garnek z bilonem jest. Raki, proszę bardzo, od jutra!

— Kiedy my także nie wiemy, jak się łapie te cholerne żaby — szepnął chudy żałośnie. — Osobiście mam wrażenie, że trzeba się rzucać całym ciałem...

— Mój brat nałapie panom na zapas — zapewniła pocieszająco Tereska. — Jemu to świetnie idzie. Zostawimy panom haczyki i kosz, bo dziś będziemy łowić koszem...

— I mogę narwać pokrzyw — zaofiarowała się mężnie Okrętka. — Też na zapas. Mam nadzieję, że w tych krzakach żadne mordy już się nie poniewierają.

— Tam się coś dzieje — zauważył Zygmunt, kończąc nadmuchiwanie sklęsłej części materaca i wpychając zatyczkę. — Chyba się teraz kotłują na drodze, nie wiem, czyby nie sprawdzić.

— Zostaniemy poinformowani we właściwym czasie — rzekł łysy, ponownie nabijając fajkę. — Tu mamy znacznie ciekawsze rzeczy. Niech będzie, dotrzymamy umowy, ale naprawdę musicie nas pouczyć, jak się obchodzić z tą naszą rodzimą, egzotyczną fauną. Z kwestią gotowania i jedzenia jesteśmy nieźle obeznani, poza tym mamy książkę kucharską...

Na drodze za lasem rozległ się warkot, a w chwilę potem drugi. Jeden oddalił się, drugi zbliżył, zza krzewów ukazał się samochód MO, jadący tyłem. Nikogo nie zdziwił ten sposób jazdy, manewr zawracania na tym właśnie odcinku drogi, pomiędzy bagienkiem a rzeczką, byłby tak uciążliwy, że każdy by wracał tyłem. Z samochodu wysiadł sierżant MO, przeszedł przez mostek i zbliżył się do grupy przy namiotach.

— No, to ich wreszcie mamy — oznajmił, grzecznie salutując. — Obywatele mogą rozkopywać w spokoju, z tym, że posterunek tu zostawimy, bo w społeczeństwie takie rzeczy szybko się rozchodzą. Posterunek zachowa ciszę, wiemy już o tych rakach. Ktoś będzie potrzebny do rozpoznania rzeczy z poprzednich kradzieży, ale to już jutro. Życzę spokojnej nocy. Zasalutował ponownie, oddalił się, wsiadł do radiowozu i odjechał.

— No, no — powiedział Zygmunt, z podziwem kręcąc głową — Januszek jest operatywny...

— Uzyskaliśmy informację krótką i treściwą — stwierdził filozoficznie łysy. — Skończyły się nasze dotychczasowe zgryzoty, teraz zaczniemy mieć nowe. Nie ulega wątpliwości, że nasz romansowy książę wywoła po śmierci nie mniej awantur, niż zapewne wywołał za życia. Panowie, zbierzmy siły!

— Siłę dadzą nam raki! — wykrzyknął docent Wiśniewski i zerwał się z materaca, na którym ledwo zdążył znów usiąść. — Hej, na raki, miły bracie! Od jutra mamy same atrakcje, przyjedziemy przed południem, poczekajcie na nas koniecznie!

— Tylko ja proszę, żeby potem to wszystko można było oglądać w muzeum — powiedziała bardzo stanowczo Okrętka. — Nie raki, oczywiście, tylko tego księcia...

Trzej panowie odjechali, zabierając ze sobą potłuczony garnek i monety razem z ręcznikiem, który solennie obiecali zwrócić nazajutrz. Ostatni warkot ścichł na drodze i dopiero wówczas pojawił się dumny, rozpromieniony, szczęśliwy Januszek.

— Ha, wszystko wiem! — wrzeszczał triumfalnie, pędząc przez mostek. — Rany, jaki ja głodny jestem! Zasłużyłem się im i dopuścili mnie do spółki! Wszystko widziałem i wszystko słyszałem! Wyłapali ich pierwszorzędnie! Dajcie coś zjeść!

Bardzo długa chwila minęła, zanim osiągnięto jakie takie porozumienie. Tereska kategorycznie odmawiała bratu posiłku, dopóki nie wyjawi wszystkich tajemnic służbowych, Januszek kategorycznie odmawiał wyjaśnień, dopóki czegoś nie zje. Okrętka przychylała się do zdania Tereski, Zygmunt, sam głodny straszliwie, energicznie popierał Januszka. Do sprzeczki wtrąciło się słońce, znikające za lasem i dające do zrozumienia, że najwyższy już czas przygotować ognisko. Zawarto wreszcie ugodę, polegającą na tym, że Januszek będzie równocześnie jadł i mówił, milknąc tylko wtedy, kiedy Tereska oddali się po drewno.

— Jeszcze się udławi — zauważyła Okrętka z niepokojem. — I wtedy już niczego się nie dowiemy...

— Wal od początku! — zażądał Zygmunt. — Bo ja niewiele z tego rozumiem. Ta maniacka działalność wydaje mi się jakaś skomplikowana.

— Bo on był całkiem niegłupi, ten pomyleniec — rzekł Januszek z pełnymi ustami. — Ten Jaworek. Wcale nie jest czarny, chociaż brodę zapuścił prawdziwą. Przemalował się dla niepoznaki. Najpierw podsłuchał, jak ci zabytkowcy seplenili o scytach, ja rozumiem, po to właśnie latał po pagórkach, żeby mieć scyty, tego, szczyty, a pod szczytami miało być złoto. Wielkie mi szczyty... Podsłuchał, że podobno już coś złotego znaleźli. Wszystko musiał podsłuchiwać, bo oni już go do siebie nie dopuszczali, chociaż kiedyś razem z nimi coś robił, a w ogóle dobrze wiedział, że milicja go szuka. Teraz się nazywał Kozikowski.

— O Boże, do tej pory zdawało mi się, że rozumiem, ale teraz już nie! — jęknęła Okrętka. — Kto się nazywał Kozikowski?

— Ten Jaworek...

— No przecież wam mówiłem, że miał lewe papiery! — zniecierpliwił się Zygmunt. — Nie wszys-

tko ci jedno, jak się nazywał? Wal dalej, mnie pasuje!

— No więc podsłuchał, że oni tu szukają tych złotych Scytów — podjął Januszek. — Też zaczął latać jak z pieprzem i szukać, od drugiej strony, żeby zdążyć przed nimi. Podobno lepiej wiedział, gdzie to ma być, bo ktoś mu coś tam powiedział, gliny gadały, że prywatnie to każdy gębę rozpuszcza, tylko urzędowo nikt nic nie wie. On się dowiedział prywatnie...

— Pewnie znalazł to dziecko z wisiorkiem — mruknęła Tereska.

— O dziecku nic nie wiem. Nie było mowy. Spieszył się jak na pożar, wziął sobie pomocników i wmówił w nich, że pracuje naukowo, legalnie, z ramienia ekspedycji archeologicznej. Oni w ogóle nie wiedzieli co to znaczy, ale połapali się jakoś, że szuka grobu ze skarbem, a to takie ćwoki i żłoby, wymyślili sobie, że chodzi o zwyczajny skarb, znaczy taką skrzynię ze złotem albo co. Bielmo im padło na rozum. Wysłał ich na poszukiwania i wytłumaczył, że najpierw muszą być kości i taki staroświecki złom, a dopiero pod tym grobowiec. Sam też szukał. No i oni wywęszyli tu ten grób i postanowili ukryć to przed nim, znaczy nie na zawsze, tylko na tyle czasu, aż sami zdążą przeszukać. Tymczasem on nadleciał niespodziewanie, bo miał przeczucia, przyjechał tym samochodem, wcale im nie uwierzył, że tu nic nie ma, obejrzał ziemię i przekonał się, że właśnie jest...

— I co? Postanowili go zabić? — spytał Zygmunt, bo Januszek uczynił przerwę, przemagając dławienie.

— E tam, zabić...! Gdzie ta herbata, dajcie trochę... Chcieli go zmącić albo przygłuszyć na jaki dzień albo dwa, a przez ten czas poszukać. Myśmy im okropnie przeszkodzili. Wszystko im przeszkodziło. Oni się bali, że on zaraz poleci i doniesie o grobie tej swojej ekspedycji, przyjadą i zaczną tu pilnować, bo święcie wierzyli, że on szuka służbowo. Tak myśleli. Śledzili go, pilnowali tutaj, postanowili ogłuszyć go i związać, żeby trochę spokojnie posiedział...

— Skąd wiesz?

— Jak to, skąd?! Sam słyszałem, jak zeznawali! Cały czas byłem razem z milicją, a milicja od razu ich przepytała. Nie mogli go napadać nigdzie tu blisko, bo ta cholerna młodzież, tak mówili, jeszcze o wiele gorzej mówili, zamiast spać, pętała się w nocy po lesie. No więc porżnęli mu opony w samochodzie, żeby nie mógł odjechać. Jeden czatował tu, a drugi robił koła, z tym, że ciężko mu szło, bo kozik był tępy. Dziwię mu się... No i on akurat wrócił, nadział się na tego, który rżnął te opony i przypalantował mu z rozbiegu...

— To ta morda! — wykrzyknęła Okrętka. — I te jęki...!

— No właśnie. Rozmazał go po środowisku naturalnym głównie ze zdenerwowania, bo te opony były prawie nowe. Niezły mieli plan, ale trochę im się pokiełbasiło...

— Może i niezły, ale głupi — zawyrokował Zygmunt. — Prymitywy zupełne. No dobrze, a gdzie te twoje zasługi?

— Jak to gdzie?! — oburzył się Januszek. — Połowę tego ich planu widziałem na własne oczy! Od razu doprowadziłem milicję do samochodu, wszystko powiedziałem! Złapali go, jak przyjechał z wentylami, tym razem na rowerze i miał pożyczoną pompkę. A tego prymitywa dopadli, jak się na niego czaił, bo oni ciągle mieli nadzieję, że im się jednak tutaj uda. No, ściśle biorąc, to właśnie przestał się czaić... Chciał mu przyłożyć drągiem, ale prawie nie zdążył. A tego z mordą już wcześniej wzięli z domu, kurował się, on tu blisko mieszka, nie wiem skąd wiedzieli, że to on, ale wiedzieli. Cała szajka z głowy i to dzięki nam. Powiedzieli, że będą nam publicznie dziękować.

— A można wiedzieć, jak załatwiłeś z wentylami? — spytała ostrożnie Tereska. — Oddałeś je, czy ci zostały na pamiątkę?

— Coś ty, pewnie że oddałem, przecież mówiłem, że oddam! Milicji oddałem.

— Jak to?

— Zwyczajnie. Powiedziałem, że pożyczyłem, jak mu były niepotrzebne, a teraz chcę oddać, ale wolę przez nich, bo on jest taki zdenerwowany, że jeszcze mi co powie, a ja nie mogę słuchać takich słów. Od razu dostaję epilepsji.

— I uwierzyli...?!

— Dlaczego nie? Epilepsja taka sama dobra rzecz, jak każda inna. Nawet wydawali się bardzo zadowoleni i obiecali, że mu zwrócą, chociaż właściwie ciągle mu nie są potrzebne...

— Boże drogi, żeby się jeszcze okazało, że ten książę tam jest! — westchnęła żarliwie Okrętka.

Januszek na moment unieruchomił szczęki.

— Jaki książę? — spytał podejrzliwie.

— Scytyjski. Może nawet razem z tą barbarzyńską dziewicą...

Januszek spojrzał kolejno na Tereskę i Zygmunta.

— Hej, ona bredzi?

— On nic nie wie — przypomniał Zygmunt. — Nie było go tu, niech mu która powie, bo ja się nie czuję na siłach.

Tereska w dużym skrócie przekazała bratu informacje natury archeologicznej. Januszek słuchał uważnie, z aprobatą kiwając głową.

— No, tośmy mieli ślepe szczęście — ocenił.

— Zbiegło się wszystko jak moje gacie od gimnastyki. Widzicie, a nie chciałyście jechać na raki!

— Zwariowałeś?! — oburzyła się Tereska. — Kto nie chciał?!

— No nie wiem, ktoś tam nie chciał, wiem, że musiałem was namawiać. W każdym razie już nigdy w życiu nie uwierzę w żadne kościotrupy, szkielety i w ogóle w morderców. Zawsze jak się człowiek natyka na coś takiego, to się potem okazuje, że chała. Dobrze chociaż, że książę...

Tereska przypomniała sobie nagle, kto nie chciał.

— Ty nie chciałaś! — zwróciła się oskarżycielsko do Okrętki. — Trzeba cię było ciągnąć siłą!

— Na raki chciałam! — zaprotestowała gorąco Okrętka. — Ja tylko nie chciałam, żeby się coś działo! Miało nie być żadnych niezwykłości!

— I co, żałujesz może? Wolałabyś zostawić ten grób na zmarnowanie? Albo tego niszczyciela na wolności?

— No nie... No głupia jesteś, oczywiście, że nie! Ale co przeżyłam, to moje. Wolałabym przeżywać jakieś trochę zwyczajniejsze rzeczy, chociaż przyznaję, że te niezwykłe mają także niezwykłe rezultaty. W ogóle mogłoby się to podzielić, książę oddzielnie, a raki oddzielnie.

— A złodzieje zabytków jeszcze oddzielnie. Następnym razem pojedziemy rozkopywać pagórki, byle które, jak leci, następnym łapać chciwych wandalów, jeszcze następnym łowić raki...

— Co do pagórków i wandalów nie będę się wtrącał — przerwał energicznie Zygmunt. — Ale co do raków,

to ciemno się robi. Najwyższy czas utopić pułapkę!

Tereska i Okrętca zerwały się natychmiast. Januszek przełknął ostatni kęs posiłku, spożywanego
z przeszkodami.

— Nie wiem, czy ta babcia nie przesadza — oznajmił. — Mnie się to łowienie podoba i mogę nałowić
całą balię, ale kto tego tyle zje? Dwa wiadra raków!

— Jakie tyle? Dwa wiadra to dużo?

— A jak? Te raki całkiem solidne, pięć na głowę
to góra! Więcej niż kurczak!

— Zwariowałeś, to ty nie wiesz, co się zjada z raka?

— Jak to, co się zjada, całego raka się zjada, nie?
A co, on ma kości?

— Jakie znów kości, umysł ci się pomieszał! Z raka się zjada tylko kawałek ogona i szczypce! Babcia
mówiła, że tego jest malutko!

Januszek z zaskoczenia i oburzenia aż znieruchomiał na chwilę.

— O, jak rany, to na co jeszcze czekamy?! Kawałek ogona i szczypce, też mi prowiant...! Tyle tego
mamy, co kot napłakał, czego siedzicie, do roboty...!

II. PRZEPROWADZKA

Tereska biegła do Okrętki, pełna wzruszeń. Nie widziała jej całe cztery dni. Przez te cztery dni przytrafiło się milion atrakcji, no, może niezupełnie milion, ściśle biorąc dwie, ale te dwie starczyły za milion.

Pierwszą z nich było spotkanie w antykwariacie starszego pana, który równocześnie z nią sięgnął po tę samą książkę, angielskie wydanie, traktujące o sztuce scytyjskiej. Przez całe pół sekundy Tereska trwała w granitowym zamiarze zawładnięcia książką, wydarcia mu, wyszarpania pazurami, ale nagle spojrzała uważniej i pomyślała, że ten pan jest przecież stary. Znacznie starszy od niej, ma co najmniej czterdzieści pięć lat, a może nawet pięćdziesiąt, zostały mu ostatnie lata życia... Nie będzie starszemu człowiekowi zatruwała ostatnich lat życia, trudno, niech już bierze, niech ma jąkąś osłodę starości. Cofnęła rękę.

Równocześnie starszy pan również cofnął rękę, ustępując pierwszeństwa Teresce. Przez długą chwilę z wielką uprzejmością wpierali w siebie pożądane

dzieło, aż Tereska spojrzała jeszcze uważniej i w wy-
glądzie starszego pana coś ją uderzyło. Coś dziwnego. Zaskakującego. Coś, co wywołało miłe piknięcie w sercu, chociaż na razie nie miała pojęcia,
co to jest. Zagapiła się na niego tak, że dopiero po
nieprzyzwoicie długim czasie zauważyła własną nie-
grzeczność. Stoi, gapi się nachalnie i w ogóle nie
odpowiada...

— Bardzo przepraszam — powiedziała pośpiesznie i z zakłopotaniem. — Nie słyszałam, co pan
mówił. Zamyśliłam się, bo pan wydał mi się podobny do jednego... do jednej znajomej osoby. To znaczy... Bardzo przepraszam...

Starszy pan przyjrzał się Teresce z największą dokładnością już od pierwszej chwili, chociaż niczym
nie okazał, że domyśla się, kim jest ta pełna wdzię-
ku i życia dziewczyna o przejrzystych, jasnych, zie-
lonych oczach. Teraz podchwycił temat.

— Nic nie szkodzi — rzekł z uśmiechem. — Sądzę,
że wydaję się pani podobny do mojego syna. Pochle-
biam sobie, że to raczej mój syn jest podobny do
mnie. Mam wrażenie, że dość dużo o pani słyszałem.

Tereskę natychmiast ogarnęła gorąca błogość.
Wszelkie wątpliwości znikły, oczywiście, był podobny do syna, to znaczy, owszem, syn był podobny
do niego. Mieli dokładnie takie same oczy, różniące
się tylko kolorem, starszy pan miał odrobinę bardziej szare, a jego syn ciemnoszafirowe, absolutnie
i bezwzględnie najpiękniejsze na świecie! Inne szczegóły twarzy mieli również podobne, na przykład no-
sy, ale tego już Tereska nie precyzowała, oczy wystarczyły jej w zupełności.

— Ach, więc to pan! — wykrzyknęła żywo. — Ja
również o panu słyszałam! No więc, jeżeli pan to

chce kupić, tym bardziej nie będę panu wyrywać. Na pewno znajdę coś innego.

— O te rzeczy jest trudno — ostrzegł starszy pan.

— Zrobimy tak, ja to kupię, a pani będzie mogła korzystać. Po prostu, będę pani pożyczał.

Teresce przyszło na myśl, że on to chce kupić tylko po to, żeby zapłacić. Książka była dość droga. Z pewnością uważa, że niezbyt bogata młodzież nie może sobie pozwalać na takie wydatki i taktownie podsuwa jej możliwość żerowania na nim. Otóż nie, nic z tego nie będzie...!

— Równie dobrze ja mogę kupić i pożyczać panu — powiedziała stanowczo. — Będzie mi przyjemniej. Nie musi pan się litować nad moimi finansami, oświadczam panu, że mam pieniądze.

— Zapewne od rodziców...?

W pytaniu starszego pana zabrzmiało coś takiego, że w Teresce buchnął płomień. W zasadzie, w samym fakcie otrzymywania pieniędzy od rodziców nie było nic niewłaściwego, stanowił on rzecz naturalną i powszechnie praktykowaną, niemniej jednak, w tym właśnie momencie, pod wpływem tonu pytania, odczuła go jak obelgę. Płomień ze środka strzelił na zewnątrz, Tereska z godnością podniosła głowę.

— Od rodziców mam pożywienie, dach nad głową i zimowe palto — oznajmiła chłodno. — Oraz, dla ścisłości, prezenty imieninowe. O całą resztę staram się sama drogą uczciwej, ciężkiej pracy, której nie znoszę z całego serca, ale którą będę dalej wykonywać, żeby nikt mnie nie mógł nazwać pasożytem. Jestem siła fachowa i zarabiam całkiem nieźle. Mam pieniądze. NIE od rodziców.

Przemówienie zostało zakończone gwałtownym prychnięciem, typowym dla rozzłoszczonej kotki.

Tereska musiała dać dodatkowe ujście uczuciom, miała bowiem wrażenie, że inaczej pęknie z pewnością. Wszelkie emocje wybuchały w niej zawsze z siłą wulkanu i obrona przed pękaniem sprawiała jej permanentne kłopoty.

— W takim razie chętnie wezmę na siebie rolę pasożyta — rzekł starszy pan i usunął się na krok, ustępując jej niejako miejsca, z gestem pełnym nienagannej uprzejmości.

Tajfun w duszy Tereski zdechł w mgnieniu oka, bo identycznie takim samym gestem posługiwał się jego syn. „Jezus Mario, jacy oni są do siebie podobni..." pomyślała i ciepła błogość powróciła na swoje miejsce. Dokonała zakupu i wyszła z antykwariatu, tuląc do łona dzieło o sztuce scytyjskiej w języku, którego wcale nie znała. Starszy pan wyszedł razem z nią.

— Znamy się ze słyszenia — powiedział. — Pomyślałem, że moglibyśmy poznać się także osobiście i miałem zamiar zaprosić panią na kawę i lody, ale teraz się boję. Nie wiem, jak pani to potraktuje i czy nie uprze się pani zaprosić mnie. W roli pasożyta nie czuję się najlepiej i wolałbym ją w pewnym stopniu ograniczyć.

— Właśnie sobie pomyślałam, jakby to było dobrze, gdyby pan mnie zaprosił na cokolwiek — odparła Tereska radośnie i bez wahania. — Moglibyśmy spokojnie porozmawiać. Mogę wziąć na siebie pół pasożyta, bo ciekawa jestem, dlaczego pan też się interesuje Scytami.

— Ciekawią mnie po prostu, mało o nich wiadomo. Słyszałem o odkryciu nowego znaleziska, śledziłem ostatnie poszukiwania, chcę sobie trochę odnowić wiadomości. To raczej pani zainteresowania są niezwykłe.

— Ha! — wykrzyknęła Tereska z triumfem i aż się zatrzymała. — Ja właśnie byłam przy tym znalezisku! Mogę panu wszystko opowiedzieć!

— Z największą przyjemnością posłucham...

Nigdy później Tereska nie umiała sobie przypomnieć, co jadła i piła w czasie tej rozmowy. Była przekonana, że coś jadła, ale czy były to lody, czy na przykład surowe kartofle, tego nie zdołała rozstrzygnąć. Zadziałali tu nie tylko Scytowie, znalazł się inny temat, który usunął w cień wojownicze plemiona. Jego ojciec mówił przecież, że coś o niej słyszał, nie byłaby istotą płci żeńskiej, gdyby nie spytała co...

Starszy pan, to znaczy jego ojciec... Jasne jest bowiem, że niezależnie od tego, czy był energicznym starszym panem, czy też smokiem wawelskim, zionącym ogniem z paszczęki, liczył się wyłącznie fakt, że był jego ojcem. Poza tym mógł sobie być centaurem albo wielorybem. Chociaż, oczywiście, przyjemniej było go widzieć w postaci sympatycznego starszego pana niż w postaci wieloryba... Jego ojciec zatem chętnie i bez żadnego oporu rozmawiał na temat swojego syna.

— Sądzę, że tę tajemnicę mogę pani zdradzić — rzekł z uśmiechem. — Mój syn poinformował mnie kiedyś, że poznał pewną dziewczynę. Na tym zakończył swoje zwierzenia, ale niedawno wrócił do nich i opisał mi tę dziewczynę, przy czym muszę przyznać, iż trafność jego spostrzeżeń napełnia mnie ojcowską dumą. Scharakteryzował panią doskonale, najlepszy dowód, że od razu panią rozpoznałem.

Tereska powstrzymała się od pytania, gdzie ten syn teraz przebywa i co robi, wiedziała bez żadnych wątpliwości, że spotka go i zobaczy we właściwej

chwili. Jaka by to miała być chwila i na czym powinna polegać jej właściwość, nie zastanawiała się wcale. To było coś poza nią, coś, co robiło się samo.
Promienny blask z głębi duszy wypłynął jej na twarz.
Starszy pan przyglądał się jej nieznacznie i myślał,
że jeśli kiedyś, po latach, ktoś przytłumi ten blask,
zgasi promienność przejrzystych, jasnych oczu, może mieć tylko nadzieję, że tym kimś nie będzie jego
syn. Musiałby go chyba wtedy wykląć, jak złoczyńcę,
jak zbrodniarza, który zabił samo życie...

Tereska wracała po tym spotkaniu, wciąż tuląc do
łona dzieło o scytyjskiej sztuce. Dopiero w domu
uświadomiła sobie, że przecież miała je od razu pożyczyć jego ojcu. Zdenerwowała się nieco, ale natychmiast uspokoiło ją przekonanie, że okazja pożyczenia pojawi się niechybnie w bardzo bliskim
czasie. Była tego tak pewna, że usłyszawszy nazajutrz znajomy głos, nie zdziwiła się wcale i wszystkie zakamarki jej duszy wypełniła czysta, niczym nie
zmącona radość.

— Podobno zostałem wczoraj straszliwie oplotkowany — powiedział młody człowiek o pięknych,
szafirowych oczach, uśmiechając się wbrew melan-
cholijnym akcentom w głosie. — I to przez kogo,
przez dwie osoby, na których życzliwość, zdawałoby
się, mogę liczyć!

— Zostałeś — przyświadczyła Tereska. — Ale
znalazłeś się w doskonałym towarzystwie. Razem
z tobą został oplotkowany scytyjski książę, który
wprawdzie nie wiadomo czy istniał, ale za to był
przedmiotem westchnień pięknej, greckiej damy.

— To mnie nieco pociesza. Co prawda, dama nie
błyszczała intelektem...

— Widzę, że już wszystko wiesz! To obrzydliwe z twojej strony, miałam nadzieję, że raz wreszcie ja będę miała epokowe informacje dla ciebie, a nie odwrotnie...

— Ależ skąd, nic nie wiem! Ledwo trochę. Właśnie chciałem od ciebie usłyszeć szczegóły, byłaś na miejscu, jesteś naocznym świadkiem narodzin sensacji. Bardzo chcę usłyszeć zeznania naocznego świadka!...

Pani Marta Kępińska, matka Tereski, powitała młodego człowieka, któremu otworzyła drzwi, z życzliwą obojętnością. Znajomości córki nigdy dotychczas nie przyczyniały jej żadnych niepokojów. Tym razem jednak, po pierwszym, obojętnym rzucie oka, czym prędzej dokonała drugiego rzutu oka i jej macierzyńską duszę coś tknęło. Młody człowiek różnił się czymś od gromady innych młodzieńców, wiekiem, tak, oczywiście, był nieco starszy, ale oprócz tego czymś jeszcze... Po krótkim wahaniu wyjrzała nieznacznie przez kuchenne okno, wychodzące na ogródek, gdzie jej córka w towarzystwie gościa rysowała patykiem jakieś kształty na ścieżce. Odbierali sobie wzajemnie ten patyk, aż gość znalazł drugi i przystąpił do uzupełniania twórczości. Pani Marta przyjrzała się córce i z lekkim zaskoczeniem stwierdziła, że zachowuje się normalnie. Promienieje wprawdzie jakimś wewnętrznym, radosnym blaskiem, ale zarazem nie mizdrzy się, nie kryguje, nie wygłupia... W zadumie pokręciła głową i na wszelki wypadek westchnęła.

— Nawet dziwiło nas bardzo, że się tam nie pojawiłeś — powiedziała Tereska, odrzucając patyk.

— Okrętka twierdzi, że pojawiasz się zawsze w jakichś skomplikowanych sytuacjach. Ta była dostatecznie skomplikowana.

— Nie zdążyłem — usprawiedliwił się Robin.
— Gdybyście posiedziały tam dłużej, kto wie, czybym się nie przyłączył do towarzystwa, bo słyszałem o tych poszukiwaniach od ojca.

— A, właśnie! To plotkowanie o tobie było niepełne. Zapomniałam spytać twojego ojca o jego stosunek do Robin Hooda. A, właśnie...! Boże drogi, chyba mam zaćmienie umysłu, zabrałam mu książkę, a przecież on musi znać angielski. Proszę cię, czy mógłbyś mu...

— Nie mógłbym — przerwał stanowczo Robin.
— Odpadam w przedbiegach i w ogóle się nie liczę. Musisz sama. Jesteś zaproszona przez mojego ojca, nawet bez książki, i mam cię do niego zawieźć z wizytą, nawet gdybym musiał dokonać porwania. Czy mogę dokonać go jutro rano? Ojciec mieszka za miastem...

Cały dzień Tereska spędziła w małym domku na skraju Puszczy Kampinoskiej, dokąd zawiózł ją Robin na motorze. Jechała, nie trzymając się kurczowo, nie waląc mu się na plecy, a zarazem tak, że nie czuł pasażera i błogosławiła te potężne tabuny wielbicieli ciotki Magdy, dzięki którym dawno opanowała sztukę takiej jazdy. Od dzieciństwa wozili ją bezustannie, chcąc tym sposobem wedrzeć się w łaski ciotki, która miała szaleńcze powodzenie i dzikie kaprysy. Zyskała na tym Tereska. W pamięci żywo stała jej scena, oglądana przed rokiem, kiedy to ten sam Robin usunął ze swojego rękawa dłoń pięknej, nachalnej dziwy w taki sposób, że Tereska na miejscu dziwy do końca życia nie położyłaby już żadnej dłoni na żadnym rękawie. A najprawdopodobniej od razu poszłaby na most Poniatowskiego i skoczyła do Wisły. Jeszcze by usunął z siebie teraz jej ręce...

No więc nie musiał. Uniknęła konieczności skakania do Wisły...

— Oczarowałaś mojego ojca — oznajmił Robin, kiedy późnym wieczorem wrócili i zatrzymali się przy furtce.

— A skąd! — zaprotestowała Tereska. — To twój ojciec oczarował mnie! To coś nadzwyczajnego, on jest przecież zupełnie młody! W pierwszej chwili myślałam, że jest starszym panem, ale gdzie mu do starszego pana! Pomyśleć, że rąbie drzewo lepiej ode mnie...! I do tego jest bardzo przystojny!

— Boże jedyny, znów to samo! — jęknął syn przystojnego starszego pana. — Nie pierwszy raz rodzony ojciec robi mi konkurencję! Chyba zacznę ćwiczyć rąbanie drzewa...

— Nie musisz — przyzwoliła Tereska łaskawie. — Też ci to zupełnie nieźle wychodzi. To raczej ja powinnam coś ćwiczyć, bo się czuję zdecydowanie gorsza...

Robin spojrzał na nią i pomyślał, że jego zdaniem, ona nie musi niczego ćwiczyć. Kiedyś myślał, że może powinna, ale był to pogląd zupełnie idiotyczny. Zmienił go całkowicie. Tereska, taka jaka jest, stanowi dla niego coś jedynego na świecie, ale jeszcze jej tego nie powie...

Nie przyszło mu do głowy, że żadne słowa nie są tu potrzebne. Tereska, zamykając za sobą drzwi takim ruchem, jakby były zrobione z najstarszej, chińskiej porcelany, miała na twarzy uśmiech zgoła anielski. Wchodziła po schodach na górę, a razem z nią płynęła niebiańska błogość...

Wszystko to razem stanowiło jedno z dwóch nadzwyczajnych wydarzeń. Drugie miało miejsce następnego dnia i objawiło się przez telefon. Wczesnym rankiem zadzwonił docent Wiśniewski i radosnymi okrzykami obwieścił, że kurhan jest. Wierzch co prawda został kompletnie zdemolowany, ale na samym spodzie dokopali się rytualnie ułożonych kamieni i jeśli pod te kamienie przez dwa i pół tysiąca lat nie wdarł się żaden niepowołany czynnik, istnieje szansa spotkania pod nimi księcia. On sam w tego księcia niezachwianie wierzy, dzieli się właśnie swoją wiarą i szczęściem, a przy okazji komunikuje, że kosz na raki rozwiązał kwestię aprowizacji. Wszyscy jedzą raki i całe szczęście, że się wreszcie dokopali, bo lada chwila im te raki ostatecznie obrzydną.

Tego było już za wiele, Tereska natychmiast zapłonęła dodatkowym zachwytem, wypadła z domu i popędziła do Okrętki, bez której nie mogła istnieć ani chwili dłużej.

Obok domu Okrętki natknęła się na jakieś przeszkody, nie zwróciła na nie żadnej uwagi, mimo iż zmusiły ją do przełażenia przez coś i nadkładania drogi, drobnym fragmentem świadomości zarejestrowała obecność czegoś w rodzaju maszyn budowlanych, koparki czy może spychacza, z roztargnieniem ominęła wielką górę gruzu i galopem przebyła ługie podwórze. Drzwi do sieni były otwarte, zapukała do drzwi mieszkania i nie czekając na zaproszenie, wpadła do środka.

— Słuchaj, jest książę...! — wykrzyknęła w ekstazie.

Już w trakcie okrzyku zorientowała się, że widzi coś dziwnego. Okrętka siedziała na środku kuchni na wielkim saganie, odwróconym do góry dnem i przykrytym gazetą. Łokcie oparła na kolanach, a brodę na rękach i wzrokiem pełnym tępej beznadziejności patrzyła w ścianę. Wokół niej panowało coś, co robiło wrażenie generalnych porządków w szczytowej fazie bałaganu lub też śladów po walnej bitwie kilku skłóconych rodzin. Zaskoczona nieco Tereska zatrzymała się w swoim radosnym rozpędzie.

— Na litość boską, co się tu dzieje?! — spytała z niepokojem.

Okrętka westchnęła ciężko i nie odrywając wzroku od ściany wykonała dwa machnięcia ręką, jedno symbolizujące ogólną rezygnację i drugie, wskazujące jakby drugi koniec budynku. Tereska przypomniała sobie dostrzeżone przed chwilą widoki.

— Rozumiem, rozwalają. No to co, przecież mieli rozwalać...?

Okrętka nawet nie drgnęła. Tereska odczekała chwilę, hamując niecierpliwość.

— I co z tego, pytam, że rozwalają...? Zaraz... A co z wami? Dlaczego tak siedzisz, jak ofiara losu?

Okrętka westchnęła ponownie, nie zmieniając pozycji. Po namyśle znów machnęła ręką kilkakrotnie i całkowicie beznadziejnie. Tereskę zaczęło to nieco irytować.

— Nie machaj ręką, tylko coś powiedz! Zapomniałaś ludzkiej mowy?!

— Nie siadaj na tym!!! — wrzasnęła Okrętka okropnie, podrywając się z sagana, bo Tereska już zamierzała przysiąść na jakiejś pace, stojącej przy drzwiach. Zdążyła uchwycić się futryny i powstrzymać siadanie.

— Boże, zmiłuj się... Dlaczego? Co to jest?

Okrętka opadła z powrotem na sagan.

— To tekturowe, a w środku jest porcelana. Usiądź gdzie indziej — rozejrzała się bezradnie dookoła. — No nie wiem, możliwe, że nie ma gdzie...

Tereska wzruszyła ramionami, cofnęła się do sieni i wróciła ze stołkiem. Trochę był chwiejny, wsparła go o kaflową kuchnię, wypróbowała i usiadła.
Sprawa zaczynała wyglądać poważnie.

— Mów po ludzku! — zażądała surowo. — Co tu
się właściwie stało?

Okrętka znów przybrała poprzednią pozycję.

— Przyśpieszyli termin rozbiórki — oznajmiła tonem śmiertelnej apatii. — I zaczęli nagle od dziś.
I jutro musimy się przeprowadzić.

Tereska przez chwilę przetrawiała uzyskaną informację. Poczuła, że coś tu nie gra i w ogóle jest gorzej, niż się w pierwszej chwili wydawało.

— Jak to...? — spytała niepewnie.

— No właśnie, tak. Jutro. W ogóle nie wiem, co
robić, mamusia wyjechała, ojciec w szpitalu, a jeszcze mam te dzieci...

— Jakie dzieci?!!!

— Sąsiadów. Tych obok. Małe. W ogóle nie wiem,
co robić...

Tereska poczuła się ogłuszona. Telegraficzny styl
Okrętki ujawniał jakąś zupełnie niezwykłą sytuację.
Coś się tu musiało stać i tego czegoś było chyba
trochę za dużo. Bezwzględnie należało rozwikłać
sprawę spokojnie, rozsądnie i bez paniki.

— Czekaj, mów jakoś po kolei. Dlaczego masz
dzieci sąsiadów, dlaczego ojciec w szpitalu i dlaczego mamusia wyjechała. Uciekła...?

— Nie, ale babcia się też przeprowadza. W Chorzowie. Też ją wyrzucają z powodu rozbiórki. Nasza
miała być później, ale jest już. A ojciec w szpitalu,
sąsiadka w szpitalu...

— Jakaś epidemia?

— Nie, ojciec rodzi, a sąsiadka ma wyrostek... To
jest, nie, odwrotnie, sąsiadka poszła urodzić, a oj-

ciec dostał ślepej kiszki. Wycięli mu wczoraj, wszystko dobrze, ale nie przyjdzie przecież do tego piekła. Klucze nam zostawił.

— Jakie klucze?

— Od nowego mieszkania. Sąsiadka nam też zostawiła.

— Nie mów wszystkiego razem, bo mnie przytłaczasz. Czekaj, to znaczy, że twoja mamusia w Chorzowie użera się z babcią, ojciec leży w szpitalu z wyrostkiem...

— Już bez wyrostka.

— Bez wyrostka, sam leży. A gdzie Zygmunt?

— Poleciał na miasto zobaczyć, co się da zrobić.

— To chwała Bogu, że i on nie przepadł. Przeprowadzić się musicie natychmiast i zostaliście do tej przeprowadzki sami. Fajnie. A co z sąsiadką?

— Ona też się musi przeprowadzić.

— Natychmiast?

— No, a jak? Zostanie na gruzach? Z niemowlęciem?

Tereska zastanawiała się przez chwilę. Wyciągnęła nogi i oparła plecy o kaflową kuchnię, intensywnie rozmyślając.

— Ale przecież ona ma męża — zauważyła.

— Gdzie ten mąż? Porzucił ją?

— Nie — odparła Okrętka jadowicie. — Ale żeby było śmieszniej, wyjechał służbowo. On jest kierowcą i właśnie zaczął jeździć na międzynarodowych trasach, na TIRach, więc teraz im będzie lepiej. Chwilowo jeszcze jest gorzej.

— Chwilowo to tobie jest gorzej. Jak on mógł wyjechać akurat, kiedy ona poszła do szpitala? I zostawili tak te dzieci na łasce losu? Ile tych dzieci?

— Dwoje. Rozumiesz, tu nikt się o to specjalnie nie starał, samo wyszło tak głupio. Myśmy z ma-

musią już dawno obiecały, że w razie czego zajmiemy się tymi dziećmi. On wyjechał przedwczoraj,
zdaje się, że do Lizbony. Albo może do Władywos-
toku, w każdym razie na któryś koniec kontynentu.
Wcale nie wiedział, że ona pójdzie do szpitala i nawet się cieszyli, że przy okazji kupi coś tam dla
niemowląt, nie wiem, jakieś butelki czy może pro-
szek do prania... A ona się pośpieszyła o dziesięć
dni ze zdenerwowania. Mamusia też nie wiedziała.
Wraca z Chorzowa za cztery dni i myślała, że zdąży.
A w ogóle nikt nie wiedział, że dziś zaczną rozbiórkę.

Tereska z podziwem pokiwała głową. Zbieg okoliczności wydał jej się wręcz imponujący.

— W ten sposób zostaliście obydwoje z Zygmuntem do przeprowadzki dwóch rodzin i dwojga dzieci
— podsumowała. — Wszystkiego do pary. Dlaczego, do licha ciężkiego, nie przeprowadziliście się
wcześniej?!

— Nie wiem — rzekła Okrętka posępnie. — Chyba z głupoty... To znaczy, ściśle biorąc, ojciec się źle
czuł, a babcia rozpaczała w listach, więc ustalili, że
najpierw załatwią babcię i wyrostek, a potem się
spokojnie przeprowadzimy... Czy ja ci o tym nie
mówiłam?

— Owszem, mówiłaś, właśnie sobie przypomnia-
łam. Zdaje się, że termin miał być za miesiąc...

— Zgadza się, za miesiąc. A sąsiedzi też zwlekali,
bo w nowym mieszkaniu robią jakieś szafy i najpierw chcieli skończyć. No i teraz wyglądamy jak
Filip z konopi.

Tereska poczuła, że to wszystko zaczyna ją denerwować. Kataklizm w domu Okrętki jaskrawo koli-
dował zarówno z jej planami, jak i dotychczasowym

nastrojem. Chciała się podzielić z przyjaciółką częścią tego, co przepełniało ją prywatnie, częścią tylko oczywiście, bo na resztę nie było słów... i całością doznań na tle księcia, ewentualnie zaproponować wyjazd na miejsce wykopaliska... Tymczasem wyraźnie stało się widoczne, że nic z tego nie będzie, obce siły wdarły się w jej osobiste życie i nabruździły potwornie. Na domiar złego, tego tutaj nie mogła przecież zostawić odłogiem!

— Do diabła ciężkiego, jak w ogóle mogli zacząć rozbiórkę z lokatorami w domu?! — wykrzyknęła z gniewem. — Co za kretyński pomysł!

— Tu już nie ma żadnych lokatorów — wyjaśniła Okrętka ponuro. — Tylko my.

— A wy co? Wy się nie liczycie?

— Nie wiem. W administracji ktoś zgłupiał albo co, bo powiedzieli, że dom jest pusty i można zaczynać. Myśmy im pewnie wypadli z ewidencji. Przyjechali dziś rano z tym całym nabojem i było straszne piekło i dzikie krzyki o jakieś koszty i harmonogram. Jeżeli się nie wyprowadzimy, ta osoba z administracji będzie musiała płacić potworne sumy.

— Żal ci jej? Niechby płaciła! Za głupotę się płaci!

— No niechby, ale to i tak nic nie da. Im się wszystkie plany pomieszały i jeżeli odwalą tę rozbiórkę teraz, uratują jeszcze plan, bo potem muszą rozwalać coś innego. A jeżeli ich tu wstrzymamy, będzie w ogóle nieszczęście. Wytłumaczyli nam to bardzo dokładnie, bo Zygmunt się awanturował i nawet wszystko zrozumiałam, ale teraz już nie pamiętam. W każdym razie wyprowadzić się musimy, jeżeli mamy chociaż cień przyzwoitości.

— No dobrze — zgodziła się Tereska po bardzo długiej chwili głębokiego namysłu, z wysiłkiem prze-

łamując w sobie opór przeciwko zmianie nastroju.
— W porządku, musicie. W takim razie dlaczego siedzisz jak ofiara katastrofy, zamiast coś robić?

— Bo w ogóle nie wiem, co robić. Nie wiem, od czego zacząć.

— Zaczęłaś już przecież. Zapakowałaś porcelanę.

— Nic podobnego, to mamusia ją zapakowała. Ta porcelana stoi tu już trzy tygodnie, ojciec miał ją przewieźć do nowego mieszkania, ale ciągle się źle czuł.

— A Zygmunt? — spytała Tereska zaczepnie i wrogo. — Zygmunt nie mógł przewieźć?

— Zygmunt nie miał czasu.

Na moment zapanowało milczenie. W Teresce gwałtownie rosło coś potężnego.

— W ogóle uważam, że to jest beznadziejne i nie-wykonalne — powiedziała Okrętka tonem śmiertelnie smutnej rezygnacji.

Tereskę aż podrzuciło, omal nie spadła z kulawego stołka, coś potężnego w mgnieniu oka zakwitło i zaowocowało buntem.

— Co to znaczy niewykonalne, nie ma rzeczy niewykonalnych, ludzie to przecież wykonują!

— Ludzie...! — prychnęła z rozgoryczeniem Okrętka.

— A my to co, stułbie modre?! Ameby? Nie znoszę, jak się ktoś z góry poddaje! Owszem, wykonalne! I zaraz to właśnie wykonamy!

Okrętka zmieniła wreszcie pozycję, wyprostowała się na saganie, oderwała wzrok od ściany i spojrzała na Tereskę.

— A wiesz, co robić? — spytała zjadliwie. — Wiesz, od czego zacząć?

— Teoretycznie mogę to sobie wyobrazić. W praktyce możliwe, że się wyłonią trudności...

— W praktyce zawsze się wyłaniają trudności...

— Ale teoretycznie trzeba mieć transport. Wóz meblowy. Ciężarówkę. Wynosi się do niej wszystkie rzeczy, ciężarówka przejeżdża na inne miejsce i przenosi się te rzeczy do innego mieszkania. I po krzyku.

— Bardzo odkrywcze — pochwaliła Okrętka sarkastycznie. — Te rzeczy tak po jednej sztuce, każdy garnek oddzielnie? A kwiatki co? A poza tym za transport się płaci...

— Jezus Mario, nie macie pieniędzy...?

— Mamy. To znaczy wiem, gdzie są te na przeprowadzkę. Ale one muszą wystarczyć na dwie przeprowadzki, bo nie mamy dostępu do pieniędzy sąsiadów.

Tereskę podniosło ze stołka, który natychmiast się przewrócił.

— Niemożliwe, żeby nie było wyjścia! W ostateczności można przewieźć na kredyt! Ale transport musi być!

Okrętka również podniosła się z sagana, odrobinę mniej apatyczna i zrezygnowana.

— Toteż właśnie Zygmunt poleciał — rzekła z cieniem ożywienia. — Bo, rozumiesz, przypomnieliśmy sobie, że była o tym mowa. Przecież ten sąsiad pracuje w transporcie i umawiał się z jakimś kierowcą, że przewiozą ich własną ciężarówką. Tylko nie jesteśmy pewni, o kogo tam chodziło i co kto obiecywał, a nikt nie ma telefonu, więc Zygmunt poleciał się dowiedzieć. Wypchnęłam go i wcale nie wiem, czy dobrze zrobiłam, bo teraz nie wiem, co robić.

— Jak to co, o Boże wielki, pakować rzeczy! Muszą być gotowe, jak on przyjedzie!

— W co pakować?

— Chyba mnie za chwilę szlag trafi! — warknęła
z furią Tereska. — Czyś ty zgłupiała ostatecznie?!
Nie macie żadnych walizek?!

— Mamy! — zdenerwowała się Okrętka. — Cztery!
Dwie zabrała mamusia do Chorzowa. Została jedna
duża i jedna mała. Uważasz, że co w nie wejdzie?.

— Matko Boska, trupem padnę...! Coś przecież
wejdzie! Sąsiedzi też chyba mają walizki?! Do diabła, czekaj, skoczę do domu i przyniosę nasze! I przy-
gonię tu Januszka... Dosyć mam już tej przewagi
przedmiotów martwych...!!!

Januszek akurat nie miał co robić i z przyjemnością wziął udział w katastrofie, która spadła na za-
przyjaźniony dom. Nie przeprowadzał się jeszcze
nigdy w życiu i bardzo chciał zobaczyć, jak taka im-
preza wygląda. Dążył za Tereską, obarczony dwoma
pudłami, z których jedno było przeciętnych rozmia-
rów, a drugie bez mała wielkości szafy. Tereska nio-
sła trzy walizki, zawierające w sobie papier pakowy
i wszystkie sznurki, jakie znalazła w domu.

Okrętka prezentowała widok całkowicie odmien-
ny niż poprzednio. Zdyszana i rozczochrana walczyła z wielką walizą, której zamknięcie, fizycznie biorąc, było całkowicie niewykonalne. Zawartość jej
wystawała ze wszystkich stron. Okrętka usiłowała
na zmianę to siadać na niej, to klękać, wpychając do
środka owe wystające rzeczy.

— Zdopingowałaś mnie! — wysapała na widok
przyjaciółki i wsparła się łokciami na odstającym
wieku. — Czy mi się wydaje, czy rzeczywiście, jak
przyszłaś, wspomniałaś coś o księciu?

— Owszem. Dzwonił docent Wiśniewski. Znaleźli kurhan, ale teraz nie będę się tym zajmować, bo mnie rozproszy...

— Nie szkodzi, zajmiemy się tym na deser. Ale uświadomiłam sobie, że istnieje coś pocieszającego i od razu zrobiło mi się lepiej. Tutaj wlazło półtorej półki z szafy. Pomóż mi, usiądź na niej, albo obydwoje usiądźcie...

Tereska odłożyła swoje walizki, uniosła odstające wieko i krytycznie oceniła zapakowane mienie.

— Dziwię się, że miałaś takie rzeczy w szafie — rzekła z naganą. — Co to niby jest?

Wyszarpnęła z walizy i uniosła w górę niezmiernie dziwną część garderoby, wykonaną niewątpliwie z dzianiny, pełną dziur i pokrytą malowniczymi plamami białego i zielonego koloru. Okrętka przyjrzała się temu.

— Nie wiem. A nie, wiem. Stary sweter Zygmunta. To nie ja miałam w szafie, to on...

— Rzeczywiście uważasz, że on to będzie jeszcze nosił?

— Wątpię. To jest w ogóle do niczego. Do wyrzucenia.

— To po diabła pakujesz? Nie lepiej od razu wyrzucić? Będzie więcej miejsca.

— Myślisz...? — Okrętka podniosła się znad walizy i obejrzała szczątki swetra. — Czy ja wiem...? Może i rzeczywiście lepiej...

Januszek z wielkim zainteresowaniem przyglądał się zarówno garderobie, jak i pozostałym składnikom kataklizmu. Znalazł na podłodze kawałek miejsca do postawienia pudeł.

— Ja bym wam nie radził wyrzucać — rzekł ostrzegawczo. — Głowę daję, że on się będzie awanturował.

— O coś takiego? Przecież to rzęch!

— Toteż właśnie...

Tereska i Okrętka zawahały się. Spojrzały na siebie. Nie potrafiły przewidzieć i na poczekaniu rozwikłać wszystkich problemów, jakie nasuwała taka, zdawałoby się, zwyczajna rzecz, jak przeprowadzka, co chwilę wyłaniało się coś nowego. Pakować czy wyrzucać od razu...?

— Musimy postępować metodycznie, bo inaczej zginiemy w chaosie — zadecydowała Tereska. — Na razie odkładajmy na bok, a wyrzuci się ewentualnie hurtem.

— A ja? — spytał ochoczo Januszek. — Mam pakować czy wyrzucać?

— Ty weź to mniejsze pudło i pakuj książki w pokoju. Może się zmieszczą. A my opróżnimy meble.

Praca zawrzała, niezupełnie może metodyczna, za to z pewnością ciężka. Prawie cała zawartość półek w szafie zmieściła się w posiadanych walizkach. Pozostały wiszące na wieszakach ubrania, pozostały swetry i bielizna pościelowa, pozostały także buty, garnki, talerze, pościel, osobista szafa Zygmunta, produkty spożywcze, kosmetyki, sto tysięcy innych rzeczy, znajdujących się w każdym, normalnie użytkowanym mieszkaniu. Przeznaczona do wyrzucenia kupa pod ścianą rosła w zastraszającym tempie, innych skutków starań prawie nie było widać.

Tereska i Okrętka, zziajane i zasapane, z wysiłkiem zamknęły ostatnią walizkę. Popatrzyły na komodę, na wiszącą w szafie odzież, a potem na siebie. Jakoś dziwnie wyraźnie poczuły, że ich siły nie są niewyczerpane...

— W tapczanie są jeszcze zimowe rzeczy — powiedziała Okrętka tonem, który nie wyrażał nic.

Tereska spojrzała w okno. Nie odezwała się ani słowem. Powoli przeszła kilka kroków i usiadła na jednej z zapakowanych walizek.

— Hej, słuchajcie, pudło pełne, a tych książek wcale nie ubywa! — wrzasnął Januszek z pokoju.

— Co mam robić?

Odpowiedziało mu milczenie. Januszek odczekał chwilę.

— Hej, tu więcej nie wejdzie! — powtórzył gromko i niecierpliwie. — Co mam robić?!

Odpowiedzi nadal nie było. Januszek zaciekawił się sytuacją w kuchni, zostawił książki i wyjrzał z pokoju.

— Hej, słuchajcie...! — zaczął i urwał.

Tereska i Okrętka siedziały na potwornie wypchanych walizach i patrzyły gdzieś w przestrzeń zagadkowym wzrokiem. Na jego pojawienie się nie zareagowały wcale. Januszek poczuł niepokój.

— Hej, słuchajcie... Nie siedźcie tak, jak rany... Czyście już obie umarły? Mówię do was! Ruszcie się, rany kota, mam to sam wszystko wykończyć...?!

— Na razie to wszystko wykończyło nas... — powiedziała głucho Okrętka.

Tereska oderwała wzrok od przestrzeni i westchnęła głęboko.

— Nie załamujmy się — rzekła posępnie. — Owszem, przyznaję, nie wygląda to różowo, ale na litość boską, tylko się nie załamujmy. Mówiłeś coś?

— Mówiłem, że w to pudło więcej nie wejdzie, a książek wcale nie ubywa. Co mam robić?

Tereska podniosła się z walizki i wolnym krokiem podeszła do progu pokoju.

— Jedną szczególną cechę przeprowadzki poznałam już dokładnie — rzekła w zadumie. — Zadziwiająca rzecz, że się pakuje i pakuje, i absolutnie niczego nie ubywa...

— Owszem, opakowań! — wtrąciła z goryczą Okrętka.

— Nie kraczcie! — zaprotestował z energią Januszek. — Widzę, że już macie puste półki. Co prawda wszystko z tych półek, zdaje się, leży tam pod ścianą, ale zawsze różnica jest. Powiedzcie wreszcie, co mam robić z książkami!

— Wyrzucić... — mruknęła Okrętka.

— Poważnie? — zainteresował się Januszek.

— Poważnie... Nie, nie wygłupiaj się! Zostaw! O Boże, nie wiem, co masz robić...

— Jeżeli w pierwszej fazie tak wyglądamy, to jak będziemy wyglądały w ostatniej? — zastanowiła się Tereska, wciąż posępnie zamyślona. — To pudło trzeba okręcić sznurkiem, bo się rozleci. Rzeczywiście, książki nie weszły... Słuchaj, nie ma jakiegoś pudła u sąsiadów?

— Oni chyba też mają książki...

— Zwariować można...

— No dobra, skoro nie chcecie wyrzucać, to może do tego potwora? — zaproponował Januszek, wskazując drugie pudło, zajmujące bez mała pół kuchni.

— Tu dużo wejdzie.

Tereska oceniła pudło.

— Owszem. Możliwe, że nawet wszystkie...

— A garnki? — zaprotestowała Okrętka. — To wielkie miało być na garnki! Nasadzimy je sobie na głowę, czy co?

— O garnkach pomyślimy później. Nie myślmy o wszystkim razem, bo dostaniemy obłędu. Dobrze, pchaj książki do potwora. Okrętka, rusz się, wywalamy resztę z szafy, trudno, musimy spojrzeć prawdzie w oczy...

Zygmunt wrócił do domu śmiertelnie wściekły. Po drodze zdziwił się nieco widokiem ekipy rozbiórkowej, wciąż pracującej z zapałem. Pomyślał, że chyba robią na akord, bo przecież ich godziny pracy już się skończyły. O sytuacji w mieszkaniu nie myślał wcale i wnętrze, do którego wszedł, zaskoczyło go niebotycznie, w najmniejszym stopniu nie poprawiając humoru. Tereska i Okrętka były właśnie w stanie kolejnego przypływu energii, a kuchnia w stanie całkowitej ruiny.

Okrętka, widząc brata, porzuciła ugniatanie kolanami poduszki.

— Masz samochód? — wykrzyknęła zarazem z nadzieją i niepokojem.

— Uważaj, nie rozkopuj tej kupy! — krzyknęła równocześnie Tereska. — To do wyrzucenia!

Zygmunt na samym wstępie potknął się i zaplątał w olbrzymią górę jakichś skłębionych łachów. Spojrzał pod nogi i skojarzył widok ze słowami Tereski.

— Moje spodnie! — wrzasnął, wyrywając z kupy jeden z łachmanów. — Czyście zwariowały?! Moje spodnie do wyrzucenia...?!!!

— Jakie spodnie, stara szmata, a nie spodnie! — zdenerwowała się Okrętka. — W ogóle nie ma w co pakować, stare szmaty trzeba wyrzucać od razu!

— Idiotka! To są moje najlepsze spodnie! Mowy nie ma, wyrzucaj sobie swoje łachy!

Okrętce opadły ręce. Zygmunt czule oglądał i zwijał wyrwany ze stosu łachman, mamrocząc pod nosem inwektywy. Okrętka nagle wydarła mu to z rąk i zaprezentowała Teresce.

— Zgłupiał chyba, najstarsze spodnie, zobacz, ma dziurę na tyłku i zeszył ją żółtą włóczką! I całe w jakichś smarach! Nie dopierze się do końca świata...!

— A czy ja ci każę to dopierać?! — rozzłościł się Zygmunt, wyrywając z kolei łach siostrze. — Czy ja mówię, że w tych spodniach pójdę do ślubu?! To są moje najlepsze robocze spodnie!

— Jeszcze parę razy szarpniecie i będzie z głowy — zauważyła sucho Tereska. — On te spodnie po prostu kocha, zostaw mu, niech ma. Niech się w nie ubierze. Zygmunt, co z samochodem? Załatwiłeś coś?

— Kretynki, najlepsze rzeczy wyrzucają — mamrotał gniewnie Zygmunt. — A ty też jesteś dobry! — wrzasnął nagle do wyglądającego z pokoju Januszka. — Widzisz, co robią, i słowa nie mówisz!

Januszek szybko cofnął się z powrotem za próg.

— Mówiłem im, żeby nie wyrzucały wszystkiego. Odczep się w ogóle, macie tu cztery miliony książek i ja mam to wszystko zapakować! Chyba w siebie...

— Na litość boską, powiedz, co z samochodem! — zirytowała się Tereska.

Zygmunt rozejrzał się w poszukiwaniu bezpiecznego miejsca dla zwiniętych spodni. Nie znalazł żadnego, wepchnął je zatem sobie za pazuchę.

— Co...? A, z samochodem. Chała na razie.

— Jak to?!

— Tak to. Dokopałem się wreszcie do tego faceta, który składał czarowne obietnice. To kumpel sąsiada. Pół miasta obleciałem, już mi to nosem wyszło. Nie ma go w domu.

— Trzeba było na niego zaczekać! — wykrzyknęła z wyrzutem Okrętka.

Zygmunt wzruszył ramionami i niechętnie wyjaśnił, że nie wiadomo, kiedy kumpel sąsiada wróci. Zostawił wiadomość jego żonie, która obiecała wszystko mu przekazać. Podobno jutro ma wolne, więc możliwe, że przyjedzie...

Relacjonował sprawę z roztargnieniem, mimo woli rozglądając się dookoła. Głodny był potwornie, nogi go bolały, chciał gdzieś usiąść i trochę odpocząć. Wyraźnie czuł, że nie ma się gdzie podziać, dom przypominał obozowisko cygańskie po trzęsieniu ziemi. Z głodu i z wściekłości nie myślał nic, dokładnie tylko wiedział, że ma dość i dłużej tego wszystkiego nie zniesie. Zawrócił do drzwi.

— Wychodzę! — oznajmił krótko i gniewnie.

Okrętkę aż podrzuciło.

— Dokąd?! — krzyknęła z oburzeniem.

— A co cię to obchodzi?

Przez chwilę Okrętka była pewna, że zaraz się udławi. Z wysiłkiem wydobyła z siebie głos.

— Upadłeś na głowę? — spytała takim tonem, że Zygmunt odwrócił się w drzwiach.

— O co ci chodzi?

Okrętka przemogła także chwilowy bezruch i przedarła się przez górę łachmanów, bliska rzucenia się na brata z pazurami.

— Wiesz, że tego już za wiele! Pomieszania zmysłów dostałeś?! Kto ma się zająć pakowaniem?! Ja sama?! Masz zamiar zwalić mi wszystko na głowę, jak ostatnia, skończona świnia...?!

Zygmunt wręcz osłupiał. Umysł miał wciąż jeszcze zastopowany, ale wydało mu się, że słyszy coś wstrząsającego.

— Zwariowałaś? — spytał z niebotycznym zdumieniem. — To ja mam pakować?!

— A KTO?!!! — ryknęła Okrętka okropnym głosem.

Zygmunt zagapił się na nią, tak zaskoczony, że nie był w stanie zareagować w żaden sposób. Żadna odpowiedź na jej pytanie nie przychodziła mu do

głowy. Przez tępą wściekłość przedarło się wrażenie, że coś tu jest cholernie nie w porządku, czegoś
tu się żąda od niego i to czegoś, czego się absolutnie
nie spodziewał i co mu się na pewno bardzo nie
podoba. Zarazem jakaś tajemnicza siła pętała mu
nogi, nie pozwalając zwyczajnie odwrócić się i wyjść,
trzaskając drzwiami. Solidne trzaśnięcie drzwiami
niewątpliwie przyniosłoby mu dużą ulgę...
Okrętka po wybuchu nieco oklapła. Odsunęła się
od brata, z roztargnieniem obejrzała za siebie i zaczęła siadać.
— Nie siadaj na porcelanie!!! — wrzasnęła strasznie Tereska. Okrętka poderwała się jak podcięta bi-
czem, część opuszczających ją sił wróciła na miejsce.
— Proszę cię bardzo, wymień tę osobę — zwróciła się cierpko do oniemiałego Zygmunta. — Kto
ma to wszystko zapakować? No?
Zygmuntowi umysł ruszył, ale uczynił to wbrew
woli swego właściciela. Postawiono tu jakiś problem i zadano pytanie. Ze wszystkich rzeczy na świecie Zygmunt najbardziej nie życzył sobie rozstrzy-
gać problemu i odpowiadać na pytanie. Przez cały
czas, od samego rana, od chwili kiedy wybuchła ta
idiotyczna awantura z przeprowadzką, z największą
starannością usuwał z myśli kwestię konkretnych,
związanych z nią komplikacji, z nadzieją, że rozwik-
łają się jakoś poza nim i bez jego udziału. Nie miał
na nie najmniejszej ochoty. Znalazł kierowcę, to dosyć, teraz życzyłby sobie odpocząć, a nie użerać się
z rozhisteryzowaną siostrą, której najwidoczniej coś
się zacięło, bo w kółko zadaje to samo pytanie...
— A bo ja wiem... — wyrwało mu się niepewnie.
Okrętka znów ruszyła ku niemu przez kupę gał-
ganów, jak rozjuszona tygrysica.

— To ja ci powiem. Nikogo takiego nie ma. Tylko ty i ja. Zostaliśmy do tej roboty sami i nie ma nikogo innego. Nie ma. Nikogo innego. Chyba, że wywleczesz ojca ze szpitala i może go jeszcze będziesz batem poganiał...

— Kretynka — powiedział Zygmunt z głębokim przekonaniem.

Tereska nie wytrzymała dłużej w bierności.

— Nie chcę się wtrącać w rodzinne sprawy — rzekła z lodowatą grzecznością — ale w życiu bym nie przypuszczała, że mógł byś się tak ześwinić.

— Jakie ześwinić...?! O co ci chodzi?!

— Nie widzisz, co się tu dzieje? Rzeczy trzeba zapakować. Do jutra. Przemyśl to sobie.

Właśnie przemyśliwać tego sobie Zygmunt z całej siły nie chciał. Jego dusza ciągle stawiała zacięty opór, ale mimo woli rozejrzał się po mieszkaniu.

— A co, naprawdę same nie dacie rady? — spytał niedowierzająco, w gruncie rzeczy doskonale wiedząc, iż pytanie jest bezdennie głupie.

— O Boże, ratuj, mam brata debila... — jęknęła cicho Okrętka.

— Damy radę, jasne! — wysyczała jadowicie Tereska, porzucając bezpowrotnie lodowatą grzeczność. — Horpyny jesteśmy, umiemy produkować z powietrza walizki i pudła, pakunki zawiązujemy siłą woli. Jeść i spać nie potrzebujemy wcale...

— Skończ już ten referat, dobrze? — rozzłościł się Zygmunt. — Diabli nadali... Mówiłem, żeby wysłać depeszę do matki!

— Bo co? Bo wasza matka zastępuje dwie Horpyny? Po jednej przeprowadzce śpiewająco i z przysiadami odwali i drugą?! Wprawy nabrała...?!

— Do pioruna...!!!

— Hej, nie kłóćcie się! — wrzasnął z pokoju Januszek, który pakował książki w najgłębszej ciszy, żeby nie stracić ani słowa z rozgrywającej się w kuchni batalii. — Niech mi tu kto pomoże! Nie mogę tego ruszyć, ciężkie chyba, czy co? Na dole zostało jeszcze parę sztuk!

Rozwścieczona na Zygmunta Tereska w jednej chwili znalazła się w pokoju. Okrętka pośpieszyła za nią, Zygmunt po krótkim wahaniu zajrzał tam również. Januszek usiłował przepchnąć ku środkowi pomieszczenia gigantyczne pudło, całe napełnione książkami.

— Prawie wszystkie weszły — wysapał. — Tylko nie wiem, kto to podniesie. Trzeba przesunąć...

Tereska bez słowa podeszła do Januszka i pchnęła z całej siły. Pudło ani drgnęło. Okrętka pomogła jej, bez skutku. Zygmunt przez parę sekund obserwował ich wysiłki gniewnym spojrzeniem, po czym nagle wszedł do pokoju.

— Jazda stąd! — rozkazał. — Januszek, dołem...

Pochylił się, wsparł o pudło w jego dolnej części i pchnął potężnie, wytężywszy wzmożone złością siły. Efekt był imponujący. Dół pudła szurnął o dobre pół metra, góra natomiast, wypakowana do ostatecznych granic, nie wytrzymała zrywu i cały stos książek runął Januszkowi na głowę, rozsypując się dookoła.

Januszek pośpiesznie wydobył się spod ciężaru lektury.

— O kurczę... — powiedział z zakłopotaniem, pocierając ucho. — Mnie nie o to chodziło...

Zygmunt wyprostował się i popatrzył na książkowe pobojowisko. Obejrzał stropionego Januszka. Dopiero na końcu spojrzał na Tereskę i Okrętkę.

Stały, wsparte o futrynę, i przyglądały mu się wzrokiem, który wyraźnie mówił, że proszę bardzo, teraz może sobie robić, co chce. Może je zostawić, iść do diabła i cieszyć się pełnią swobody, nie odezwą się ani słowem. Na rozwalone pudło nie spojrzała żadna. Zygmunt doskonale wiedział, że gdyby rzeczywiście zostawił je teraz i poszedł do diabła, czy gdziekolwiek indziej, do końca życia nie zostałoby mu to zapomniane. Co gorsza, czuł, że chyba sam sobie również by tego nie zapomniał...

— Cholera, miałem nadzieję, że uda mi się wyłgać — wyznał z ciężkim rozgoryczeniem. — Żebyście pękły! Możliwe, że to rzeczywiście robota nie dla bab...

O zmroku Januszek, ukończywszy pakowanie książek w nowe, zdobyte przez Zygmunta pudła i ułożywszy ciasno całą encyklopedię na dnie kosza od brudów, zaczął wynosić na śmietnik stos przeznaczony do wyrzucenia. Ciągle jeszcze był pełen zapału.

— Hej, słuchajcie, coś dziwnego lata po podwórzu — zakomunikował zgarniając kolejną naręcz łachów. — Nie wiem, co to jest.

— Co? — spytała z roztargnieniem Okrętka, zajęta upychaniem w koszu poprzekładanych ścierkami talerzy.

— Mówię, że coś dziwnego lata po podwórzu!

— Buty zostały — powiedziała zirytowana Tereska. — Zapomniałyśmy o butach... Co ci tam znowu lata?

Januszek zatrzymał się w progu, obarczony zwisającym mu zewsząd ciężarem.

— Nie wiem. Powiedziałbym, że jakiś bachor, gdyby nie to, że czarne i jakby czymś porośnięte. Pierzem chyba, czy co...?

Nie zdążył powiedzieć nic więcej, bo w Okrętkę jakby piorun strzelił. Poderwała się znad kosza i runęła do sieni ze zdławionym, pełnym grozy okrzykiem, odpychając gwałtownie Januszka. Tereska wybiegła za nią, zaskoczona treścią okrzyku, w którym usłyszała słowo „dzieci". Jeśli cokolwiek było porośnięte pierzem, z pewnością nie mogły to być dzieci... Januszek wybiegł również, gubiąc po drodze fragmenty swojego brzemienia, jako ostatni zaś wyskoczył Zygmunt, z trudem przelazłszy przez ustawiane w sieni pakunki i tłumoki.

Na podwórku Okrętka łapała coś, co istotnie do niczego nie było podobne. Coś pozwoliło się złapać i okazało się pięcioletnim chłopczykiem, gruntownie wysmarowanym smołą i oblepionym warstwą białego pierza. Januszek, mimo zmroku, opisał go bardzo trafnie.

— Popatrz, historyczna postać... — wyrwało się zdumionej Teresce.

— Rany Boga! — jęknął Zygmunt i odwrócił się do niej. — Co ty mówisz, jaka znowu historyczna postać?! To ten cholerny Piotruś sąsiadów!

— Kiedyś oblepiali złoczyńców smołą i tarzali w pierzu. Pierwszy raz w życiu widzę to w naturze. Zdaje się, że nikt nigdy nie robił tego dobrowolnie...

— A, rzeczywiście. Widok niezły, to fakt...

Rozwścieczona i bliska płaczu Okrętka wlokła Piotrusia do domu, usiłując uniknąć bezpośredniego kontaktu ze smołą. Rzecz była niewykonalna. W sąsiednim mieszkaniu fruwały obłoki pierza, na środku pokoju zaś siedziała trzyletnia dziewczynka z wielkimi nożycami w rękach. Okrętka czym prędzej odebrała jej nożyce.

— Chryste Panie, na śmierć o nich zapomniałam! — jęczała rozpaczliwie. — To jest nie do zniesienia, ja się poddaję! Skąd on wziął tę smołę, na litość boską, czym ja go umyję...?!

— Skąd tyle pierza? — zainteresował się Zygmunt. — Co oni tu zrobili? Marzenka...

— My się pakujemy — oznajmiła Marzenka, gramoląc się z podłogi. — Takie wystawało i on ciachnął. I takie chmurki latają.

— Całkiem fajnie się te chmurki przylepiły — pochwalił Januszek. — Widzi mi się, że chyba na mur.

— Boże, zmiłuj się! — wyjęczała rozdzierająco Okrętka. — Czym się zmywa smołę z dziecka?!

Zygmunta wciąż intrygowało pierze. Znalazł w końcu pod stołem i wyciągnął na środek nie domkniętą walizkę, której zawartość stanowiła jedna poduszka. Wystający róg poduszki został starannie ucięty, białe kłaczki nadal z niej wylatywały.

— Rozumiem — mruknął. — Ucięli, bo im się nie chciała domknąć. Cholerne dzieci...

— Byliśmy grzeczni — poinformował z przekonaniem Piotruś. — Kazałaś, żebyśmy byli grzeczni. Jest wyprowadzka i wszyscy się pakują.

Okrętka chwyciła go, zanim zdążył z rozmachem usiąść w walizce na owej poduszce z uciętym rogiem.

— Na litość boską, czy ktoś mi powie, czym się zmywa smołę z dziecka?!!! — krzyknęła histerycznie.

Tereska otrząsnęła się z oszołomienia i zgrozy, oprzytomniała nieco i pojęła, że musi wziąć sprawę w ręce, jej przyjaciółka bowiem bliska jest utraty zmysłów. Zamknęła walizkę, zatrzymując dopływ pierza, i zwróciła się do Zygmunta.

— Zygmunt, leć do telefonu i zadzwoń do informacji. Wiesz, tej co udziela odpowiedzi z encyklopedii i tak dalej. Niech ci powiedzą, czym umyć tego gówniarza.

— Encyklopedię przecież mamy, można sprawdzić...

— Sprawdzimy, ale na wszelki wypadek leć i zadzwoń. I niech ci powiedzą, gdzie można dostać ten środek myjący. Januszek, gdzie jest encyklopedia?

— W koszu na dnie.

— Poszukaj, co tam jest o zmywaniu smoły. Na razie trzeba go obetrzeć gazetami...

Dzieci energicznie domagały się posiłku. Okrętka walczyła z dwojgiem naraz, bo Marzenka doznała nagle przypływu uczuć do braciszka i próbowała objąć go za szyję. Trzymając ją za rękę i pilnując bezpiecznej odległości, Tereska zaczęła wyszukiwać produkty spożywcze. Zdecydowała się na jajecznicę, uznawszy ją za potrawę najłatwiejszą do przyrządzenia.

— Jest! — oznajmił Januszek, wkraczając z tomem encyklopedii. — Na es... Czekajcie. Smoła, smoła... Smoła Jan. Nie, to nie to. Smoła drzewna...

— Nie drzewna, oszalałeś, nie robi się teraz smoły z drzewa!

— Smoła preparowana — czytał Januszek. — Smoła węglowa...

— Węglowa albo preparowana, właśnie...

Ciągle trzymając Marzenkę za rękę, Tereska razem z bratem pochyliła się nad potężnym tomiskiem. Odczytywali na wyścigi, mamrocząc pod nosem. Okrętka w napięciu oczekiwała informacji.

— Zgadza się tylko jedno — rzekł wreszcie Januszek. — Lepka, mazista ciecz o charakterystycznym, ostrym zapachu. Fakt, lepi się jak szatan i śmierdzi.

— O praniu ani słowa! — wykrzyknęła z oburzeniem Tereska.

Januszek postanowił sprawdzić jeszcze pod „pranie". Okrętka, całkowicie beznadziejnie, przystąpiła do prób użytkowania wrzątku z mydłem. Tereska przestała zwracać uwagę na pierze, wpadające do jajecznicy i przylepiające się do masła, miała nadzieję, że tak nikła ilość nie okaże się szkodliwa. Marzenka z zainteresowaniem obserwowała przygotowania do posiłku.

— Ja chcę herbatki w fiżylance — zażądała stanowczo.

— Ona pije mleko! — wrzasnął Piotruś. — Mamusia jej zawsze daje mleko na kolację!

— Okrętka, jest mleko? — spytała z niepokojem Tereska, czując w sobie wyraźny niedosyt wiedzy w kwestii żywienia dzieci.

— Mleko skisło — odparła Okrętka. — Daj jej tej cholernej herbatki. A ty zamknij gębę, bo ci napcham mydła...

Zygmunt wrócił w chwili, kiedy Tereska zabrała się do zeszywania poduszki, przekazawszy pilnowanie Marzenki Januszkowi. Januszek postponował encyklopedię, która o praniu i myciu nie udzielała żadnych sensownych informacji. Okrętka lepiła się już nie gorzej niż Piotruś. Zygmunt od razu stał się ośrodkiem zainteresowania.

— Nigdzie się nie dodzwoniłem, ale byłem w aptece — oznajmił. — Ta pani sprzedała mi terpentyny i powiedziała, że najlepsze jest masło albo oliwa. Może być olej. Poradziła, żeby spróbować specjalną pastą bhp.

— Pastę bhp też ci sprzedała? — spytała zgryźliwie Okrętka.

— Nie. A co? Masła nie mamy?

— Mamy margarynę i olej. Mam go całego wy-
smarować olejem?

— Pastę bhp mają pewnie budowlańcy — wtrącił Januszek.

— To znaczy ci od sprzętu. Mechanicy tego używają.

— Nic nie poradzę, ona tak powiedziała — rzekł równocześnie Zygmunt. — Posmarować masłem albo olejem. Poza tym, zgubiłem spodnie.

Wszystkie spojrzenia, jak na komendę, skierowały się na jego nogi. Spodnie miał na sobie, informacja wydawała się niepojęta.

— Nie te! — zniecierpliwił się Zygmunt. — Tamte stare. Zupełnie zapomniałem, że je mam za pazuchą, to znaczy miałem, bo już nie mam. Musiały chyba wylecieć... Ściśle biorąc, wiem, gdzie wyleciały, bo kawałek wróciłem. Na szynach tramwajowych i tramwaj zdążył je przejechać. Chyba przepadły.

— I co? Nie zabrałeś ich? — zainteresowała się z nagłą nadzieją Okrętka.

— Nie, mówię przecież, że przepadły...

— Wobec tego przynieś olej z naszej kuchni. Stoi na półce. Ja nie mogę, nie wiem, jak się to dzieje, ale też jestem cała w smole. Gdzie on tę smołę znalazł...?

Piotruś był chętny do zwierzeń.

— A tam, za domem — wyjaśnił, machając ręką i wychlapując bezużyteczne mydliny. — Ale tylko trochę było.

— Tylko trochę i wystarczyło ci, żeby się umazać od pięt po czubek głowy? — zdziwiła się Tereska.

— Wystarczyłaby mu i łyżka od zupy — mruknęła z goryczą Okrętka. — Przynieś ten olej...!

— Trzeba chyba zagrzać więcej wody, żeby ten olej potem zmyć...

— Hej, słuchajcie! — wtrącił się znów Januszek.

— Ja znam tę pastę bhp, ona jest bardzo dobra...

Zygmunt już ruszył posłusznie po olej, ale odwrócił się w progu.

— Myślisz, że ci tutaj mogą mieć? — spytał z powątpiewaniem. — Sprzęt przywieźli... Ale chyba już poszli, bo dawno ich nie słychać.

— No to co? Mieć, to mają na pewno. I nie noszą jej chyba w kieszeniach?

— Myślisz, że gdzieś zostawili? Warto by sprawdzić...

— A dobra! — ucieszył się Januszek. — Mogę zaraz spróbować...

— Na litość boską, przynieś ten olej!!! — wrzasnęła rozdzierająco Okrętka.

Na zewnątrz było już zupełnie ciemno. Nigdzie wokół nie paliła się ani jedna latarnia, odrobinę światła dawał tylko odległy blask miasta. Januszek po omacku dotarł prawie do końca budynku i okrążył gruzowisko. Gdzieś przed nim trzasnęła nagle zapałka, zatrzymał się i na wszelki wypadek zaczął nadsłuchiwać. W okolicy zapałki zabrzmiały niewyraźne ludzkie głosy.

Pasta bhp wyleciała Januszkowi z głowy. Takie głosy tutaj, o tej porze, w ciemnościach...? Przypomniał sobie głosy, zasłyszane przed tygodniem i pomyślał, że to jest po prostu niemożliwe. Żeby tak trafiać, raz za razem, prawie co tydzień, na jakieś tajemnicze knowania, to już trzeba mieć doprawdy ślepe szczęście! Potem przypomniał sobie, że przecież przez wszystkie ubiegłe lata wcale nie trafiał, być może zatem ostatnio zwyczajnie odpracowuje narosłe zaległości. Wyrabia normę jednym zrywem. Następnie westchnął z żalem i pomyślał, że tym

razem to chyba jednak nie będzie to. Normalnie,
siedzą tam ci budowlańcy i odpoczywają albo może
pilnują gratów... Może to nocni stróże...

Pomimo tej ostatniej myśli nie ruszył przed siebie
głośno, tylko na wszelki wypadek zaczął się ostrożnie skradać. Co mu szkodziło, ostatecznie, poskra-
dać się trochę...

Za kupą gruzu głosy dały się słyszeć wyraźniej.
Dobiegały zza spychacza, którego tył stanowiła koparka. Możliwe także, iż była to koparka, której tył
stanowił spychacz.

— ...a w razie jakby co, zwyczajnie ładujem się
i odjeżdżamy — mówił cicho jeden głos. — Pomyłka
nastąpiła i szukaj wiatru w polu...

— Wiadomo chociaż, gdzie to zamurowali? —
spytał z przejęciem drugi.

— Któreś środkowe mieszkanie — odparł pierwszy. — I cholera wie, czy w ścianie, czy pod podłogą. Piwnice też mają, takie wygrzebane w gruncie.

— Kurczę, żeby się dało znaleźć! — westchnął po
chwili drugi głos.

— Co się ma nie dać? Szafa gra.

— Ja tam w nerwach jestem. Byle łajza przyleci...
Chociażby z tej parszywej administracji...

— Administracji wyszło, że budynek pusty. Mło-
dziaki same zostały, to nie narozrabiają. Budynek
do rozbiórki? Do rozbiórki. A kto się połapie, że
rozbiórka miesiąc wcześniej...?

— Ale potrwa trochę — zaniepokoił się drugi
głos, znów po chwili milczenia. — Trza ostrożnie
rozwalać, żeby nie przeoczyć. Co to ma być?

— Gienio powiada, że skrzyneczka albo worek.
Nieduży. Parę lat już się na ten budynek czai.

134   — A to pewne, że to tam jest? Może już dawno kto znalazł...

— Gienio powiada, że mowy nie ma. Za okupacji wygonili ludzi jak stali, a potem już nikt nie grzebał. I nikt z tych tutaj szmalu po sobie nie pokazał, willi nie pobudował, gabloty nie kupił, w ogóle całkiem nic. Znaczy, nikt nie znalazł.

— Jezu, aby za długo nie zwłóczyć, bo nas kto przyuważy...

— Raz dwa poleci...

Głosy umilkły. Januszek zaniechał oddychania. Po chwili odezwały się znowu, pierwszy wyjaśniał drugiemu, że na Gienia należy zaczekać, bo zostawił tu jakieś rzeczy i nie wydał poleceń na jutro. Następnie drugi głos jął opowiadać pierwszemu o jakiejś awanturze. Awantura była prymitywna i nieciekawa. Januszek zatem złapał oddech, wycofał się ostrożnie, okrążył rumowisko i na palcach popędził z powrotem.

Osobom obecnym w mieszkaniu smoła przesłoniła już cały świat. Piotruś był na grubo wysmarowany olejem, natłuszczał wszystko, czegokolwiek dotknął. Tereska i Okrętka usiłowały oczyścić go proszkiem do prania, Zygmunt proponował zmywanie oleju terpentyną. Do wpadającego Januszka odwrócili się wszyscy.

— No i co? — krzyknęli razem Zygmunt i Tereska. — Masz tę pastę?

— Co tam pasta! — odparł gorączkowo Januszek. — Słuchajcie, ale draka...!

— Co to znaczy, co tam pasta! — zdenerwowała się Okrętka. — Całą butelkę oleju wypaprałam, a on jest ciągle czarny! Gorzej, bo teraz to czarne rozmazuje. Stój spokojnie...!

— Ale mają tę pastę, czy nie...?

— Nie wiem, nie zdążyłem sprawdzić, bo jest okropna draka...

— Półgłówek beznadziejny! — powiedziała z gniewem Tereska. — Zetrzyjmy ścierką i spróbujmy jeszcze raz. Byle usunąć tę wierzchnią warstwę... Co za draka, ty głąbie, draka jest tu...

— Terpentyną — upierał się Zygmunt. — Ja wam radzę, terpentyną na gałganie...

— Cicho bądźcie! — zażądał gniewnie Januszek. — Podpalcie go po prostu i będzie z głowy! Jak wam mówię, że draka, to draka. Słuchajcie, tam siedzi dwóch takich...

— Niepotrzebnie w ogóle zaczęłaś go myć — mówiła zirytowana Tereska. — Teraz jest gorzej niż było. Ostatecznie mógł zostać z tą smołą, byle trochę wytrzeć... No to co, że siedzi dwóch takich?

— Dwóch jakich? — spytał bez zainteresowania Zygmunt, wpatrzony w Piotrusia.

— Kiedy się okropnie przylepiał... — usprawiedliwiała się przygnębiona Okrętka.

— Zamkniecie wreszcie gęby, czy nie?! — rozzłościł się Januszek. — Ten cały Piotruś to mięta, nawet w cysternie smoły! Podsłuchałem ich! Słuchajcie, w tym budynku jest coś zamurowane!

Zygmunt oderwał na moment wzrok od Piotrusia, spojrzał na Januszka i popukał się palcem w czoło. Tereska wzruszyła ramionami. Okrętka nie zwracała uwagi na nic, poza śliską, ruchliwą istotą, którą energicznie wycierała ścierką od podłogi nad pełną piany miską. Januszek nie rezygnował.

— Zamurowane jest coś, mówię wam. Coś takiego, od czego można się wzbogacić. Oni tego jutro

136 będą szukać. Jakiś worek albo skrzynka. Oni tu specjalnie przyjechali do tej rozbiórki, żeby to znaleźć...
Pod wpływem gorącej wody i proszku do prania olej zaczął stopniowo schodzić. Tereska polewała z góry garnkiem, Okrętka poświęciła ścierkę do naczyń. Zygmunt z roztargnieniem znów spojrzał na Januszka.
— Co za głupoty gadasz? Skąd ci coś takiego przyszło do głowy?
— Mówię przecież! Szeptali do siebie, podsłuchałem!
— Bzdura. Co tu może być zamurowane, w tej ruderze nigdy w życiu nie mieszkał nikt bogaty.
— Toteż właśnie, oni mówili, że to jest dowód, że nikt tego nie znalazł. Jakby znalazł, od razu by się wzbogacił. To jest gdzieś w środku i jutro tego będą szukać.
— W środku budynku jesteśmy teraz akurat my — powiedziała z goryczą Okrętka, do której wraz z ustępowaniem oleju zaczęły docierać głosy świata.
— Dosyć tego, ta reszta smoły zostanie na nim na zawsze, chyba że skóra z niego zejdzie. Wytrzyjmy go i niech zje kolację. Marzenkę trzeba położyć spać... O Boże, ona też jest brudna!
Tereska miała tego całkowicie dość.
— Nie szkodzi, jedną noc prześpi brudna. Umyje się ją jutro, w łazience, w nowym mieszkaniu. Niech oni idą spać, bo ja zwariuję.
— Ich łóżka są tam, w pokoju. Zygmunt, wylej wodę...
Januszek bezskutecznie usiłował się wtrącić. Nikt go nie słuchał, Okrętka zawlokła brudną Marzenkę do sąsiedniego pokoju, Tereska podawała Piotrusiowi kolację, chcąc się go pozbyć jak najprędzej. Zygmunt wrócił z pustą miską.

— Nie masz się czym zajmować, tylko głupim gadaniem — powiedział niechętnie. — Ktoś puścił kretyńską plotkę, a te cepy uwierzyły...

— Ale przecież specjalnie przyjechali o miesiąc wcześniej! — wykrzyknął Januszek z oburzeniem.

— No, to co? Uwierzyli i dali się naciąć...

Teresce wpadły w ucho słowa brata. Odwróciła się gwałtownie od Piotrusia, czarnymi rękami pchającego do ust chleb z wystygłą jajecznicą.

— Coś ty powiedział? Powiedz to jeszcze raz!

— Mówię, o rany, czterdziesty raz! Specjalnie przyjechali o miesiąc wcześniej, żeby znaleźć to coś zamurowane! I trzęsą się, żeby ich kto nie nakrył...!

— Jak to...? Czekaj! To znaczy, że co...? Że przyjechali bezprawnie...?

— No pewnie, że bezprawnie. I śpieszą się, jak do pożaru, ale mówili, że tu nie ma nikogo dorosłego, więc nikt nie narozrabia i uda im się granitowo...

— O kurza twarz...!!! — wrzasnął Zygmunt, zrywając się ze stołka, na którym usiadł przed chwilą.

Tereska na moment zamarła. W progu pokoju pojawiła się Okrętka.

— Co wy mówicie? — spytała ze zgrozą. — Czy ja dobrze usłyszałam? Oni zaczęli tę rozbiórkę bezprawnie...?

— O, kurza twarz... — powtórzył Zygmunt cichym, zaciętym, zdławionym głosem.

W Teresce dla odmiany eksplodował wulkan.

— Całkowicie bezprawnie! — krzyknęła. Machnęła rękami i wytrąciła Piotrusiowi z ręki kawałek chleba. — Rozumiesz? Rozumiesz, co to znaczy?! Całe to piekło przez ich kretyńskie fanaberie! Skarb sobie wymyślili, debile, żłoby, zboczeńcy...!!! Żeby zdechli!!!

Piotruś zlazł z krzesła i czołgając się po podłodze, zbierał kawałki pokruszonego chleba i oddzielnie rozrzuconej jajecznicy. Pożerał je ze smakiem razem z kurzem, śmieciami i kłaczkami pierza. Nikt na niego nie zwracał uwagi.

— No wiesz...! — powiedziała Okrętka prawie bez tchu. — Coś podobnego...!

— Kurza ich parszywa, nie dojona, w galaktykę kopana, z wiaderkiem węgla kolczastym drutem przez most Poniatowskiego w te i nazad ganiana, zardzewiała morda! — ogłosił Zygmunt w przestrzeń.

— Takie świństwo...! — warczała Tereska. — Takie świństwo nam zrobić...!

— No właśnie! — przyświadczył żarliwie Januszek, z podziwem wpatrzony w Zygmunta. — Słuchajcie, ja bym im zrobił na złość. No słuchajcie, co mówię, oni świństwo, to my na złość. Namęczą się jak woły i chałę znajdą. Słuchajcie, zróbmy coś!

— Możesz być spokojny, że i bez naszego robienia też chałę znajdą — odparł gniewnie Zygmunt, wracając do posługiwania się normalną ludzką mową.

— Ale ja im tego nie daruję, zaraz jutro lecę do administracji i wykonam rozróbę nie z tej ziemi. Niech ich wstrzymają, niech ich zamkną, niech ich w ogóle szlag trafi...!

Umysł Tereski pod wpływem rozszalałych emocji ruszył nagle z kopyta i rozjaśnił się gwałtownym, odkrywczym błyskiem. Mściwy pomysł wręcz strzelił.

— Czekajże! Zaraz! I co ci z tego przyjdzie?

— Jak to, co? Mamy z głowy ten rejwach!

— Na jak długo? Spędzisz tu resztę życia?

— Zwariowałaś?! Kto tak powiedział? Wyprowadzimy się później, spokojnie i bez gwałtu...

— A teraz rozpakujesz te klamoty? Poustawiasz na miejscu? Bo ja się na to nie piszę.

Zastopowany w rozpędzie Zygmunt mimo woli rozejrzał się wokół. Ujrzał liczne ślady smoły, mnóstwo pierza, stos niewymownie brudnych szmat i siedzącego pod stołem czarnego Piotrusia. Przypomniała mu się zawalona bagażami sień. Zrobiło mu się jakby trochę niedobrze i wściekłość w nim wzrosła.

— A co, mam się posłusznie godzić na grymasy jakichś sukinsynów?! — wrzasnął buntowniczo.

— Ja jestem ogłuszona i jest mi wszystko jedno — oznajmiła zgnębiona Okrętka. — Ale sam mówiłeś, że jutro przyjedzie ten człowiek z ciężarówką. Ten kumpel sąsiada. I co wtedy?

— Wiesz, że jesteś obrzydliwa! Jakaś swołocz mi skacze po głowie, a ja mam uszy po sobie i nic, tak...?!

— Nie, nic to nie — podchwyciła żywo i trochę tajemniczo Tereska. — Narozrabiać trzeba, jasne, ale przeprowadzić się należy zaraz...

— No pewnie — wtrącił gorliwie Januszek, którego przeraziła myśl, że każą mu rozpakować książki. — Jak ta ciężarówka przyjedzie, trzeba na nią zwyczajnie wszystko załadować...

— Kto ma ładować?! — ryknął z furią Zygmunt. — Ja sam jeden, czy jak?! Kto ma załadować na ciężarówkę ten cały nabój, kredens, szafę, tapczany...?! Kto?! Może wy...?!

— Uspokój się, ja mam pomysł! — przerwała energicznie Tereska. — Januszek, ich tam było dwóch, tak?

— Dwóch, a gadali jeszcze o trzecim.

— Proszę! Trzech! Co, jeszcze nie widzicie tragarzy? Zależy im na pośpiechu, nie? Wytłumaczymy im ładnie i obrazowo, że mowy nie ma, nie damy rady, będziemy się tu kotłowali jeszcze ze dwa tygodnie, tu są małe dzieci bez ojca i matki...

Okrętka obejrzała się nagle na Piotrusia i wywlokła go spod stołu.

— Jazda, do łóżka! Masz tam brudną piżamę, przebierz się i spać!

— ...zaczniemy pisać podania, sprowadzimy jaką komisję — kontynuowała Tereska. — Jak wam się zdaje, nie pomogą...?

— Co...? — powiedział olśniony Zygmunt.

— Czekaj... Wiesz, że to jest genialna myśl...

W Teresce inwencja twórcza kwitła bujnym kwieciem.

— Zadziałamy podstępem. Najpierw wasze mieszkanie, a potem sąsiadów. Ona mówi, że to środkowe, więc im bardziej zależy. Mało, że załadują, dopilnują jeszcze przewozu, rozładują i wniosą, żeby prędzej się nas pozbyć. Drugiej takiej okazji nie będzie.

Zygmunt kiwał głową. Żal mu było trochę rozróby, ale pomyślał, że nic straconego, może do niej przystąpić natychmiast po przeprowadzce. A wymyślony przez Tereskę sposób załatwienia sprawy miał milion zalet.

— Zemsta jest całkiem niezła — pochwalił żywo.

— Trzech tragarzy w życiu byśmy nie mieli, a jeszcze darmo... Niech skonam, przypilnuję wnoszenia i ustawiania, będę grymasił jak primadonna! Kurza ich paszczęka, odpracują ten skarb...!

Okrętka przepędziła wszystkich do ich własnego mieszkania, sprawdziwszy, czy Piotruś i Marzenka już śpią. Po całym dniu rozrywek spali kamiennym snem. Była to ostatnia rzecz, o jaką czuła się zobowiązana zadbać, reszta zaczynała jej być całkowicie obojętna. Bez wrażenia popatrzyła na pościel, która nabrała czarnych odcieni, na zalaną zaschniętymi mydlinami podłogę, na brudne ścierki i nie umyte naczynia. Nie brała udziału w rozważaniach Tereski i Zygmunta i prawie nie słuchała nalegań Januszka, który nie tracił wielkich nadziei.

— Ale ja bym im rąbnął ten skarb — przekonywał.

— Narobić się dla skarbu, to jeszcze ludzka rzecz, ale narobić się i chała, to dopiero głupota. Sam chciałeś, żeby ich trafił szlag...

— W duchy wierzysz, jaki tam skarb — zniecierpliwił się Zygmunt. — Chcesz, to rąbnij. Mnie wystarczy wyzysk siły roboczej.

— W nałóg ci weszło, opanuj się trochę! — zganiła brata Tereska. — Co ci się zdaje, tak skarb za skarbem będziesz znajdował na każdym kroku?

— A może...?

— Mitoman — zaopiniował Zygmunt. — Niech sobie szuka, jak mu tak zależy, beze mnie. We mnie, zawiadamiam was, wstąpił duch zemsty, teraz już za skarby świata nie zrezygnuję! Cholernie żałuję, że nie mamy fortepianu!

— Na co ci fortepian? — zdziwił się Januszek, odrywając się chwilowo od skarbu.

— Podobno nie ma nic gorszego do noszenia.

— A, rozumiem. Fajnie! Ja też nie zrezygnuję...

☆ ☆ ☆

Nazajutrz o godzinie ósmej rano postęp robót rozbiórkowych był wyraźnie widoczny. Tereska i Januszek, przybywający z trzema zdobytymi po drodze pudłami, krytycznym okiem ocenili stan zagrożenia środkowego mieszkania.

— Jak im tego nie zawalą na głowę, to ja jestem chińska róża — rzekł proroczo Januszek.

Okrętka, pełna nowych sił, powitała ich okrzykiem ulgi. Miotała się wśród stosu kuchennych garnków, patelni i brytfanek, które nie pasowały do siebie nawzajem; nie mieściły się nigdzie i wymykały jej się z rąk.

— Zrobiliśmy wczoraj wszystko po prostu cudownie — oznajmiła sarkastycznie. — Zapakowaliśmy całą pościel, wszystkie ręczniki, mydło i szczotki do zębów, nie mówiąc o piżamach. Zostaliśmy w tym, co na sobie. Że też nie przyszło nam do głowy, że musimy tu mieszkać aż do dziś!

— I co zrobiłaś? — zainteresowała się Tereska.

— Pożyczyłam od sąsiadów. Mydło i jeden ręcznik. Pomóżcie mi tu...

— W co to chcesz zapakować?

— W nic. Zygmunt bardzo mądrze wymyślił, że się je zwiąże po prostu sznurkami za uszy. Przecież nie o to chodzi, żeby je ukryć, tylko żeby były w kupie.

Januszek odłożył pudła i odebrał Okrętce sznurek.

— Oddaj te garnki, ja sam to załatwię — rozkazał.

— Tobie jakoś nie idzie. Mogę potem pakować książki u sąsiadów, już się do tego przyzwyczaiłem.

— Byłoby dobrze oddzielnie związać sąsiadów, a oddzielnie was — zauważyła Tereska. — Z sąsiadami w ogóle będzie gorzej, nie możemy sobie pozwalać na wyrzucanie. Gdzie dzieci?

— Bawią się w piasku. Sprawdziłam, czy tam nie ma smoły.

— A gdzie Zygmunt?

— Też poleciał po pudła. Zdjął żyrandole, bo i tak światła już nie ma. Odłączyli. Powiedział, że z ciekawości zajrzy do administracji i zorientuje się, jak mu wyjdzie potem z tą rozróbą.

— Żeby tylko nie zaczął za wcześnie...

— Nie, powiedział, że się powstrzyma.

— No dobrze, w takim razie bierzemy się za sąsiadów. Proponuję bazować głównie na tłumokach...

Ze skromnym łupem w postaci dwóch średnich pudeł Zygmunt udał się do administracji. W jednym spożywczym sklepie powiedzieli mu, że puste pudła pojawią się dopiero za godzinę, po rozpakowaniu towarów, miał zatem chwilę czasu.

W administracji od razu na wstępie poinformowano go, że przyjęcia interesantów zaczynają się od jedenastej. Kierownik jest na urlopie, a jego zastępca na konferencji. Kierownik działu technicznego ma zwolnienie lekarskie, pracownicy są na mieście, a obecna na miejscu księgowość nie załatwia spraw lokatorów.

— Czy, jeżeli budynek wali się na głowę, też trzeba czekać do jedenastej? — spytał trochę wrogo.

Sekretarka spojrzała nieufnie.

— A panu chodzi o mieszkanie zastępcze? Wolnych mieszkań zastępczych chwilowo nie ma.

— Nie, my mamy mieszkania. Nowe, przydzielone. Ale budynek rozbierają w przyśpieszonym terminie...

— Jeżeli pan ma mieszkanie, to o co chodzi? — przerwała sekretarka niecierpliwie. — Niech pan się przeprowadzi w przyśpieszonym terminie.

— Ale rozbierają bezprawnie. Bez uprzedzenia!

— Budynek był przeznaczony do rozbiórki?

— Do rozbiórki, ale...

— Państwo o tym wiedzieli?

— Wiedzieliśmy, ale...

— Oj, proszę pana, niech pan nie zawraca głowy. Ma pan mieszkanie, o rozbiórce pan wiedział, trzeba się było przeprowadzić. Tu czekają ludzie, którzy w ogóle nie mają mieszkań!

Zygmuntowi odjęło mowę. Teoretycznie słowa sekretarki zawierały dużą dozę logiki, ale praktycznie coś tu było nie w porządku. Próby wyjaśnienia sedna rzeczy spowodowały tylko zniecierpliwioną radę, żeby udał się do wydziału lokalowego w Urzędzie Dzielnicowym. Zygmunta zaczął trafiać szlag.

W wydziale lokalowym zadano mu te same pytania, przyjęto do wiadomości fakt obecności lokatorów w rozbieranym budynku i odesłano go do administracji, która z pewnością coś pokręciła z terminami. Zygmunta zaczął trafiać szlag solidniejszy. Wrócił do administracji. Sekretarka odesłała go dla odmiany do przedsiębiorstwa prowadzącego rozbiórkę, z tym, że nie była w stanie udzielić informacji, które to przedsiębiorstwo. Zygmunt wrócił do wydziału lokalowego, gdzie nikt nie chciał z nim rozmawiać, ponieważ miał mieszkanie, a stary budynek był od dawna przeznaczony do rozbiórki. Zygmunt przestał myśleć i udał się piętro wyżej, do naczelnika dzielnicy. W sekretariacie siedziała gruba, starsza osoba, z wściekłym wyrazem twarzy i czarnymi, sztywnymi włosami, wyglądającymi jak sztuczne.

— W sprawie skarg i zażaleń w poniedziałki od czternastej do osiemnastej — oznajmiła sucho, nie słuchając tego, co mówił.

— Ale mnie się wali na głowę! — wrzasnął rozwścieczony Zygmunt.

— Do wydziału lokalowego piętro niżej.

— Ale ja właśnie chciałem złożyć skargę na wydział lokalowy.

— W sprawie skarg i zażaleń w poniedziałki od czternastej do osiemnastej.

— Mnie się dziś wali! Nie w poniedziałek!

— Wydział lokalowy piętro niżej.

Zygmunt przez chwilę miał ochotę zrobić coś, przez co niewątpliwie zajęto by się nim natychmiast, nie czekając do poniedziałku. Na szczęście nie zdążył. Z drzwi zaopatrzonych w napis „naczelnik dzielnicy" wyszła nagle korpulentna blondyna w eleganckim kostiumie, przeszła przez sekretariat i wyszła na korytarz. Zygmunt przyjrzał się jej z uwagą.

— To jest naczelnik dzielnicy? — spytał.

— Pani naczelnik nie przyjmuje. W sprawie skarg i zażaleń w poniedziałki od czternastej do osiemnastej.

— Do widzenia — powiedział Zygmunt i opuścił pomieszczenie.

Na korytarzu zatrzymał się i zastanowił, co by zrobił, gdyby rzeczywiście chciał coś załatwić. Poszedłby do milicji, oczywiście. Jedyna instytucja, która działa szybko i ostro reaguje na wszelkie kryminalne wybryki. Sprawdziliby tych facetów, wstrzymali rozbiórkę, potem dopiero zaczęłaby się potężna draka... Spisują tam protokóły, owszem, ale po pierwsze, nie trwa to cztery dni, a po drugie, na wiadomość, na przykład, że złodziej właśnie ucieka z łupem, wyskakują nawet bez protokółu. Ciekawa rzecz...

Kilka chwil poświęcił rozważaniom, skąd się to bierze, że milicja tak może, a inne instytucje nie. Nic nie wymyślił, bo ciągle jeszcze był wściekły i już ruszył ku wyjściu, kiedy przed nim na korytarzu ukazała się blondyna w kostiumie. Bez chwili wahania podszedł do niej i ukłonił się grzecznie, mimo przeszkody w postaci pudeł.

— Przepraszam panią, co mam robić, jeżeli budynek wali mi się na głowę? — spytał bez wstępów.

Blondyna wzdrygnęła się, spojrzała na niego z niechęcią i spróbowała go ominąć.

— Wydział lokalowy mieści się piętro niżej — odparła zimno.

— A jeżeli oni nie chcą ze mną rozmawiać...?

— Do mnie proszę przez sekretariat!

Wionęła obok niego jak sylfida i znikła w drzwiach. Zygmunt opanował chęć wdarcia się za nią i ulokowania pudeł na pierwszej głowie, jaka mu stanie na przeszkodzie. Niewiele brakowało, a popędziłby prosto do MO, przypomniał sobie jednakże, że przecież wcale nie chce tej rozbiórki wstrzymywać. Na wspomnienie wszystkich związanych z nią okoliczności doznał nawet niejakiej ulgi, stłumił szalejący już w nim bunt i protest i wyszedł z Urzędu Dzielnicowego bogatszy o kilka doświadczeń.

Okrętka i Tereska, nabrawszy już wprawy, kończyły pakowanie miękkiego mienia sąsiadów. Dwie walizki i trzy potężne toboły załatwiły sprawę pościeli, bielizny i ubrań. Twarde mienie jeszcze czekało, ciągle stanowiąc problem. Januszek sąsiadów bardzo chwalił.

— To jacyś przyzwoici ludzie, mają o wiele mniej książek. Dwa pudła wystarczyły, nie to co u was...

— Jest Zygmunt! — wykrzyknęła Tereska znad tobołu.

— I ma pudła! — ucieszyła się Okrętka. — Daj tu jedno, a resztę do kuchni!

— Według mojego rozeznania administracja i Urząd Dzielnicowy są w zmowie z tymi krymina-

listami — oznajmił Zygmunt, rzucając na podłogę
pięć przyniesionych pudeł. — Za cholerę nie chcą
nic słyszeć. Chyba czyhają na ten zamurowany
skarb, nie ma innego wytłumaczenia.

— Jak to, poszedłeś rozrabiać? — przeraziła się
Tereska. — Co ci do łba strzeliło, jeszcze ich stąd
zabiorą i jak na tym wyjdziemy...?

— Spokojna czaszka. Gdybym tam chodził codziennie przez pół roku, może by się kto ruszył, ale też
wątpię. W Urzędzie Dzielnicowym siedzi jakiś nowy
wynalazek. Taśma... Chociaż nie, to musi być cały
magnetofon, bo duże. Wygląda jak stara, gruba baba ze
sztucznymi włosami i ma nagrane tylko dwa zdania...

— Jakie? — zaciekawił się Januszek.

— „W sprawie skarg i zażaleń w poniedziałki od
czternastej do osiemnastej" i „wydział lokalowy piętro niżej". Nauczyłem się na pamięć. Cholera mnie
trzaska i cały czas myślę, jak by im zatruć życie,
chyba zacznę się wstecznie czepiać tej całej historii,
będę chodził, pisał podania, składał skargi co poniedziałek i domagał się odpowiedzi na piśmie ...

— Nie dasz im rady — ostrzegła Okrętka. — Trupem padniesz, a oni wytrzymają.

— To im podpalę budynek!

— No i co z tego? Ucieszą się, dostaną urlop
okolicznościowy, będą siedzieli w domach i brali
pensję. Podpalaj zresztą, jak chcesz, tylko później.
Teraz zdejmij wreszcie firanki i gzymsy. Skończmy
z naszym mieszkaniem!

— Cholera. Dobra, zdejmę, ale zabierz swoje par-
szywe kaktusy...

O godzinie pierwszej jedno z mieszkań było gotowe do przeprowadzki i oczekiwanie na zaprzyjaźnionego kierowcę zaczynało stawać się nieznośnie de-

nerwujące. Januszek uczynił przypuszczenie, że on w ogóle nie przyjedzie, nawet nie wie, że ma przyjechać, bo żona mu nie powtórzyła. Gruchot, warkot i rumory za ścianą narastały, pogarszając atmosferę.

— Zygmunt, leć do niego jeszcze raz — powiedziała zaniepokojona Tereska. — Weź taksówkę. Przerażenie mnie ogarnia, że to może zostać do jutra, światła nie ma, nic nie ma...

— Woda została — pocieszył Januszek.

— Gdzie, na podwórzu!

— Może on nie wrócił jeszcze z trasy? — zatroskał się Zygmunt. — Rzeczywiście, skoczę do niego...

Przerwał mu nagły, głośniejszy rumor i trzask pękającej ściany. Z hurgotem posypał się gruz w pokoju obok. Poderwali się wszyscy na równe nogi, pchając się jedno przez drugie, wpadli do sąsiedniego pomieszczenia. Proroctwo Januszka było bliskie spełnienia, zewnętrzna ściana budynku pękła na całej wysokości, ze szczeliny ciągle sypał się gruz. Warkot na zewnątrz nie cichł.

— O Boże wielki...! — jęknęła Okrętka ze zgrozą.

— Trochę ci poszukiwacze skarbów przesadzają — zauważyła z naganą Tereska. — Za bardzo im się śpieszy.

— Na mózg im padło — przyświadczył gniewnie Zygmunt. — W końcu zawalą nam to na głowę! Trzeba im powiedzieć parę słów. Z byka spadli, co im się właściwie wydaje!

— Czekaj, idę z tobą, trzeba dyplomatycznie! — zawołała Tereska i wybiegła za nim.

Cofająca się koparka zatrzymała się i właśnie brała rozpęd ku przodowi z wyraźnym zamiarem wyrznięcia w stojącą jeszcze ścianę. Zygmunt, wymachując rękami, wdarł się na stosy gruzu i zagrodził jej drogę. Krzyczał coś, czego nie było słychać. Koparka zatrzymała się, warkot nieco przycichł, z kabiny wychylił się kierowca, niewiele starszy od Zygmunta, w oprychówce, spod której wypływały wspaniałe, ondulowane baki.

— Czego? — spytał nieżyczliwie.

— Panie, pan się trochę opamięta! — rzekł ostro Zygmunt. — Tu są lokatorzy.

— No to co?

Zygmunt aż się zachłysnął.

— Zwariował pan? Lokatorzy są w środku, a pan rozwala?!

Kierowca popatrzył na niego zimnym wzrokiem, spojrzał na ścianę, potem znów na niego.

— Według zaświadczenia tu nie ma żadnych lokatorów. Budynek do rozbiórki. Zjeżdżaj, koleś...

— Sam zjeżdżaj! — wrzasnął Zygmunt. — Tu są małe dzieci! Walicie im to na głowę!

— To niech wyjdą na dwór.

Zygmunta zaświerzbiały ręce. Powstrzymał się od wywleczenia z kabiny bezczelnego oprycha i trzaśnięcia we wrogi pysk tylko dzięki temu, że do opanowywania gwałtownych odruchów został już dawno przyzwyczajony. Trenował dżudo i karate, był wysoki, barczysty, wysportowany, miał nieco za dużo siły i walenie bez opamiętania każdego przeciwnika mogłoby mieć katastrofalne skutki. Postąpił zatem tylko krok ku maszynie.

— Dobra, ty patafianie, rozwalaj! A ja idę po milicję! — ryknął wściekle. — Zaraz tu gliny zarządzą, kto gdzie wyjdzie!

— Odwal się, szczeniaku, co mi tu kłapiesz pyskiem! — ryknął nie mniej gromko kierowca i zaczął wyłazić z kabiny.

W tym momencie zza koparki ukazał się drugi facet, nieco starszy, o łagodnej twarzy, w której świeciły sprytne, bystre oczka. Baki miał trochę krótsze, za to oblicze jego zdobiły cienkie, czarne wąsiki.

— Józiu, czego ty się z tym panem przekomarzasz? — spytał z niezadowoleniem. — Grzecznie trzeba. Pan powiada, że tu są jeszcze ludzie? — dodał, zwracając się do Zygmunta.

— No, a kto?! — prychnął rozzłoszczony Zygmunt. — Żyrafy?!

— To co państwo tak zwłóczą z tą przeprowadzką? Przyjemność mieszkać w takiej ruderze? Do nowego lokalu się przenieść i po krzyku.

— Dzieciny wziąć za rączki i odmarsz w lepsze jutro... — wymamrotał pod nosem Józio, nie całkowicie poskromiony.

— Józiu, nie mądrzyj się. No, na co pan jeszcze czekasz?

Tereska uczyniła dwa kroki do przodu. Z zainteresowaniem i czujnie obserwowała scenę, gotowa wkroczyć we właściwej chwili.

— Głupie pytanie — rzekł z irytacją Zygmunt. — Na transport. Pan uważa, że szafę na plecach będę niósł?

Tereska wlazła na kupę gruzu i stanęła obok niego.

— No to raz dwa ciężarówkę skombinować — poradził życzliwie facet z wąsikami. — Co tu się barłożyć w takiem wybrakowanem lokalu...

— Wynoś się! — szepnęła Tereska do Zygmunta, korzystając z tego, że warkot maszyny głuszył ciche słowa. — Leć, ja z nimi załatwię... Kiedy, widzi pan, i tak nic nam z tego nie przyjdzie! — krzyknęła

głośniej, bardzo zmartwiona. — Ciężarówka nie
rozwiązuje sprawy!

— Co? — zdziwił się facet. — Jak to nie rozwiązuje? Co znaczy nie przyjdzie...?

Zygmunt powoli zaczął złazić z rumowiska, posłusznie wyłączywszy się z konwersacji. Tereska zlazła również.

— Nic nam nie przyjdzie z tej ciężarówki — wyjaśniła z ciężkim westchnieniem. — Meble na nią same nie wsiądą. Będziemy musieli poszukać sobie jakiejś pomocy, a to potrwa. Sąsiad wraca dopiero za trzy dni...

— Jakiej znowu pomocy, na co tu sąsiad? — zgorszył się jej rozmówca. — Mało pomocników? Jest nas tu trzech chłopa, a jeszcze ten młody... Złapiem się wszyscy i pójdzie w trymiga...

Zygmunt ocenił sytuację i szybkim krokiem znikł z horyzontu. Tereska z wielką wdzięcznością, acz powściągliwie przyjmowała propozycje bezinteresownej pomocy. Grono niezwykłych pracowników przedsiębiorstwa rozbiórkowego coraz natrętniej narzucało się z usługami, wykazując wręcz płomienny zapał do pracy fizycznej. Nie ulegało wątpliwości, że tragarzy ma zapewnionych.

Mieszkanie sąsiadów było prawie skończone, kiedy Zygmunt wrócił.

— Przyjedzie za jaką godzinę, tylko zje obiad — zaraportował, nieco zdyszany. — Tamci trzej już czekają, trzeci wygląda jak byk z gębą barana. Czy my już do końca życia nie będziemy nic jedli?

— My, jak my — odparła z troską Okrętka — ale te dzieci... Należałoby chyba ugotować im obiad.

— W tych warunkach...?! — oburzyła się Tereska.

Zygmunt postawił na stole wielką torbę.

— Zrobiłem zakupy. Kupiłem sera, mortadeli i rybki w puszce. Da się to zjeść?

Okrętka niemal osłupiała.

— Nie do wiary! — powiedziała ze zdumieniem.

— Popatrzcie, zrobił zakupy z własnej inicjatywy! Co mu się stało?

— Nieszczęście uszlachetnia charaktery — oznajmiła Tereska, zaglądając do torby i wyciągając paczki.

— W obliczu wielkich wydarzeń człowiek zdobywa się na wielkie czyny — przyświadczył Zygmunt.

— Otworzę to, daj. Gdzie nóż do konserw?

— Bóg raczy wiedzieć — odparła wciąż jeszcze nieco oszołomiona Okrętka. — Tereska...?

— Z pewnością w którymś pudle — powiedziała smętnie Tereska. — Lepiej od razu pogódźcie się z tym, że nóż do konserw, a także różne inne rzeczy, znajdziecie dopiero za parę dni.

Zygmunt z pudełkiem konserw w ręku rozejrzał się po kuchni.

— A nożyczki? Mogę otworzyć nożyczkami. Nożyczki też zapakowane?

— Nie, zostały w szufladce maszyny do szycia. Szufladki ciasno siedzą, pojadą razem z maszyną.

— Kocher musi zostać do końca — zarządziła Okrętka. — Januszek, oddaj czajnik, zrobimy przynajmniej herbaty.

— Kiedy już go przywiązałem do garnków! — zaprotestował Januszek.

— To odwiąż. Zaschło mi w gardle od tego tynku. Możesz odwiązać sąsiadów.

— Jak będziecie tak w kółko przywiązywać i odwiązywać, to do sądnego dnia nie skończymy!

— Ktoś będzie musiał wyjść i poczekać przed domem, bo on tu nie trafi — zauważył Zygmunt, pracowicie rozszarpując konserwę nożyczkami. — Zastawili wjazd. To pudełko jest z pancernej blachy.

— Januszek pójdzie, jak zje...

Okrętka przygotowała kanapki i wezwała dzieci. Tereska zrobiła herbatę. Januszek nie uzyskał zgody na wylanie reszty wody i ponowne przywiązanie czajnika. Pożywił się w pośpiechu, porzucił towarzystwo i wybiegł przed dom. Reszta jeszcze została przy kuchennym stole sąsiadów, bo nikomu nie chciało się ruszyć.

— Całe szczęście, że te nasze mieszkania są blisko siebie, w sąsiednich blokach — westchnęła Okrętka z ulgą. — Inaczej nie wiem, co bym zrobiła, bo przecież trzeba pilnować tych dwojga. I tak chyba przez nich zwariuję.

— Nie mogę zrozumieć, jak rodzice dają sobie z tym radę — mruknęła Tereska. — Niepotrzebnie ich ciągle myjesz...

— Już dawno przestałam. Ostatnia rzecz, jaką próbowałam z nich zmyć, to ten miał węglowy. Nie wiem, gdzie go znaleźli... Mam nadzieję, że w pokoju nic nie wymyślą, zostały same meble. Scyzoryka nie mają, nożyczek też nie...

Potężne łupnięcie, gruchot i brzęk za ścianą przerwały jej rozważania. Ponad rumor wzbił się przeraźliwy wrzask Marzenki. Poderwali się wszyscy troje, zaskoczeni okropnie, nie pojmując, co się dzieje, bo maszyny budowlane milczały. Okrętka przewróciła krzesło, wpadli do pokoju, omal nie wyrywając drzwi z zawiasów.

Mieszkanie sąsiadów przedstawiało obraz całkowitej ruiny. Część nadpękniętej ściany zawaliła się do reszty, w rumowisku siedział przestraszony i przysypany tynkiem Piotruś, ściskający w ręku jakiś długi, czarny sznur. Marzenka, żywa i zdrowa, ryczała, zalewając się rzewnymi łzami. Gruz pokrył pół pomieszczenia. Wśród kawałków cegieł i tynku leżała duża okrągła puszka, której dekiel wyskoczył, a zawartość rozsypała się szeroko.

Okrętka dopadła zaryczanej Marzenki.

— Co się stało? Uderzyłaś się? Pokaż, gdzie cię boli?

Marzenka zamieniła ciągły ryk na chlipanie, żeby móc rzucić oskarżenie na brata.

— On tak ciągnął... i ciągnął... i na mnie narzucał...

— Wcale nie ja! — zaprotestował z oburzeniem Piotruś. — Samo się narzucało!

Zygmunt wyjął mu z ręki czarny sznurek, uważnie obejrzał ruinę i ocenił rodzaj zniszczeń.

— Jakiś przewód tu szedł — stwierdził. — Ściana już była naruszona, szarpnęli zdrowo i rozwalili do reszty. Lepsze te dzieci niż buldożer...

Okrętka pocieszała Marzenkę, usiłując przy okazji wykorzystać jej obfite łzy do umycia twarzy. W wyniku zabiegów równomierny brud zamienił się w urozmaicone, ceglasto-szare smugi i Marzenka zaczęła wyglądać jak chory upiór. Piotruś podniósł się z podłogi, z zaciekawieniem oglądając rumowisko. Zygmunt obejrzał się i wzrok jego padł na puszkę, nad którą cierpliwie stała Tereska.

— A to co takiego...?!

— Właśnie czekam, żebyście zwrócili uwagę — rzekła spokojnie Tereska. — Zdaje się, że znaleźliśmy ten zamurowany skarb. Piotruś, skąd to wyleciało?

— A o tu, ze ściany — odparł ochoczo Piotruś, bardzo dumny z siebie. — I jak gruchnęło...!

Marzenka znów ryknęła, ale Okrętka przestała już poświęcać jej wszystkie siły. Zygmunt podniósł pusz-

kę. Obejrzeli jej rozsypaną po podłodze zawartość
ze zdumieniem i niedowierzaniem.

— Wszystko się zgadza, środkowe mieszkanie
— przypomniała Tereska. — Januszek miał rację.
Tylko nie jestem pewna, czy od tego tak bardzo
można się wzbogacić...

Wśród gruzu i tynku, rozrzucona była ogromna
ilość przedwojennego bilonu, złożonego głównie
z pięcio- i dziesięciogroszówek. Zygmunt i Tereska
zaczęli je zbierać, Okrętka przyklękła również.

— To tak właśnie wygląda ględzenie o skarbach
— rzekła z politowaniem. — Potrafię sobie wyobrazić większe majątki...

— Co ty mówisz, będzie chyba ze dwieście złotych!
— zaprotestowała Tereska. — Co prawda, drobnymi...
Ale przedwojenne drobne to teraz cenne numizmaty.

— Może tam jest tego więcej? — zainteresował
się Zygmunt. — Piotruś, podłub no jeszcze w tej
ścianie!

— Zwariowałeś, ona się może do reszty zawalić!
— krzyknęła gwałtownie Okrętka.

Tereska rozgrzebywała gruz i tynk.

— Chyba mieliście rację, tu mieszkał jakiś żebrak.
Zamurował w ścianie oszczędności całego życia, zapewne w obliczu wojny. Najlepiej byłoby całość za-
mieść szczotką i zebrać do czegoś.

— Szczotka jest w sieni — zawiadomiła cierpko
Okrętka. — A co do czegoś, to już nic nie ma, chyba
że patelnia. Ale wątpię, czy Januszek pozwoli ją odwiązać...

Wszyscy zajęci byli zbieraniem skarbu, kiedy na
zewnątrz, na podwórku, rozległ się nagle rosnący
warkot i dźwięk klaksonu. Okrętka poderwała się
na równe nogi.

— Ciężarówka!!!

— O rany boskie, sprzątajmy to, prędzej! — przeraziła się Tereska. — Prędzej, żeby te oprychy nie zobaczyły!

— Przecież nam nie odbiorą! — oburzył się Zygmunt.

— Głupiś, połapią się, że skarb się znalazł i już nie mają tu czego szukać! Chałę będziemy mieli, a nie tragarzy!

— O, niech ja skonam, masz rację... Prędzej!

W okropnym pośpiechu obydwoje chwytali drobne i wrzucali je do puszki razem z gruzem i śmieciami. Zgarniali garściami i wydłubywali z rumowiska. Do kuchni sąsiadów wpadł Januszek i stanął jak wryty.

— Rany kota, a to co...?

— Cicho! — syknęła na niego Tereska. — Zamurowany skarb. Zbieraj, prędzej!

— Jak to...?

— Cicho, do diabła! — zgromił go Zygmunt. — Zbieraj, ja tam idę do nich, bo jeszcze tu wlezą...

— Zbieraj, mówię, nie stój jak słup! — zdenerwowała się Tereska. — Zaraz ci wytłumaczę...

Januszek odzyskał zdolność ruchu. Padł na kolana obok siostry, szeptem domagając się wyjaśnień i gorliwie zbierając bilon. Tereska krótko zrelacjonowała wydarzenia. Januszek podniósł się i obejrzał ścianę z bliska.

— Róbcie sobie, jak chcecie — oznajmił stanowczo. — Ale ja stąd nie wyjdę, dopóki nie rozdłubię tej ściany. Ten gówniarz mi pomoże, bardzo dobry do takiej roboty...

Zapchana gratami ciężarówka odjechała, dokonując pierwszego obrotu, a razem z nią pojechał Zygmunt i trzej tragarze. Załadunku dokonano w rekordowym czasie, tragarze od pierwszej chwili wzięli szatańskie tempo. Tereska i Okrętka zbierały resztki mienia sąsiadów, którzy mieli zostać przewiezieni w drugim rzucie. Januszek znalazł w rozwalonej ścianie jeszcze jedną identyczną puszkę, również wypełnioną drobnym, przedwojennym bilonem.

— Co za ludzie, dawali żebrakowi najbrudniejsze, jakie mieli — narzekał ze zgorszeniem. — Żeby to było nowe i eleganckie, to ho ho. Wiem, bo mój kumpel zbiera monety. Takich jak te nikt nie kupi, może najwyżej niektóre, z tym jest jak ze znaczkami, nie może być kancera.

— Zawsze dla sąsiadów będzie to pewna pociecha — zauważyła Tereska. — Naczynia pojadą brudne, zmywaniem zajmie się sąsiad, możemy mu zrobić uprzejmość i wszystko zalać wodą. Zaczyna mi już brakować ludzkich uczuć. Januszek, zostaw skarb i przynieś jeszcze parę gazet z tej makulatury!

Po próbie Piotrusia wepchnięcia siostrzyczki pod ciężarówkę, dzieci zostały zamknięte w pustym kompletnie mieszkaniu Okrętki i Zygmunta, gdzie pozwolono im robić, co zechcą. Okrętka była zdania, że nie ma tam nic, co mogliby zepsuć albo rozwalić. Ściany jeszcze się trzymały i żaden przewód nie wystawał nigdzie, poza sufitem, a sufit był dla nich nieosiągalny. Tereska i Okrętka, śmiertelnie zmęczone, sprawdzały, czy niczego nie przeoczyły, starając się nie narazić sąsiadów na straty, za które mogliby mieć pretensje.

Januszek wrócił z gazetami.

— Co wyniosłem na śmietnik, to teraz po kawałku przynoszę — powiedział z niezadowoleniem.

— Do bani taka robota. Tam jakieś odgłosy dolatują, z waszego mieszkania.

Przyjaciółki odwróciły się do niego i popatrzyły wzrokiem bez wyrazu. Żadna się nie odezwała.

— Mówię do was! Tam jakieś odgłosy dolatują!

— Jakie... odgłosy...? — spytała słabo Okrętka.

— Nie wiem. Jakby się coś rujnowało. No, co tak patrzycie? Na waszym miejscu ja bym zajrzał.

— Ja nie! — krzyknęła gwałtownie Tereska.

— Ja też nie! — oznajmiła równie stanowczo Okrętka.

— To ja mogę zajrzeć, jak chcecie — zaofiarował się Januszek.

Po krótkim wahaniu Okrętka wyraziła zgodę. W milczeniu czekały, aż Januszek poszedł i wrócił.

— Fajne te dzieci — rzekł z uznaniem. — Rozbierają kuchnię. Już wyciągnęli takie żelazo, chyba ruszt. Całe w sadzach, czarne jak diabły.

Tereska i Okrętka nie wytrzymały, wybiegły równocześnie. Piotruś i Marzenka byli tak zajęci, że nawet nie zwrócili na nie uwagi. Stały chwilę w progu przyglądając się ich ciężkiej pracy.

— A tobie się wydawało, że tutaj już nic nie ma — powiedziała z politowaniem Tereska, kiwając głową.

— Kuchnia nie przyszła mi na myśl — wyznała ze skruchą Okrętka. — Doznaję ulgi, że nie myłam ich niepotrzebnie przedtem. Powiem ci szczerze, że nawet mam satysfakcję. Pojadą w takim stanie.

— Oszalałaś! Zapaskudzą wszystko! Sadze są tłuste!

— Nie szkodzi. Obetrzemy je papierem. Kiedyś wydawało mi się, że dzieci powinny być czyste. Przeszło mi to. Z biegiem wydarzeń człowiek zmienia poglądy. Januszek, jeszcze parę gazet...

— Lepiej byłoby okręcić je całkiem gazetami
i owiązać sznurkiem — poradził Januszek. — Sznurka już co prawda nie ma, ale na podwórzu widziałem sznur od bielizny.

— Niezła myśl — pochwaliła Tereska.

— O Boże wielki, zapomniałyśmy o sznurze! — jęknęła równocześnie Okrętka. — To sąsiadów! Co za szczęście, że dzieci rozebrały kuchnię...!

☆ ☆ ☆

W nowym mieszkaniu sąsiadów siedzieli wszyscy razem. Był już wieczór. Wyszorowane w wannie dzieci poszły spać, stosy wiórów i trocin zostały zmiecione w kąt, pudła, toboły i walizki zwalone dość bezładnie na kupę w jednym pokoju, w pozostałych zaś porozstawiano meble w sposób tak dziwny, że, aczkolwiek było ich niewiele, tworzyły z mieszkania istny labirynt. Zganiony za stworzenie uciążliwego wnętrza Zygmunt z irytacją oznajmił, że nie zamierza tu tańczyć mazura i odmówił wprowadzenia jakichkolwiek zmian. Nareszcie i on poczuł się rzetelnie zmęczony.

— Tobie i tak dobrze — powiedziała Okrętka zgnębionym głosem. — Możesz iść do naszego domu i będziesz miał spokój. Ja tu muszę nocować, bo diabli wiedzą, co te dzieci wymyślą rano. Nie zostawię ich samych.

Tereska przyniosła sobie z przedpokoju krzesło, usiadła na nim, podniosła się natychmiast i rękawem starannie zmiotła z niego gruz. Uważnie obejrzała tapicerkę, po czym usiadła ponownie.

— Dziwna rzecz, przejechało, było noszone, przewracane, a gruz się trzyma — rzekła smętnie. — Jakieś przyczepne to obicie, czy co... Nie wiesz, czy sąsiedzi mają w planach kupno odkurzacza?

Okrętka wzruszyła ramionami.

— Nie wiem, co mają w planach, ale wiem, że mają gruz także w tapczanie. Jest mi wszystko jedno i będę na nim spała. Mają gruz wszędzie, we wszystkich meblach, które stały w pokoju. Chyba trąba powietrzna da temu radę.

— W każdym razie ominęło ich najgorsze — zauważył Zygmunt, siedzący na pudle z książkami i wsparty plecami o ścianę, z nogami wyciągniętymi prawie na środek pokoju. — Nie zdążyłem wam powiedzieć, że ten kierowca bardzo nas pochwalił.

— Jaki kierowca?

— Kumpel sąsiada. Opowiedziałem mu wszystko, bo jechałem w szoferce i miałem czas po drodze. Cholernie mu się spodobało wykorzystanie tych hochsztaplerów, mówi, że sam też by na to poszedł, bo co do administracji, z góry wie, że nawet próbować nie warto. Przegonił ich niewąsko, a ja też sobie nie żałowałem. W naszym mieszkaniu takie salony, że oko bieleje. Trzy razy przestawiali.

— Jakim cudem udało ci się zmusić ich do tego? — zdziwiła się Tereska.

— Wcale ich nie zmuszałem. Zrobiłem najprostszą rzecz na świecie, udawałem idiotę. Oni już chcieli lecieć, a ja się rozglądałem, taki zmartwiony, że mi prawie łzy z oczu ciekły, aż się jąkałem z tego zmartwienia i zaczynałem sam przestawiać. Widać było, że kretyn jestem i nie wyjdę, dopóki nie ustawię jak należy. No, to co mieli zrobić? Pomagali jak szatany, byle prędzej i w rezultacie oni pchali i nosili, a ja im palcem pokazywałem, że nie tu, tylko trochę w lewo, trochę w prawo. Kumpel sąsiada wiedział już o co chodzi i popłakał się ze śmiechu. Szkoda, że tu tak samo nie wyszło.

— Tu już nie było powodów, mieli nas w nosie.
Dobrze, że wnieśli na górę. Zwalili byle gdzie i polecieli do skarbu.

— No i dolecieli. Mają skarb, że hej! — mruknął
z satysfakcją Januszek.

Zygmunt spojrzał na niego z zainteresowaniem.
Januszek na kawałku wolnej podłogi segregował
i przeliczał zawartość dwóch przedwojennych puszek po landrynkach.

— Gdyby ci sąsiedzi byli przyzwoitymi ludźmi, to
należy nam się osiemdziesiąt sześć złotych i dwadzieścia pięć i dwie dziesiąte grosza — oznajmił. —
Dziesięć procent znaleźnego. Te dwie dziesiąte,
ostatecznie, mogę im darować.

— Dlaczego nam się należy? — zaprotestowała
Tereska. — To Piotruś znalazł, a nie my!

— No to co? A może będą chcieli odwdzięczyć się
nam za przeprowadzkę? Przecież nie mówię, że się
będę z nimi bił, policzyłem tylko na wszelki wypadek.

— Zdaje się, że jak tu wejdą i rozejrzą się dookoła,
od razu im wdzięczność przejdzie — mruknął Zygmunt.

— Zastanawiam się, kiedy ten sąsiad wróci — powiedziała w zamyśleniu Tereska. — Szkoła nam się
zaczyna pojutrze, nie wiem, czy nie będziemy musiały chodzić na zmianę...

Wsparta łokciami o stół kuchenny Okrętka wyprostowała się nagle.

— Słuchajcie, widzieliście kiedy zakamieniałą
kretynkę? — spytała dziwnym głosem.

Obejrzeli się na nią wszyscy. Januszek na czworakach wyjrzał zza stołu. Okrętka prezentowała osobliwe połączenie zgrozy z zakłopotaniem, na twarz
wypłynęły jej gorączkowe rumieńce.

— Czy mam rozumieć, że widzimy właśnie teraz? — spytał z wielkim zainteresowaniem Zygmunt.

— Owszem. Właśnie mi się przypomniało, że sąsiadka ma matkę...

— Wyrodną? — zaciekawił się Januszek.

— Co...?

— Ta matka, pytam, czy wyrodna?

— Dlaczego wyrodna...?

— No jak to, bo jej tu nie ma. Tak tę córkę zostawiła na pastwę losu? Wszystkie matki nie wyrodne trzęsą się nad córkami jak kwoki...

— Rzeczywiście, masz rację. Wyrodna...?

Okrętka machała rękami, usiłując ich uciszyć.

— Ale jaka tam wyrodna, zamknijcie się wreszcie! Miała tu być albo zabrać te dzieci do siebie, ale ona mieszka na wsi, gdzieś pod Grójcem. Miała je zabrać za tydzień, przecież wam mówiłam, że sąsiadka pośpieszyła się o dziesięć dni, skąd ta matka miała wiedzieć!

— Trzeba ją było zawiadomić!

Okrętka nagle zamilkła. Popatrzyła na pozostałych jakoś niepewnie, w wyrazie jej twarzy pojawiła się skrucha.

— No trzeba było... No i właśnie teraz mi się przypomniało... No pytałam was przecież, czy widzieliście zakamieniałą kretynkę!

Tereska podejrzliwie przyglądała się przyjaciółce.

— Słuchaj no, kto ma adres tej matki? — spytała surowo.

Okrętka westchnęła ciężko i znów oparła się na stole, podpierając brodę zwiniętymi pięściami.

— Ja — wyznała żałośnie. — To znaczy, miałam. Sąsiadka mi dała, jak szła do szpitala. To znaczy, nie szła, tylko zabierało ją pogotowie, a dzieci oczywiście ryczały i możecie być spokojni, że zgubiłam go natychmiast. To znaczy, schowałam tę kartkę tak, żeby było łatwo znaleźć...

Przez chwilę panowało milczenie.

— A w ogóle to ja tę matkę znam — dodała Okrętka z rozgoryczeniem. — Ona ma taką kondycję, że sama jedna może zastąpić dziesięciu tragarzy...

Tereska odzyskała głos.

— Boże, zmiłuj się nad nami... Jazda, rusz się! Pisz list!

— Jaki list?

— Do sąsiadki. Osobiście mnie tam przecież nie wpuszczą. Niech da ten adres jeszcze raz. Wyślemy depeszę, pilną, jutro wieczorem ta matka już tu będzie. Chyba kompletnie zgłupiałaś...

W Okrętkę wstąpił nowy duch. Na kawałku pakowego papieru napisała list ogryzkiem ułamanej, zielonej kredki, znalezionej w wanience, wśród zabawek dzieci. Innych przyborów do pisania nie udało się odszukać, a nikt akurat nie miał przy sobie długopisu. W trakcie pisania ulegała wyraźnemu przeobrażeniu. Najwidoczniej na myśl, że pozbędzie się wreszcie Piotrusia, Marzenki i mieszkania sąsiadów, zaczynała odżywać w tempie wręcz nadprzyrodzonym.

— Ona nic z tego nie zrozumie — rzekła z niepokojem. — Dopisz jej więcej na normalnym papierze, żeby nie umarła na serce. I podaj matce ten tutejszy adres, chyba trafi, ja tu będę czekać. Jeżeli ona do wieczora nie przyjedzie, słowo daję, odprowadzę ich obydwoje do komisariatu milicji i zostawię podstępem...!!!

— A zdawało mi się, że dopiero co protestowałaś przeciwko nadzwyczajnym wydarzeniom i życzyłaś sobie zwyczajnych — wytknęła kąśliwie Tereska, chowając starannie korespondencję na pakowym papierze. — Zwracam ci uwagę, że przeprowadzka, podróż służbowa, a nawet poród w szpitalu to są wszystko wydarzenia zupełnie zwyczajne, normalne, spotykające ludzi na co dzień... Wychowywanie dzieci też, pełno tego na każdym kroku, nie mówiąc o gotowaniu obiadów. Zwyczajne wydarzenia, tak przez ciebie upragnione...

— Ja mówiłam coś takiego?! — oburzyła się Okrętka.

— Tak jest! — przyświadczył energicznie Januszek. — Sam słyszałem na własne uszy. Mówiłaś, że przez całe wakacje miałaś nadzwyczajnych wydarzeń po dziurki w nosie, dosyć masz tego i wolisz zwyczajne.

— Rzeczywiście tak mówiła? — zainteresował się Zygmunt. — Poważnie?

— Jak Boga kocham!

— Coś podobnego... Wiedziałem, że mam siostrę poszkodowaną na umyśle, ale nie przypuszczałem, że do tego stopnia...

— Odczepcie się! — zdenerwowała się Okrętka. — Nawet jeśli mówiłam, to co z tego? Zmieniłam zdanie! I oświadczam wam...

Urwała, popatrzyła na pozostałych troje, wyprostowała się i dokończyła stanowczo i uroczyście:

— I oświadczam przy świadkach, żeby nie było gadania, że wydarzenia zwyczajne w ogóle sobie wypraszam! Mam dość na długo. Jeżeli już musi się coś dziać, żądam kategorycznie, żeby to było nadzwyczajne w stopniu maksymalnym...!

☆ ☆ ☆

W poczekalni szpitala na Karowej Tereska cierpliwie czekała na odpowiedź sąsiadki, przebywającej gdzieś w niedostępnych rejonach budynku. Trafiła do tej poczekalni przypadkiem, skierowana tu z izby przyjęć, gdzie panowało straszliwe zamieszanie i gdzie z nikim się nie mogła dogadać, szpital miał bowiem akurat ostry dyżur. Razem z nią czekało liczne towarzystwo, ponieważ tędy właśnie wychodziły opuszczające szpital pacjentki.

Teresce udało się wreszcie posłać przez pielęgniarkę do sąsiadki list na pakowym papierze, uzupełniony elegancką kartką z papeterii i teraz przyglądała się ciekawie rozgrywającym się w poczekalni scenom. Z głębi korytarzyka wychodziły młode panie, zarazem promienne i zdenerwowane, pielęgniarki wynosiły za nimi niemowlęta, oczekujące starsze panie zaczynały cmokać nad niemowlętami, panowie z kwiatami rzucali się witać małżonki, pielęgniarki podawały jakieś rzeczy, udzielały instrukcji, kwiaty przeszkadzały okropnie, nikt nie wiedział, co z nimi zrobić, i każdy coś gubił. Za jedną z pań wyniesiono dwa puste syfony i mąż pani stracił głowę kompletnie. Wyraźnie było widoczne, że wszystko mu się pomyliło i sam nie wie, czym powinien opiekować się czulej, syfonami czy żoną. Pielęgniarki czyniły herkulesowe wysiłki, zmierzające do stopniowego wypychania towarzystwa na zewnątrz, gdzie czekały rozmaite samochody.

W poczekalni rozluźniło się trochę, wyszła wreszcie ostatnia z pań, wyniesiono jeszcze jedno niemowlę i ostatni czekający z panów opuścił szpital, pozostawiając na krześle w kącie damski płaszcz i męski parasol. Tereska miłosiernie wyniosła za nim te przedmioty i ulokowała w taksówce, po czym wróciła do poczekalni.

— Po co oni przynoszą tu takie rzeczy? — rzekła w zadumie do wyglądającej z korytarzyka pielęgniarki. — I tak widać, że mają pełne ręce roboty. Pielęgniarka pobłażliwie wzruszyła ramionami.

— Przy pierwszym przeważnie trochę głupieją — wyjaśniła — A pacjentki zawsze żądają innego ubrania, bo im się figura zmienia, a potem same zapominają, że chciały się przebrać. Czy pani czeka może na panią Pastwiakową?

— Nie, ja czekam na list od pani Bednarskiej. Czy pani nie mogłaby się dowiedzieć...? Bardzo proszę. Bez tego listu od pani Bednarskiej w ogóle nie mogę stąd wyjść!

— Urwanie głowy tu dzisiaj, wyjątkowo ciężki ten ostry dyżur — westchnęła pielęgniarka. — Bednarska, tak? Zaraz tam kogoś zapytam.

Tereska pozostała sama, ale na krótko. Po kilku minutach ta sama pielęgniarka wyniosła niemowlę, za nią zaś wyszła jeszcze jedna młoda pani, na którą nikt nie czekał. Zaaferowana pielęgniarka przekazała niemowlę matce, pomamrotała coś o taksówce, kiwnęła głową Teresce i wyszła. Pani usiadła i zaczęła płakać.

Po krótkiej chwili Tereska nie wytrzymała.

— Bardzo panią przepraszam — powiedziała niepewnie. — Czy coś się stało...? Czy ja mogę pani jakoś pomóc...?

Młoda matka odwróciła ku niej zapłakaną twarz.

— O Boże wielki — wyszlochała. — To potworna rzecz, w dniu urodzenia dziecka odkryć, że jego ojciec jest idiotą! Pojęcia nie mam, co zrobić, Boże zmiłuj się!

— Jak to? — zaniepokoiła się Tereska. — I co? Nieuleczalnie...?

— Co nieuleczalnie? Idiota? No pewnie. Czy pani wie, co on zrobił?! Pojechał w podróż służbową i złamał sobie rękę! I jeszcze rozbił samochód! Wczoraj, w jakichś Gnatach! Nie wiem nawet, czy to miejscowość, czy chodzi o jego gnaty, leży w gipsie w szpitalu w Gryfowie i będą go tam trzymać tydzień! A ja muszę stąd wyjść...! — urwała, wybuchając obfitszymi łzami.

Tereska słuchała zaskoczona, przestraszona, pełna współczucia i nieco oszołomiona. Mignęło jej w głowie, że znów jakiś mąż oddalił się od żony w niewłaściwej chwili, zaczynało to wyglądać wręcz na epidemię... Usiadła na krześle obok. Młoda matka próbowała otrzeć sobie oczy pieluszką.

— Odkryć, że jest się żoną idioty...! — wykrzyknęła we wzburzeniu. — Wyrzucają mnie stąd, bo jest ostry dyżur, nie ma miejsc i sama rozumiem, że słusznie, jestem zdrowa do obrzydliwości! Wysłałam wczoraj depeszę do siostry, ona przyjedzie, ale najwcześniej jutro albo pojutrze, ona ma własne dzieci, nie rzuci wszystkiego...!

Tereska rozważyła sprawę już w trakcie słuchania.

— Ale klucze od mieszkania pani ma? — spytała rzeczowo.

— Klucze mam, owszem...

— No to może się pani nie przejmować. Pomogę pani. Sprowadzę taksówkę i pojadę z panią, tylko doczekam się tu na list...

Żona idioty jęknęła rozpaczliwie.

— Ale ja nie mam nawet pieniędzy! Płaciłam za depeszę, kupowali mi różne rzeczy i już mi zabrakło, nie spodziewałam się przecież...! I w domu też nie mam, mam na książeczce! Nie zostawię dziecka i nie polecę na pocztę, a nosić ciężary jeszcze mi zabronili! Chryste, co ten kretyn narobił, czy on musiał łamać rękę w Gnatach...?! Żeby chociaż gdzieś bliżej...

Tereska pośpiesznie przeliczyła w myślach zawartość portmonetki.

— Tym niech się pani również nie martwi, mogę pani pożyczyć. Zapłacę za taksówkę, bo i tak pewnie pojadę nią dalej i pożyczę pani na jutro. Przepraszam, że nie zrobię zakupów, ale też mam na głowie potworność...

— O zakupy poproszę sąsiadkę — powiedziała żona idioty, nagle przytomniejąc i spojrzała na Tereskę z rozjaśnioną twarzą. Następnie znów zaczęła płakać. — Do końca życia się pani nie odwdzięczę! — wyłkała ze wzruszeniem. — Z całego serca pani dziękuję! Nie ma pani pojęcia, jaka to okropna rzecz tak wyjść z dzieckiem, kompletnie sama i jeszcze bez pieniędzy! Pani jest cudowna!

— Średnio cudowna — skorygowała krytycznie Tereska. — Wszystko będzie dobrze, tylko musi pani razem ze mną poczekać na list od pani Bednarskiej...

List wreszcie dostarczono. Zawierał upragniony adres oraz tysiąc pełnych niepokoju pytań, które Tereska chwilowo całkowicie zlekceważyła. Wnosząc do windy za nową znajomą niemowlę, pomyślała, że urodzaj na dzieci w jej życiorysie wzrasta w stopniu zastraszającym, pocieszyła się jednakże przypomnieniem, iż są to dzieci coraz młodsze, rychło zatem powinien nadejść kres możliwości. Zostawiła w pokoju błogo śpiące niemowlę i dwieście złotych i wybiegła, żegnana tysiącem podziękowań.

— Powinien istnieć specjalny zakaz wyjazdów dla mężów, którzy spodziewają się dzieci — oświadczyła stanowczo Okrętka bardzo późnym wieczorem.

— Łamać rękę w jakichś Gnatach, też coś... W razie wychodzenia za mąż zastrzegę to sobie przy ślubie, na wszelki wypadek na piśmie. Co za szczęście, że ta matka zdążyła na ostatni autobus, do jutra rana zwariowałabym z pewnością!

— Miałaś jeszcze w zapasie komisariat milicji — przypomniała Tereska. — Słuchaj, mam nadzieję, że jesteśmy już wolne?

Okrętka obejrzała się na opuszczony przed chwilą dom sąsiadów, gdzie matka sąsiadki energicznie zajęła się gospodarstwem i wnukami. Odetchnęła głęboko.

— Masz rację, „wolne" to jest właściwe słowo. Czuję się jak wypuszczona z więzienia. No, teraz nareszcie możesz mi wszystko opowiedzieć o księciu i o Robinie, bo przecież doskonale wiem, że tylko dlatego trafiłaś do tego piekła...

III. DUCH

Nad rozkopanym grobem scytyjskiego księcia błyskały flesze i warczały kamery. Docent Wiśniewski, z emocji ruchliwszy niż zwykle, znajdował się we wszystkich miejscach równocześnie. Zaprosił odkrywców grobu na uroczystość odsłonięcia i teraz czynił niejako honory domu. Tereska, Okrętka i Januszek zostali zwolnieni ze szkoły, Zygmunt nie musiał się zwalniać, bo jego rok szkolny zaczynał się później. Stał teraz obok siostry, nieco rozczarowany, oczekiwał bowiem niejasno czegoś w rodzaju grobowca faraonów, tymczasem to tutaj wydawało mu się jakieś skromne. Ani złotego tronu, ani złotego sarkofagu...

W komorze grobowej niewątpliwie leżał książę w charakterze rozsypanego na kawałki szkieletu. Bogactwo wyposażenia dobitnie świadczyło o znaczeniu pochowanej tu osobistości, ale nie wszystko było złote, Zygmunt zatem czuł się wręcz urażony. Docent Wiśniewski natomiast szalał ze szczęścia, wykrzykując rozmaite chaotyczne uwagi o doniosłości znaleziska i dyrygując dwoma fotografami, od których domagał się uwiecznienia każdego najmniejszego szczegółu. Grzebali się, jego zdaniem, beznadziejnie, fotografując z pewnością niedokładnie, niestarannie i nie wszystko, a zdjęcia całości, takiej jaka przetrwała dwa i pół tysiąca lat, były absolutnie niezbędne!

Okrętka nie zwracała uwagi ani na okrzyki docenta, ani na mamrotanie Zygmunta. Wpatrzona w połyskujące gdzieniegdzie wnętrze grobowca, pławiła się w błogości, zarazem z dreszczem zgrozy wspominając niebezpieczeństwa, jakie tak niedawno groziły temu wszystkiemu. Rozpamiętywanie minionych niebezpieczeństw wzmagało obecną błogość i właściwie w tej chwili nic więcej nie było jej potrzebne do szczęścia...

— Bardzo panią przepraszam, z tego miejsca muszę... — powiedział jeden z fotografów, wysoki i chudy, z nieco dziwną szyją, wyrastającą jakby nie w górę, a nieco ku przodowi. Okrętka przesunęła się o parę kroków. Fotograf pstryknął kilka razy i zaczął przymierzać się do ustawienia statywu. Obok niego pojawił się jeden z pracowników docenta, nalegający na coś.

— Mówię ci, że nie dam rady — odpowiedział mu fotograf, trochę zmartwiony, a trochę zniecierpliwiony. — Prawie cały listopad będę siedział w tych Gnatach, zobowiązałem się, obiecałem i teraz już nie odmówię.

— Mógłbyś czasem podskoczyć na dzień albo dwa — przekonywał pracownik docenta. — Ze statywu na nic, jak z góry, to z drabiny.

— Z drabiny już zrobiłem.

— To co? Podskoczysz?

— Nie wyjdzie. Żeby bliżej, to jeszcze, ale te Gnaty cholernie daleko...

Okrętka doznała wrażenia, że słyszy jakieś znajome słowo. Aha, Gnaty... Tereska mówiła o mężu, który połamał sobie gnaty... Nie, nie tak, który połamał sobie coś w Gnatach...

Bezwiednie poszukała wzrokiem Tereski i odnalazła ją po drugiej stronie. Tereska promieniała blaskiem, znacznie przewyższającym owe błyski z grobu, obok niej bowiem znajdował się Robin. W którym, oczywiście, broń Boże, wcale nie była zakochana... Okrętka wyrozumiale pokiwała do siebie głową i znów zapatrzyła się we wnętrze komory.

Docent Wiśniewski zaprosił całe towarzystwo na uroczysty posiłek, złożony głównie z raków. Zygmunt pierwszy oderwał się od znaleziska, pociągnął za rękę błogo rozmarzoną Okrętkę, wezwał Tereskę, wszyscy razem zbliżyli się do Januszka, siedzącego na wielkim kamieniu.

— Siedzę na dwóch i pół tysiącach lat — oznajmił Januszek dumnie.

— Mnie się wydawało, że siedzisz na tyłku — mruknęła Tereska.

— Nie ma znaczenia. To jest rytualny kamień z tego grobowca, tak powiedzieli. Pozwolili mi na tym posiedzieć, pod warunkiem, że im nie zetrę numeru. Patrzcie, ponumerowali te wszystkie kamienie, sztuka w sztukę i zrobili im fotografie, każdemu parę z różnych stron. Takie kamienie, to jest coś...!

— Rusz się, idziemy na ucztę — przerwał mu Zygmunt.

Januszek odmówił stanowczo. Zgadzał się wziąć udział w biesiadzie, ale bez wstawania z kamienia. Postanowił dosiedzieć na nim do końca, aż do chwili odjazdu, bo druga taka okazja nie przytrafi mu się już nigdy w życiu. Wykorzysta zatem maksymalnie tę jedną, odsiedzi swoje na dwóch i pół tysiącach lat, żeby nie wiem co! Żaden z kumpli na czymś takim nie siedział!

Okrętka pozazdrościła mu nagle, poprosiła docenta o pozwolenie i usiadła na drugim kamieniu, również zaopatrzonym w numer. W rezultacie uczta przebiegała w sposób o tyle oryginalny, że dwojgu jej uczestnikom donoszono pożywienie do siedzisk. Nikt nie miał im tego za złe, a w połowie uroczystości dosiadł się do nich fotograf z dziwną szyją, który nie mógł znieść dłużej nagabywań pracownika docenta. Od razu wdał się z Januszkiem w fachowe rozważania na temat jakichś instalacji elektrycznych. Odporna na ten rodzaj wiedzy Okrętka nawet nie siliła się zrozumieć, co mówią.

Po dość długiej chwili Januszek pozwolił sobie wyrazić zdziwienie skąd tyle wiadomości o instalacjach u fotografa. Do wykonywania zawodu nie jest mu to przecież potrzebne.

— Wcale nie jestem fotografem — odparł fotograf. — Jestem z zawodu właśnie elektrykiem i pracuję w biurze projektów, a fotografia stanowi moje hobby. Wyspecjalizowałem się w takich rzeczach jak dzieła sztuki, zabytki, szczegóły architektoniczne. W pracy też mi się to przydaje...

— A co pan będzie robił w Gnatach? — wyrwało się Okrętce bez żadnego racjonalnego powodu.

— W jakich gnatach? — spytał Januszek nieufnie i gestem brody wskazał grobowiec. — W tych tutaj?

— Nie, miejscowość taka — odparł fotograf-elektryk — Gnaty się nazywa. Mam tam podwójną robotę, trzeba zrobić inwentaryzację instalacji elektrycznych i równocześnie zdjęcia szczegółów budowlanych. Chodzi o zamek. A co, zna pani te Gnaty?

— Nie, słyszałam tylko o nich. Przypadkiem. Jeden facet złamał tam sobie rękę.

— Poważnie? — zainteresował się gwałtownie fotograf. — Złamał rękę w Gnatach? Jest pani pewna?

— Tak słyszałam. Jego żona mówiła, jakieś dwa tygodnie temu, ale nic więcej nie wiem. A co...?

Fotograf popatrzył na Okrętkę jakimś dziwnym spojrzeniem.

— Nie, nic — mruknął po chwili i wrócił do fachowej konwersacji z Januszkiem.

Podjął temat w momencie odjazdu, kiedy wszyscy wsiadali już do rozmaitych samochodów. Władował do swojego cały sprzęt i podbiegł do Okrętki.

— Chciałem panią zapytać, co do tego faceta w Gnatach — rzekł pośpiesznie i z lekkim zakłopotaniem. — Jak to było z tą ręką? Wie pani coś dokładniej?

Okrętka oderwała wzrok od miejsca, w którym znikł za drzewami motor z Tereską i Robinem. Obserwowała ich cały czas, bo od widoku tej pary robiło jej się jakoś ciepło na sercu, a przy tym na myśl, że nie ona jest obiektem zainteresowań Robina, doznawała niewymownej ulgi. Sprostać tym zainteresowaniom absolutnie nie byłaby w stanie, załamałaby się pierwszego dnia. Tymczasem Tereska, najwyraźniej w świecie, czuła się zupełnie swobodnie, nie doznawała żadnych obaw, nie przygniatał jej żaden ciężar...

Rozmyślania przerwał jej fotograf. Ciepłe wzruszenia w sercu sprawiły, że spojrzała na niego życzliwie.

— Nic nie wiem — odparła. — Tyle co panu powiedziałam. Ta jego żona też nie wiedziała więcej, bo leżała w szpitalu i zawiadomili ją jakąś depeszą

czy czymś takim. Był w Gnatach i złamał rękę. I podobno rozbił samochód.

— I samochód! Cholera. Głupia sprawa...

Tarł brodę z zakłopotaniem, poruszając szyją i niepewnie spoglądając na Okrętkę. Okrętka patrzyła
pytająco.

— Wie pani — rzekł wreszcie — mam prośbę.
W razie gdyby się pani dowiedziała czegoś więcej...
Przepraszam, że pani zawracam głowę, ale niezręcz-
nie mi pytać tej żony, czy jego samego, układy takie... Więc gdyby się pani przypadkiem dowiedziała,
bardzo proszę o telefon. Tu jest moja wizytówka,
dopiszę pani biurowy... I gdyby pani była taka uprzejma nikomu o tym nie mówić, bo, co tu ukrywać,
będą się ze mnie śmieli... Bardzo proszę...

Wetknął zdumionej Okrętce wizytówkę do ręki
i prawie biegiem oddalił się w kierunku swego samochodu. Okrętka patrzyła za nim długą chwilę,
odruchowo schowała wizytówkę, po czym z wolna
ruszyła do pojazdu, z którego niecierpliwie machali
na nią Zygmunt i Januszek. Zachowanie fotografa-
-elektryka wytrąciło ją z równowagi kompletnie...

☆ ☆ ☆

Zwiędłe liście i suche badyle paliły się dość niemrawo, dymiąc niczym stara lokomotywa. Tereska
wyrywała resztki suchych roślin, Okrętka zgarniała
je grabiami bliżej ogniska. Jesienne porządki
w ogródku stanowiły miłe wytchnienie po uciążli-
wych szkolnych obowiązkach.

— Jeżeli nawet się nie odezwał, to albo umarł,
albo jest zwykła świnia — zawyrokowała surowo
Okrętka, dorzucając do ognia kolejne, wielkie narę-
cze zielska.

Tereska wyprostowała się nad rabatką.

— Ani jedno, ani drugie. Właśnie sobie uprzytomniłam, że w ogóle nie zostawiłam jej swojego adresu. Wyleciało mi to z głowy, a i jej pewnie też, czemu się specjalnie nie dziwię.

— No wiesz! — zgorszyła się Okrętka. — Coś podobnego...! A ja miałam nadzieję... Chciałam się dowiedzieć, jak on złamał tę rękę.

— Po co ci to? — zdziwiła się Tereska, wracając do wyrywania łodyg. — Aha, przepadło mi przy okazji dwieście złotych. No trudno, nie mam pretensji.

— Ale ja mam. Słuchaj, może byś do nich poszła?

— Oszalałaś? W ogóle wykluczone i to z dwóch powodów. Po pierwsze, wyglądałoby na to, że tak lecę na te dwieście złotych, a pod drugie, nie pamiętam, gdzie oni mieszkają. Nie trafiłabym tam. Na tych nowych osiedlach wszystko jest do siebie podobne...

Okrętka przez chwilę podgarniała liście ku środkowi ogniska.

— Mogłabyś nie wziąć tych dwustu złotych — zaproponowała niepewnie.

— To już byłby zupełny idiotyzm. Co ci tak na tym zależy?

— Chciałam się dowiedzieć, jak on złamał tę rękę.

— Co cię napadło, do licha, robisz statystykę złamanych rąk czy co?

Okrętka w milczeniu nadal podgarniała liście. Tereska znów się wyprostowała i popatrzyła na nią podejrzliwie. Sięgnęła po łopatę i przepchnęła na ścieżkę wielki stos podeschniętego zielska. Okrętka zaczęła je zgarniać grabiami.

— Słuchaj, czy ty mu mówisz wszystko? — spytała ostrożnie.

Tereska wygrzebała z zielska kawał drewna i od- rzuciła na bok. Garść łodyg wepchnęła do ognia i odsunęła się, bo dym poleciał w jej stronę.

— Nie wiem — odparła w zadumie, jak zawsze doskonale wiedząc, kogo Okrętka ma na myśli. — To zależy. Ale mam uczucie, że mogę mu powiedzieć wszystko, a on to uszanuje.

Kłąb dymu buchnął na Okrętkę, która przesunęła się w stronę przyjaciółki, wlokąc za sobą grabie.

— W jakim sensie uszanuje? — spytała, ciągle ostrożnie.

— Zrozumie, co mówię, i nie będzie się z tego natrząsał.

— No tak. Ale ja miałam na myśli... na przykład jakieś cudze sekrety. Na przykład ktoś ci coś powie o sobie, mogę być ja, i poproszę, żebyś nikomu nie mówiła. Nie powiesz nikomu, ale jemu owszem.

Dym zmienił kierunek, przesunęły się zatem obie.

— Nie wiem — powtórzyła Tereska trochę niecierpliwie. — Chyba tylko w razie konieczności. Nie lecę do niego z wywieszonym jęzorem po każdej usłyszanej informacji.

— Co to znaczy, w razie konieczności?

— Nie wiem. No, na przykład, babcia ma sztuczne zęby i kryje się z tym, nie życzy sobie, żeby ktoś wiedział. Oczywiście nie powiedziałam mu tego, nie było potrzeby, ale gdyby taka potrzeba zaistniała...

— Na litość boską, jaka może zaistnieć potrzeba gadania o sztucznych zębach twojej babci?!

— Też nie wiem. Babcia może te zęby zgubić i trzeba je znaleźć. Może w lesie... No nie, w lesie znalazłabym sama. Ale może je zgubić w jakiejś spelunce i trzeba ich szukać nocą w otoczeniu pijanych mętów społecznych...

Okrętka przez kłąb dymu przyjrzała się przyjaciółce z gwałtownym zainteresowaniem.

— Naprawdę twoja babcia chodzi z zębami po spelunkach w towarzystwie mętów społecznych....?!!!

— Głupia jesteś, mówię przykładowo. Chodzi mi o to, że ważny jest problem, a nie jakieś wydarzenie. Jeżeli przy problemie trzeba powiedzieć o wydarzeniu, mam uczucie, że mogę i on mnie nie wystawi do wiatru. Może świetnie wiedzieć o zębach babci i nigdy niczym nie okazać, że wie. Rozumiesz, tajemnicę także uszanuje.

Okrętka zastanawiała się przez chwilę, po czym westchnęła głęboko, akurat w kłębie dymu. Tereska poruszyła ognisko, płomienie buchnęły swobodniej, ilość dymu zmalała. Okrętka przestała kasłać i otarła łzy z oczu.

— Nie wiem, co to jest, że ten dym ciągle leci tam, gdzie stoimy — powiedziała z urazą. — Ty już z tym Robinem przepadłaś na wieki, ale ja go aprobuję. Trudno, powiem ci, o co chodzi, tylko nie pchaj tyle naraz, bo się podusimy.

— Sama wepchnęłaś wszystko naraz.

— Możliwe, byłam zajęta myśleniem. No więc słuchaj, zauważyłaś tych fotografów nad grobem księcia...?

Nie przerywając ani słowem, Tereska wysłuchała opowieści o zachowaniu fotografa z dziwną szyją. Okrętka przyciągnęła do siebie grabie i wsparła się na kiju.

— I prosił, żeby nikomu nie mówić, bo się będą z niego śmieli — kończyła. — Nic z tego nie rozumiem. Jakoś tak to wyglądało, jakby nie był pewien, czy to on mu tej ręki nie złamał, na przykład po ciemku albo po pijanemu...

— W takim wypadku powinien być szczęśliwy, gdyby się tylko śmieli — zauważyła krytycznie Tereska.

— No owszem... Czepiał się tego złamania i czepiał. Miałam nadzieję, że się dowiem dzięki tobie i będę miała z głowy, a ty się akurat wygłupiłaś. Nie wiem, co robić.

— Nic. Siła wyższa. Nie urodzisz mu tej ręki. Dlaczego uważasz, że z Robinem przepadłam na wieki?

— Jest to pytanie, które bije rekord kretyństwa — odparła uprzejmie Okrętka, wracając do podgarniania liści. — Przestało mnie już nawet interesować, co ty o nim myślisz. Więcej, nie muszę się także zastanawiać, co on myśli o tobie...

Późnym wieczorem Tereska wróciła do domu po przeraźliwie długim odprowadzaniu Okrętki do przystanku autobusowego i ujrzawszy czekającego w salonie osobnika z ręką w gipsie, od razu wiedziała, kim on jest. Pożałowała, że Okrętka odeszła zbyt wcześnie. Osobnik, średniego wzrostu, szczupły, żywy, robił sympatyczne wrażenie i wcale nie wyglądał na idiotę. Przyniósł ze sobą wspaniały bukiet goździków.

— Niech mi pani wybaczy, że przybywam tak późno! — wykrzyknął na wstępie. — Rany boskie, ile ja się pani naszukałem! Byłbym przyleciał od razu, żeby pani podziękować, padam przed panią na twarz, moja żona panią uwielbia, ale nie zostawiła pani adresu. Znalazłem panią metodą łańcuchową, moja żona przypomniała sobie nazwisko tej pani, od której oczekiwała pani listu, pani Bednarska, prawda? No właśnie. W szpitalu dali mi adres pani Bednarskiej, poleciałem tam, ale okazuje się, że tam nic nie ma, budynek nie istnieje. Domyśliłem się, że pani Bednarska nie leży pod gruzami, tylko mieszka gdzie indziej, poleciałem do biura meldunkowego, dali mi jej nowy adres. Popędziłem pod ten nowy adres, okazało się, że pani Bednarska wcale pani nie zna. Ale zna pani przyjaciółkę, dała mi adres państwa Bukatów. Poleciałem do państwa Bukatów, gdzie nie zastałem pani przyjaciółki, tylko jej matkę, która dla odmiany nie pamiętała pani adresu. Na szczęście znała nazwisko i numer telefonu, to wystarczyło, przybiegłem natychmiast. Trochę to trwało, wszystko razem, za co panią gorąco przepraszam, ale obowiązki rodzicielskie okropnie absorbują, a do tego nie wszędzie dawali mi odpowiedź od razu. Żona mnie pędzi na spacery z dzieckiem, korzystając z mojego zwolnienia lekarskiego, niestety w pracy też muszę bywać, bo to spadło tak nagle, że nie zdążyłem nikomu przekazać roboty...

W tym miejscu Tereska gwałtownym szturmem wdarła się w dziękczynne przemówienie i już nie pozwoliła zepchnąć się z tematu. Musiała zastąpić nieobecną Okrętkę. Historię złamania ręki kazała sobie powtórzyć trzykrotnie, wypytując o najdrobniejsze szczegóły, a młody ojciec, przepełniony wdzięcznością, z zapałem spełniał jej życzenie.

— Możesz już uspokoić swojego fotografa — powiedziała od razu na pierwszej lekcji. — Nie on mu tę rękę złamał.

Okrętka z trudem przeczekała całą fizykę i na przerwie zażądała informacji. Tereska nie zwlekała.

— Jego żona miała rację, to jest idiota — oznajmiła z niesmakiem. — To znaczy połowiczny idiota, nie rozumiem jego zidiocenia, bo przy szukaniu mojego adresu wykazał dużo przytomności umysłu. Między innymi rozmawiał z twoją mamusią, dziwię się, że o tym nie wiesz.

— A, to on! Owszem, wiem. Wczoraj rozmawiał, mamusia coś mówiła dziś rano. Nie wdawaj się w drobiazgi, bo nam się przerwa skończy.

— No więc było tak. Wyjechał samochodem wieczorem, ciemno już było, mżył deszcz, śpieszył się, żeby odebrać żonę ze szpitala. Mówi, że był zdenerwowany...

— Czym? — przerwała sucho Okrętka.

— Wszystkim razem. Mówi, że siedział tam dłużej, niż zamierzał, denerwował się, że nie zdąży, denerwował się żoną, tam miał jakieś sprawy, które go zdenerwowały i w ogóle był zdenerwowany. A, i deszczem. Przedtem nie padało i było sucho, dopiero późnym wieczorem zaczęło mżyć.

— Taka pogoda, a jemu mżyło?

— Mżyło, nic ci nie poradzę. Radio mówiło, że na zachodzie mżawki. Mżyło, wyjechał i ledwo wyjechał, coś mu okropnie huknęło w samochodzie. Z tyłu, a on ma z tyłu silnik. Jakby wybuch. Przeraził się śmiertelnie, wyhamował na miejscu, wpadł w poślizg...

— I trafił w drzewo?

— A skąd! Żeby w drzewo, to jeszcze nie taki idiotyzm. W nic nie trafił, tyle że zatrzymał się trochę krzywo. Otworzył drzwiczki, ja ci opowiadam ze szczegółami, sama chciałaś, i wyskoczył jak z katapulty. To znaczy, zamierzał wyskoczyć, ale z tego zdenerwowania zrobił to za gwałtownie i z całej siły wyrżnął łbem w ramę, wiesz, ten kawałek samochodu nad drzwiczkami. Duża sztuka...

— Ale może być — zgodziła się Okrętka. — Widziałam, jak ludzie sobie w ten sposób zrzucają kapelusze.

— Nie miał kapelusza. Walnął tym czerepem aż echo poszło i trochę go zamroczyło, a że był w trakcie wysiadania, oczywiście wyleciał. Zatrzymać się już nie dał rady. I wyleciał tak kretyńsko, akurat na tę zgiętą rękę, że ją sobie złamał. Tu, w dłoni, wszystkie kości. Pozbierał się jakoś, oprzytomniał, wsiadł z powrotem do samochodu i pojechał powoli do najbliższego szpitala. Z tego rozbitego globusa krew mu ciekła, wyglądał upiornie, więc w szpitalu złapali go od razu. I już nie wypuścili, bali się, że ma wstrząs mózgu, użebrał tylko zawiadomienie żony. W ogóle nie uwierzyli, że nie miał katastrofy samochodowej, bo uważali, że niemożliwe jest mieć tyle obrażeń bez katastrofy. Wypuścili go dopiero ósmego dnia. I nie pozwolili mu jechać samochodem, ten samochód do tej pory stoi pod szpitalem.

— No dobrze, a co w nim wybuchło?

— A właśnie! Żeby chociaż wybuchło, byłoby w tym trochę sensu, ale i to nie. Nic mu nie wybuchło.

— No, to co huknęło?

Tereska westchnęła z politowaniem.

— Nie zgadniesz do końca życia. Korek od termosu. Z kawą. Miał go na tylnym siedzeniu, w torbie, znaczy termos miał i ten korek wyskoczył z takim hukiem jak wystrzał armatni. Wcale o tym nie wiedział, mówi, że jak jechał do szpitala, czuł zapach kawy, ale myślał, że ma halucynacje od wstrząsu i dopiero później to zbadał. Poza tym samochód jest w idealnym porządku.

Okrętka słuchała relacji z głębokim niesmakiem.

— Szczyt idiotyzmu — zawyrokowała. — Tyle namieszać kompletnie bez powodu. Łeb ma rozbity, rękę złamaną, samochód na drugim końcu świata,

żonę wykończył i sam się teraz do niczego nie nadaje. Jestem pewna, że i w pracy sobie napaskudził,
bo to zawsze tak bywa. I wszystko przez głupi korek
od termosu.

— W pracy owszem, narzekał, ale żona trzyma się
doskonale. Myślę, że nawet jest zadowolona, bo wy-
pycha go na spacery z dzieckiem i ma w domu święty spokój. Gdyby nie złamał ręki, nie miałaby z niego tyle pożytku. Tego na głowie prawie nie widać
i wcale nie miał wstrząsu mózgu. Teraz już wiesz
wszystko i możesz zaspokoić potrzeby fotografa.

Okrętka zadzwoniła jeszcze tego samego dnia. Fotograf-elektryk wysłuchał opowieści z wielką uwagą.

— Ciekawe, ciekawe... — pomrukiwał chwilami.

— Ciekawe...

Podziękował grzecznie i Okrętka uznała sprawę
za załatwioną. Wizytówkę wrzuciła do szuflady biurka. Przypadłościami męża przestała się zajmować,
stwierdziwszy po prostu, że spotkała go zwyczajna
kara boska za głupi wyjazd w nieodpowiedniej chwili.

Wkrótce potem zaczęła nabierać przekonania, że
sprawiedliwość sił wyższych, aczkolwiek męża potraktowała właściwie, w odniesieniu do niej samej
chyba trochę przesadza. Owszem, ją też powinna
spotkać kara boska za głupie gadanie, ale przecież
nie do tego stopnia! Nie zdążyła wrócić do równowagi po przeprowadzce i porządkowaniu mieszkania, kiedy piętro wyżej pękła jakaś rura, zalało całą
kuchnię i trzeba było wszystko odnawiać. Potem
okazało się, że przywiezione ze wsi jabłka w skrzyn-
kach są obite, zaczynają gnić, należało je przebierać
i od razu przetwarzać na marmoladę. Potem spadła
na nią gazetka ścienna, spodziewała się tego, była

jej kolej, ale pech chciał, że ta akurat gazetka musiała poruszać temat ostatnich osiągnięć techniki na świecie, a z techniką Okrętka była zazwyczaj mocno na bakier. Potem jakaś pani zostawiła w autobusie torbę z pieniędzmi i różnymi innymi rzeczami, druga pani przekazała tę torbę kierowcy, Okrętka to wszystko widziała, następnego dnia spotkała ową zdenerwowaną panią, poszukującą swojej torby po różnych autobusach, przyznała się, że pamięta wczorajsze zajście i od razu została zaangażowana do pomocy w poszukiwaniach. Usiłowała rozpoznawać autobus, kierowcę, drugą panią, wyjaśniać sprawę dyspozytorni MZK i milicji, zdenerwowała się okropnie i wręcz poczuła się podejrzana. Kiedy następnie w pralni, do której oddano całą zimową odzież, przydarzyła się jakaś awaria i cała zimowa odzież wróciła wprawdzie uprana, ale przy tym śmierdząca tak przeraźliwie, że przechodziło nią wszystko wokół i wietrzenie na balkonie nie pomogło wcale, Okrętka poczuła, że ma dość. Wszystko razem, pękanie rury, odnawianie, gubienie pakunków, niefart w szkole, awaria w pralni, były to wydarzenia najzupełniej zwyczajne, przytrafiające się każdemu w codziennym życiu na każdym kroku bez żadnych starań i Okrętka z całej duszy zatęskniła nagle za czymś nadzwyczajnym. Poprzysięgła sobie uchwycić się nadzwyczajności zębami i pazurami, wykazać nawet aktywność, jeżeli tylko Tereska coś wymyśli.

Tereska jednakże nic nie wymyślała, była bowiem straszliwie zajęta. Wpadła na pomysł zrobienia prawa jazdy i do zwykłych zajęć, szkoły, korepetycji i różnych prac domowych, doszedł jej jeszcze kurs samochodowy. Za kurs musiała płacić, zwiększyła zatem ilość korepetycji. Okrętka odmówiła starań o prawo jazdy tylko dlatego, że prawo jazdy również wydawało się jej czymś zwyczajnym i teraz trochę tego żałowała.

Jedyną pociechę stanowił scytyjski książę, którego fragmenty dotarły już do Warszawy i były przedmiotem wnikliwych badań. Od czasu do czasu Okrętka korzystała ze specjalnego pozwolenia docenta Wiśniewskiego i odwiedzała jego pracownię, gdzie mogła napawać się przynajmniej widokiem szczątków, niewątpliwie niecodziennych i nie na każdym kroku spotykanych. Tereska bywała tam rzadziej, nie z braku zainteresowania, ale z braku czasu, niecierpliwie domagając się raportów od przyjaciółki.

Tym razem Okrętka znów sama wracała z pracowni docenta. Udała się tam zaraz po szkole i w drodze powrotnej trafiła akurat na godziny szczytu. Okrężną nieco drogą dotarła aż pod szkołę, gdzie miała już autobus, dowożący ją do samego domu. Nawet nie próbowała wsiąść do niego od razu, brnęła przez grudniową breję, ominąwszy jeden przystanek i zmierzając do następnego. Zawsze wsiadała na tym następnym, bo wysiadało tam mnóstwo ludzi i autobus, poprzednio nieludzko zatłoczony, robił się znacznie luźniejszy.

Szła zamyślona, rozpamiętując wizytę w pracowni i rozmowę z docentem, której jeden fragment wywołał jakieś drgnięcie w jej duszy. Docent mianowicie martwił się brakiem kompletnego materiału fotograficznego. Potrzebne mu były kolorowe powiększenia różnych szczegółów i nie mógł ich uzyskać.

— Miałem je wysłać dla porównań! Wstępne badania! Moi adwersarze czekają w napięciu! — wykrzykiwał. — Obiecałem im! I nic z tego na razie, wysiadł mi fotograf!

— Jak to? — zdziwiła się Okrętka. — Ma pan chyba więcej niż jednego fotografa? Sama widziałam dwóch...

— No właśnie, no właśnie, jeden z tych dwóch! To artysta, nikomu innemu tego nie dam, nikt inny tak nie zrobi jak on, fenomenalny facet! No i on właśnie jest mi niedostępny!

— Dlaczego? Wyjechał?

— Wyjechać, wyjechał, ale nie to najgorsze! Złamał nogę! Żeby chociaż w Warszawie, zrobiłby zdjęcia i z tą nogą, żeby w ogóle bliżej, podrzuciłbym mu cały materiał, ale i to nie! Na krańcach Polski, w jakichś Gnatach...!

Okrętka doznała lekkiego wstrząsu. W jej pamięci odżyło dziwne zachowanie fotografa i jego wyraz oczu i coś w niej piknęło. Spróbowała wydobyć od zmartwionego docenta jakieś bliższe szczegóły, ale docent wiedział tylko tyle, że owo złamanie nogi było wynikiem przypadku czy wypadku, zapewne niezbyt chwalebnego, bo fotograf go nie rozgłasza. Ściśle biorąc, na temat przyczyn milczy jak zaklęty, obszernie za to informując o skutkach. Można się z nim dogadać listownie i przez telefon. Za jakieś dwa tygodnie prawdopodobnie wróci, ale dla docenta dwa tygodnie to jest czas nie do zniesienia długi. Oczywiście wróci jeszcze w gipsie...

Okrętka szła powoli, nie zwracając żadnej uwagi na breję pod nogami, zajęta sygnałami, dobiegającymi z głębi duszy. Dusza wyraźnie mówiła, że coś tu jest nie w porządku. Coś się chyba dzieje i to coś ma związek z owymi tajemniczymi Gnatami. Prawdopodobnie z istniejącym tam zamkiem. Fotograf

pojechał do zamku. Złamał nogę. Przedtem mąż,
połowiczny idiota, złamał rękę. Niby nic niezwykłego, ale jednak... Mąż złamał rękę bez powodu,
a fotograf nie chce nic mówić. Nie dość na tym,
interesował się wcześniej... Mało, że się interesował, to jeszcze patrzył dziwnym wzrokiem... Chyba
coś wiedział, a jeżeli coś wiedział... I jeżeli patrzył
takim wzrokiem... I złamał nogę...

Z tyłu zbliżyły się nagle szybkie kroki i ktoś pojawił się przy jej boku.

— O, jak się cieszę, że panią spotkałem! — wykrzyknął uradowany głos. — Tak myślałem, że to
pani, poznałem panią po włosach! Ależ fart!

Okrętka spojrzała, zatrzymała się i rozpromieniła.
Przed nią stał Krzysztof Cegna, młody milicjant,
prywatny znajomy, któremu w ubiegłym roku obie
z Tereską z zapałem pomagały robić karierę. Pomoc
okazała się owocna, Krzysztof Cegna poszedł do
szkoły oficerskiej, skierowany tam za wyjątkowe zasługi, przyjaciółki zaś jego przyszłością były nadal
żywo zainteresowane.

— A co pan tu robi? — spytała, uradowana i zdziwiona. — Przecież pan jest w Szczytnie?

— Jestem, ale zwolnili mnie na dwa dni. Moja
matka miała bardzo ciężką operację, uważała, że nie
przeżyje i uparła się mnie widzieć. Uwzględnili to.
Już wiadomo, że operacja się udała, matka czuje się
doskonale, a ja dziś wieczorem wracam. Właśnie
szedłem do mojego dawnego komisariatu, mam parę spraw do załatwienia. Te pani włosy zobaczyłem
z daleka...

Okrętka mimo woli odwróciła głowę, usiłując
spojrzeć na własne plecy. Spływał na nie imponujący gąszcz, splątany i rozczochrany, w którym po ca-

łym dniu szkolnym nie pozostał nawet najmniejszy ślad uczesania. Niemniej ten rozczochrany gąszcz, kręcący się i wijący z natury, miał wyjątkowo piękny kolor ciepłego brązu, złociście połyskującego na skrętach. Było go przy tym bardzo dużo.

— Poznał mnie pan po włosach z daleka...?

— No pewnie! Pani ma włosy jak muzyka Brahmsa...

Nie tyle może słowa, ile ich ton sprawił, że Okrętka nagle stanęła w płomieniach. Po raz pierwszy dokładnie zrozumiała te emocje, które ustawicznie wybuchały w duszy Tereski, a których jej samej dotychczas udawało się unikać. Jakiś nowy rodzaj wzruszenia ogarnął ją od stóp do głów.

— Dlaczego... Brahmsa...? — spytała słabo.

— Nie wiem — odparł Krzysztof Cegna, okropnie zmieszany. — Tak mi jakoś pasuje...

Pomyślał, że chyba się wygłupił, ale rzeczywiście mu pasowało. Lubił muzykę poważną, obeznany był z nią zupełnie nieźle, niedawno słuchał koncertu Brahmsa i w jakiś niepojęty sposób włosy Okrętki skojarzyły mu się z tą muzyką, wdzięczną i jakby połyskliwą. Równocześnie, całkowicie bez związku, przypomniał sobie nagle jej kaktusy i ku własnemu zdumieniu wyraźnie poczuł, że pokłucie się z nimi sprawiłoby mu przyjemność. Kiedyś już się pokłuł i nie wiadomo dlaczego był wściekły, teraz na myśl, że znów musiałby tygodniami wydłubywać z palców te cholerne, kłujące igiełki, obudziła się w nim prawie tkliwość. Nie zastanawiał się nad tym osobliwym zjawiskiem, mętnie pomyślał tylko, że może polubił kaktusy...

— Odprowadzę panią — powiedział stanowczo. — Pogadamy sobie po drodze. Te kaktusy ciągle jeszcze pani hoduje?

Okrętka odzyskała równowagę i ruszyła przez śnieżno błotnistą breję, ożywiona i nagle pogodzona z życiem.

— Jeszcze jak! Ten kłujący tak się rozrósł, że już sama nie wiem, co z nim zrobić. Ciągle ktoś się na niego nadziewa. Ale niech pan mówi, jak panu idzie w tej szkole?

— Właśnie chciałem pani powiedzieć, że miałem nieprzeciętny fart, można powiedzieć ślepe szczęście. To była absolutnie ostatnia chwila, niech pani sobie wyobrazi, zmieniły się przepisy i teraz musiałbym najpierw robić wyższe studia. Wyższe studia i tak muszę zrobić, ale mogę w trakcie, zaocznie, albo potem. Byłem chyba ostatnim facetem, którego przyjęli według starych przepisów i nigdy w życiu nie zapomnę, że wam to zawdzięczam. Całkiem nieźle mi tam idzie, ale muszę się cholernie starać, bo mnie major pilnuje. Ten, który mnie skierował, pamięta go pani?

— Pewnie, że pamiętam! Myślałam, że trupem padnę, jak na mnie spojrzał wtedy, kiedy zamknęłam w komórce waszego pracownika. Pamięta pan?

— Też pytanie! Takich rzeczy się nie zapomina...

Okrętce zupełnie wyleciało z głowy, że miała zamiar wsiąść do autobusu. Ominęła przystanek i szła dalej, a Krzysztof Cegna szedł z nią razem, nie zwracając najmniejszej uwagi na długość przemierzanej trasy. Okrętka w pewnym skrócie opowiedziała mu o ostatnich wydarzeniach, Krzysztof podzielił się z nią swoimi prywatnymi poglądami, planami i nadziejami na przyszłość.

— Wie pani, mnie teraz nurtują motywy — mówił, usiłując omijać co głębsze placki błota. — Rozmaite motywy ludzkich działań. Niekoniecznie przestępczych, innych także. Na przykład, facet jest niewinny jak dziecko, a w kontakcie z milicją robi co może, żeby wyglądać na ostatniego łajdaka. Nie specjalnie, rzecz jasna, nie celowo, przypadkiem tak mu wychodzi i chciałbym wiedzieć, co nim kieruje, bo możliwości są różne. Strach, nieufność, jakaś wypaczona lojalność, diabli wiedzą co jeszcze. Owszem, coś tam w końcu wychodzi na jaw, ale ja bym chciał to rozgryźć dokładnie...

— Nie żaden facet, tylko milicja — przerwała Okrętka z naganą i lekkim rozgoryczeniem. — Obrzydliwe podejście, ostatnio się właśnie zetknęłam. To jest nieznośne, to jest w ogóle oburzające, żeby każdego z góry podejrzewać o najgorsze rzeczy. Wie pan, przy tych rozmowach ja się tak czułam, jakby sobie o mnie myśleli, że dobrze, dobrze, tym razem wyjątkowo może nic nie ukradłam, ale tylko patrzeć, jak ukradnę z pewnością. Od tego coś się robi.

Krzysztof Cegna westchnął smutnie.

— Kiedy, widzi pani, tych przestępstw, wykroczeń, oszustw, jest cholernie dużo. I łgarstwa. Ludzie łżą, aż ziemia jęczy, gdyby im wierzyć, nie sprawdzać, nie podejrzewać, nigdy w życiu nikt by do niczego nie doszedł.

— Ale przecież nie wszyscy!

— Pewnie, że nie wszyscy. Tylko rzecz polega na tym, że trzeba uczynić jakieś generalne założenie. Założenie, że wszyscy mówią prawdę, kładzie nas od razu na obie łopatki, no więc zakłada się generalnie, że wszyscy łżą. Z punktu widzenia śledztwa to jest bezpieczniejsze.

— I pan też tak zakłada? Prywatnie też?!

— A, nie. Ja nie. To znaczy, prywatnie uważam, że większość jest uczciwa, ale służbowo nie mam nawet do tego prawa. Służbowo muszę się liczyć z łgarstwem na każdym kroku i nic na to nie poradzę. Opinie o ludziach też mam podwójne, prywatne i służbowe, i tylko czasem to się zbiega.

— Rozdwojenie jaźni...

— Coś w tym rodzaju. Chwilowo to jest nieszkodliwe, bo jestem w szkole i nie biorę udziału w żadnych sprawach... Nie mam szans na sprawdzanie, czy się mylę, czy nie, ale później będę sprawdzał. Prywatnie, dla siebie. Na przykład pani prywatnie jest dla mnie osobą, której mogę zaufać, ale służbowo musiałbym sprawdzać każde pani słowo...

— No wie pan...?! — oburzyła się Okrętka i aż się zatrzymała.

Krzysztof Cegna spojrzał jej pod nogi i wyprowadził ją z głębokiej kałuży.

— Na domiar złego to nie dotyczy tylko poważnych przestępstw — kontynuował. — Tysiące drobnych spraw, takich, można powiedzieć, dyrdymałów. Oszukańczych albo nie. Właśnie, albo nie... Człowiek robi dziwactwa i nie chce podać przyczyny...

Okrętka znów się zatrzymała.

— Jak pan powiedział? Robi dziwactwa i nie chce podać przyczyny?

— Właśnie. Może to być nieważne, a może być podejrzane...

— Zgadzam się — przerwała Okrętka i powoli ruszyła przed siebie. — Podejrzane. Ja też uważam, że może być podejrzane...

— Ale jeżeli niewinne? A człowiek nie chce mówić. I nawet nic wstydliwego czy kompromitującego...

— Zaraz — przerwała znów Okrętka, marszcząc brwi — ja mam problem. W tej dziedzinie. Jest taka jedna miejscowość i chyba tam się coś dzieje. Facet złamał nogę. Nie chce nic mówić. Dlaczego?

Krzysztof Cegna poczuł odrobinę rozczarowania. Nie rozumiała go, bardziej ciekawił ją jakiś kretyn ze złamaną nogą niż jego doznania wewnętrzne, dociekania i rozterki. A do tej pory wydawało się, że rozumie, rozmawiało mu się z nią jak z żadną inną dziewczyną, jak z nikim...

Okrętka wyłapała jego uczucia w jednym mgnieniu oka. Znów się zatrzymała.

— Zaraz — powtórzyła niecierpliwie. — To wszystko, co pan mówi i co pan myśli, to są poważne rzeczy i ja się muszę nad tym zastanowić. Podoba mi się w ogóle, że pan tak myśli i zaraz się z panem pokłócę, bo ja też coś myślę i osobiście mnie to interesuje. Pan jest milicja, a ja jestem to załgane społeczeństwo. Nie życzę sobie tego, to znaczy społeczeństwo mogę być, ale wypraszam sobie załgane i muszę się z panem pokłócić, tylko przedtem chcę załatwić krótsze sprawy, żeby mieć z głowy. Jest coś, co mnie gryzie, ta miejscowość po mnie lata i muszę się pana poradzić. Odwalimy to i będziemy mogli wrócić do tematu.

Rozczarowanie Krzysztofa Cegny przeistoczyło się w błogość. Nie zawiódł się, ona nie tylko rozumiała, co on mówi, rozumiała też, jakie to dla niego ważne...

— Jaka miejscowość? — spytał rzeczowo.

— Nazywa się Gnaty...

— Gnaty? — zdumiał się Krzysztof. — Coś takiego...!

— A co? Pan je zna?

— Nie. Ale słyszałem o nich. Jeden mój kumpel przez te Gnaty zrobił z siebie pośmiewisko bez mała

na całą Europę. Aferę sobie wykombinował, alarmu
narobił, zaangażował... te, no... inne instytucje...
Nic nie było. A wzięło mu się to stąd, że o północy
przyleciał im na posterunek bosy facet, a to było
w zimie i w dodatku ten facet był trzeźwy jak niemowlę. I też nic nie chciał mówić...
Słuchająca chciwie Okrętka zażądała szczegółów.
Okazało się, że przebywający w Gnatach na delegacji poważny pracownik jakiejś naukowej placówki
botanicznej, z zawodu inżynier rolnik, wybiegł z zamku w nocnej bieliźnie i na bosaka, popędził po śniegu wprost do komisariatu MO i wpadł tam ze stra-
sznym krzykiem, że dłużej tego nie zniesie. Czego
nie zniesie, nikomu nie udało się dociec, inżynier
rolnik bowiem, oprzytomniawszy nieco, odmówił
bliższych wyjaśnień. Powiedział tylko podobno, że
miał zły sen i zażądał pożyczenia butów. Więcej
Krzysztof Cegna nie wiedział.
Okrętka w zamian wyjawiła mu poglądy swojej
duszy na kwestię ręki męża i nogi fotografa. Krzysztof zastanowił się i pokręcił głową.
— Moim zdaniem to przypadek — zaopiniował.
— Węszyli tam, sprawdzali i nic nie odkryli. Gdyby
nie to sprawdzanie, sam bym podejrzewał, że coś się
za tym kryje, ale w końcu zdarzają się całe serie
idiotycznych przypadków. Chociaż... Czy ja wiem...?
No proszę, sama pani widzi, co wynika z tego, że
ludzie nie chcą mówić prawdy...
Okrętka poniechała tematu, wyraźnie czując, że
materiału do przemyśleń posiada przytłaczający zapas. Wróciła do kwestii duchowych potrzeb Krzysztofa.
Wczesnym wieczorem pani Bukatowa wysiadła z
autobusu i ujrzała swoją córkę, siedzącą na ławeczce

pod daszkiem w towarzystwie młodego milicjanta. W pierwszej chwili zaniepokoiła się, zaraz w następnej poznała milicjanta. Przypomniała sobie, że widywała go przed rokiem, Tereska i Okrętka miały z nim jakieś konszachty, uwieńczone wielką chwałą. Nazywały go jakoś oryginalnie... aha, Skrzetuski. Uważały, że jest on istnym sobowtórem Skrzetuskiego bez brody i pani Bukatowa, przyjrzawszy mu się, była skłonna podzielić ten pogląd. Owszem, wysoki, szczupły, czarny, o nieco kościstej, ale bardzo przystojnej twarzy, z jakimś takim jej wyrazem... czy może sposobem trzymania głowy... z czymś nieuchwytnym, co nasuwało przypomnienie owej osławionej niezłomności prawdziwego Skrzetuskiego... Pani Bukatowa zatrzymała się na chwilę, zawahała, z troską popatrzyła na przemoczone kozaczki córki, westchnęła i poszła do domu. Okrętka nie zwróciła na własną matkę najmniejszej uwagi, a Krzysztof Cegna w ogóle jej nie dostrzegł...

☆ ☆ ☆

— Mam dosyć tej kretyńskiej matematyki — oznajmiła stanowczo Okrętka i odsunęła od siebie zeszyt. — Udało mi się zrozumieć ostatnie zadanie i mój umysł musi odpocząć. Słuchaj, więc co ty na to? Bo ja uważam, że jednak coś w tym jest.

— Skąd w ogóle wiesz o tej całej idiotycznej sprawie? — spytała podejrzliwie Tereska.

— No właśnie, nie zdążyłam ci powiedzieć. Lekcje i lekcje! Wyobraź sobie... spotkałam Skrzetuskiego!

Tereska podniosła głowę znad palta, do którego przyszywała sobie guzik i z uwagą przyjrzała się przyjaciółce.

— Na Helenę mi nie wyglądasz — zauważyła krytycznie. — Wcale nie zrobiłaś się do niej podobna...

— No to co? — zdenerwowała się Okrętka. — Co to w ogóle ma do rzeczy...

— Kukułka ci nie kukała?

— Głupia jesteś, nie denerwuj mnie. Jaka kukułka, w grudniu ci się kukułki zachciewa, kota masz, czy co?

— Nie, ale wystarczy na ciebie spojrzeć. Wół by zauważył, że tylko tej kukułki brakuje. Ale nie przejmuj się, z Heleny zrobiła się wielka, gruba baba, to wcale do niego nie pasuje. Ty pasujesz znacznie lepiej. Co on tu robi, przecież powinien być w Szczytnie? Nie wyrzucili go chyba?

W głosie Tereski pojawił się ton szczerego niepokoju i nastroszona nieco Okrętka złagodniała. Poza tym, co tu gadać, z tą kukułką dobrze zgadła...

— Przeciwnie, ma sukcesy. Był przez chwilę i już pojechał. Opowiedział mi o tym.

— Sam z siebie?

— Nie, to ja chciałam. Znów te Gnaty. Uważam, że w tym coś jest i dziwię się, że ty tego nie widzisz. Już sam wygląd fotografa wystarczył, trzeba było zobaczyć, jak on na mnie spojrzał...

— Trzeba było poprosić, żeby poczekał ze spoglądaniem, aż będę mogła zobaczyć. Nie wiem, czy w tym coś jest. Sama mówisz, że milicja wyjaśniała i żadnej tajemniczej afery nie ma.

— Tym bardziej...! Afery nie ma, bardzo dobrze. To dlaczego ten facet latał boso po śniegu?

— Nie wiem, może rzeczywiście miał zły sen...

— A mąż? A fotograf? Nie za dużo tego?

Tereska w zadumie przez chwilę usiłowała przegryźć nitkę. Nie udało jej się, rozejrzała się w poszukiwaniu nożyczek.

— Czy ja wiem... — powiedziała niechętnie. — Zależy w jakim czasie. Może to były raptem trzy wydarzenia w ciągu dziesięciu lat? Gdzie do licha te nożyczki, tu leżały...

Okrętka w milczeniu wyciągnęła nożyczki spod podręcznika matematyki i podała je przyjaciółce. Miała jej za złe ten dziwny brak zainteresowania, poza tym zirytowała się na siebie, bo istotnie zapomniała spytać Krzysztofa, kiedy się to działo, te biegi, śledztwa i natrząsania z kumpla. Pomyślała, że musi do niego napisać i spytać go listownie.

— Widzę, że już i Robin zaczyna wpływać na ciebie otępiająco — powiedziała gniewnie. — A miałam nadzieję, że raz się obejdzie...

— Za to ciebie Krzysztof wybystrza — odparła Tereska natychmiast. — Dojdzie może w końcu do tego, że zamienimy się charakterami, dobrze ci tak. Ale w gruncie rzeczy masz rację, pośrednio to Robin, z tym, że nie otępiająco, tylko dopingująco. Padam na pysk, możliwe, że trochę przesadziłam...

Westchnęła tak ciężko, że Okrętka od razu zapomniała o pretensjach. Siedząc na tapczanie z paltem w objęciach, Tereska wyznała smętnie, że wzięła na siebie za dużo. Usiłowała zrobić wszystko naraz i teraz nie mieści się w czasie. Korepetycje, dwanaście godzin tygodniowo, kurs samochodowy, szkoła, lekcje, dodatkowo zaczęła się uczyć angielskiego, w charakterze zaś ostatniego gwoździa do trumny wystąpiła nauka konnej jazdy. Trochę jest od niej połamana...

— Chyba upadłaś na głowę — powiedziała Okrętka ze zgrozą. — On rzeczywiście wymaga od ciebie tego wszystkiego?

— Głupiaś, nic nie wymaga, to ja wymagam. Pierwszy raz w życiu czuję się gorsza, rozumiesz, wyraźnie widzę, że można wiedzieć i umieć więcej, można

lepiej, za mało do tej pory zrobiłam, marnowałam
czas...!

— Na miłosierdzie pańskie... — wyszeptała Okrętka zdławionym głosem.

— Żebyś wiedziała, jak oni obaj jeżdżą konno! — ciągnęła Tereska z narastającym zapałem. — On i jego ojciec. Boże drogi, stałam tam i patrzyłam, jak cep, jak krowa, jak skamieniała plazma. Byłam ohyda i mierzwa. Obaj świetnie znają angielski...

— A francuski?

— Francuski nie. Ale niemiecki...

— Angielski i niemiecki, germańska grupa — przerwała energicznie Okrętka. — W takim razie powinnaś się uczyć włoskiego albo hiszpańskiego. Razem mielibyście opanowane wszystkie grupy językowe.

— Nie wszystkie, tylko dwie.

Okrętka popatrzyła na Tereskę dziwnym wzrokiem.

— Trzecią, o ile wiem, masz opanowaną prawie od urodzenia. Nie zauważyłaś tego?

— Co...? A rzeczywiście. Może i masz rację, trzeba było włoskiego, włoski jest łatwy... Przepadło, angielski już zaczęłam.

— Z konia, oczywiście, zleciałaś?

— Nie, jeszcze nie.

— Dziwne. Byłam pewna, że zleciałaś i to parę razy, na głowę. Kiedy ci się kończy kurs samochodowy?

— Piętnastego mam egzamin. Jeden, a osiemnastego drugi.

— I co? Zdasz?

Tereska prychnęła wzgardliwie i zwinęła palto w ciaśniejszy tłumok.

— Zaraz mogę zdawać. To proste rzeczy, nic takiego, a jeździć umiem już dawno. Na motorze też, ósemki robię jedną ręką.

Okrętka pokiwała głową.

— I naprawdę nie mogłaś poczekać z tą resztą do końca półrocza? — spytała z wyrzutem.

— No więc właśnie, teraz widzę, że może jednak należało poczekać — westchnęła Tereska z czymś w rodzaju skruchy. — Będę mogła ograniczyć korepetycje, ten kurs mnie wydoił do ostatniego grosza, i prawdę mówiąc, nie mam już siły, bez przerwy jestem w galopie, wysypiam się raz na tydzień, w niedzielę...

— A on co? — przerwała Okrętka surowo. — Ślepy? Nie widzi, że się zaharowujesz? Nic na to nie mówi?

Tereska z zakłopotaniem kręciła głową, pocierając brodą futrzany kołnierz. Na jej zmęczonej twarzy i w zamyślonych oczach pojawił się promienny blask, odrobinę jakby przytłumiony niepewnością.

— Nie wiem. Ja mu się wcale nie przyznaję. Ale mam wrażenie, że się domyśla i wygląda, jakby się wahał, czy coś powiedzieć. Albo jakby czekał, co z tego wyniknie, załamię się czy nie. A chała, właśnie że się nie załamię. Te dwa tygodnie jeszcze wytrzymam, do końca półrocza przetrzymam i korepetycje, a potem będę miała rajskie życie. Ale nie wymagaj ode mnie, żebym się w tej chwili zapalała do gnatów, zamków i latających boso facetów, nawet gdyby latali po grenlandzkim lodowcu!

Okrętka znów pokiwała głową smętnie i z rezygnacją.

— Widzę, że obie cierpimy na to samo, zwyczajne wydarzenia. Rozumiem, że ja, za karę, ale dlaczego ty...? A w ogóle kiedy go widziałaś ostatni raz?

— Dwa tygodnie temu. Bo co?

— Nic. I co...?

Tereska spojrzała na przyjaciółkę i odgadła sens pytania.

— Nic. Wszystko w porządku. Mogę go nie widzieć nawet dwa miesiące, nie ma znaczenia. Ale przyznam ci się... Wiesz, tak prawdę mówiąc... No, uczciwie mówiąc...

— No! — pogoniła niecierpliwie Okrętka.

Tereska westchnęła.

— Przyznam ci się, że właściwie chciałabym wiedzieć, co on naprawdę myśli...

Okrętka przetrawiała przez chwilę usłyszane słowa. Poczuła się zdezorientowana.

— Jak to?! Nie wiesz?!

Tereska poprawiła tłumok na kolanach.

— Nie wiem. Czasem wydaje mi się, że wiem, ale częściej nie jestem pewna. To znaczy, jedno wiem, a drugiego nie. To znaczy, ogólnie w zasadzie wiem, ale w gruncie rzeczy nie wiem.

— Naprawdę nie możesz powiedzieć po ludzku ani jednego zdania?

— Mogę. Rozumiesz, wyobraź sobie, nie zgadniesz, do głowy ci to nie przyjdzie. On mnie do tej pory ani razu nie pocałował...

Przez dłuższą chwilę panowało milczenie. Tereska poruszyła się, zepchnęła na bok tłumok z kolan i spojrzała na przyjaciółkę. Okrętka patrzyła na nią z bezgranicznym politowaniem.

— Co za kretynka! — powiedziała wzgardliwie.

— Owszem, zgadnę. Możesz być spokojna, że zgadłabym to jako pierwsze. W oczy bije.

— Jak to...? — spytała Tereska głosem pełnym napięcia.

— Tak to. Po pierwsze, mogłabyś sama pomyśleć, gdyby cię pocałował, to co? Nie wydałoby ci się to jakieś takie trochę gorsze? Pocałował i cześć, jak pierwszy lepszy facet, jeszcze może byś chciała, żeby się kleił do ciebie publicznie, żeby cię powłóczył za szyję po przystankach tramwajowych, na arkanie chyba, to by już lepiej pasowało...

Kiwając głową do słów Okrętki, Tereska parsknęła śmiechem. Kiwnęła głową jeszcze raz.

— A po drugie? — spytała już zupełnie innym tonem.

— A po drugie, to jest właśnie to, co bije w oczy, mówiłam ci, że on, jak już coś, to porządnie. On cię nie może pocałować. Niechby tylko spróbował, koniec, już by nie przestał, nie mógłby żyć bez ciebie ani godziny. On się trzyma kupy z całej siły i tak właśnie myślałam, że nie za często cię widuje i głowę dam, że też haruje jak dziki osioł, robi więcej niż może, żeby nie wsiąknąć w ciebie z kretesem, żeby jeszcze zachować resztki zdrowego rozumu...

— Myślisz...?

— Wcale nie potrzebuję myśleć. Ja to wiem. Widziałam was razem, przyjrzałam się, tu nie ma co myśleć.

— Myślisz... — powiedziała Tereska bez tchu. — Myślisz, że on się zakochał...?

— Nie — odparła Okrętka gniewnie. — Nie zakochał. To jest coś gorszego. Myślę, że on cię naprawdę kocha. W ogóle zdaje się, że jestem świadkiem czegoś, co się zdarza raz na tysiąc lat. I myślę, że spokojnie możemy zgasić światło, szkoda prądu, ten blask z ciebie oświetli całą dzielnicę...

Z wnętrza Tereski istotnie biła prawdziwa zorza polarna. Całe zmęczenie gdzieś zniknęło. Zeszła z

tapczanu, strzepnęła zgruchmonione palto i powie-
siła je na ramiączku.

— Miałam chwilami takie właśnie wrażenie, ale powiem ci szczerze, nie ośmieliłam się w to wierzyć — wyznała. — I dalej się nie ośmielę. Nie, za nic, można zauroczyć, za dużo by mnie kosztowało, gdyby wyszło inaczej.

— Ale powiem ci od razu, że, moim zdaniem, on przeczekuje — ciągnęła Okrętka ostrzegawczo. — Tylko nie wiem, co przeczekuje, tego szmergla na twoim tle, z nadzieją, że mu minie, czy zwyczajnie twoją szkołę. Nie chcę cię oczywiście łudzić, ale możliwe, że szkołę, bo z tego, co mówiłaś o ojcu, wynika, że tkwi tam w nich jakaś staroświeckość. Mnie się to nawet bardzo podoba, nie wiem jak tobie.

Tereska gwałtownie odwróciła się od szafy.

— Ależ to jest właśnie to, o co mi chodziło! — wykrzyknęła z ożywieniem. — Staroświeckość, może to się nazywać staroświeckość, jeżeli nie ma innego określenia. Rozumiesz...

Urwała, bo zabrakło jej właściwych słów. Nie były zresztą potrzebne. Okrętka rozumiała ją doskonale. Przez wiele lat obie wymieniały poglądy na kwestię uczuć wielkich i małych, były, pod tym względem, zgodne, a na tle środowiska nawet trochę dziwne. Ta dziwność nie rzucała się w oczy, była ich prywatną dziwnością, która dochodziła do głosu wyłącznie z okazji podrywek. Przypadkowe podrywki odpadały, kojarzyły im się trochę z używaniem przechodniej szczotki do zębów, Okrętka nie miała na nie ochoty bez precyzowania przyczyn, Tereska czekała na swoje wielkie, wymarzone uczucie, które głupimi podrywkami mogłoby zostać tylko sprofanowane. Za żadne skarby świata nie przyznałyby się do tego nikomu, poza sobą nawzajem, a i sobie przyznawały się przeważnie bez pomocy słów. W każdym razie wiadomo było, że to coś między Tereską i Robinem, jeśli w ogóle jest, to jest właśnie to...

— Idę do domu — powiedziała Okrętka, podnosząc się zza biurka Tereski. — Spróbuję wziąć z niego przykład i cierpliwie przeczekać ten kawałek twojego obłędu. Do osiemnastego niedaleko. Napiszę przez ten czas list i zapytam, kiedy to było.

— Do kogo list? Do Skrzetuskiego?

Okrętka zawahała się.

— No więc dobrze, powiem ci prawdę. Do Krzysztofa. Z tego wszystkiego zaczęliśmy sobie mówić „ty" i zauważyliśmy to dopiero po bardzo długim czasie. Głupio było wracać na „pan", więc niech już zostanie. Pojęcia nie mam, jak napisać do niego ten list per „ty".

— Zwyczajnie — odparła bez namysłu Tereska. — Pisze się: „Kochany Krzysiu, wybacz poufałą formę, ale stanowi ona powszechnie przyjęty nagłówek listu, a żadnego innego zwrotu, który nie brzmiałby głupio, nie potrafię wymyślić, więc zgódź się uprzejmie na poufały"...

— Zapisz mi to — zażądała Okrętka. — Bardzo dobrze ci wyszło, ale już zapomniałam początku. Zacznij na nowo i zapisz.

Całkowicie oderwane od pierwotnego tematu rozmowy, opuściły pokój Tereski na piętrze i zeszły na dół. Do holu wchodził właśnie pan Kępiński, ojciec Tereski. Zamknął za sobą drzwi i od razu zaczął zdejmować okropnie zabłocone buty. Ze służbówki wyjrzał Januszek.

— Tato, gnaty ci wypadły! — wrzasnął.

— Co takiego? — spytał pan Kępiński z wyraźnym oburzeniem i zatrzymał się, z jedną nogą w bu-
cie, a drugą w skarpetce.

— Gnaty ci wypadły! Ja tego nie wymyśliłem, jak
Boga kocham. Jakiś facet dzwonił i kazał ci powtórzyć, że w tym roku gnaty ci wypadły. Nie mógł się
dodzwonić do ciebie do pracy, bo u was centrala
nawaliła.

— Do licha! — powiedział pan Kępiński z irytacją
i dokończył zdejmowania obuwia.

Tereska i Okrętka trwały na ostatnim stopniu
schodów, niczym własne posągi. Po długiej chwili
poruszyły się i spojrzały na siebie.

— Przeznaczenie... — powiedziała z rezygnacją
Tereska.

Nieubłaganie przyciśnięty do muru pan Kępiński,
parskając z irytacji, wyjaśnił, iż rzecz dotyczy pew-
nej inwestycji. Inwestycja potocznie nosi nazwę
„Gnaty", obejmuje bowiem obiekt w tej właśnie
miejscowości. Planowana jest od czterech lat, od
czterech lat księgowość pana Kępińskiego użera się
z nią i od czterech lat regularnie wypada im z pla-
nów. Po czym wstawiana jest ponownie pod wpływem zabiegów nowego inwestora. Co konkretnie
przedstawia sobą owa inwestycja, pan Kępiński zdążył już zapomnieć, dla niego jest ona po prostu licz-
bą oznaczającą ilość pieniędzy i niesłychanie kłopot-
liwą.

— Gdybym chciał pamiętać przy każdym tytule,
o co tam chodzi, musiałbym istnieć w osiemnastu
egzemplarzach — wyjaśnił gniewnie nękającym go
przyjaciółkom. — W dodatku to jest mała inwestycja, głupia suma, jakieś tam kilka milionów, przez
które co roku trzeba wszystko przerabiać. Istne

przekleństwo. Już miałem nadzieję, że w tym roku nam się uda...!

Przyczyn, dla których inwestycja nie tylko nie może doczekać się realizacji, ale nawet nie zostaje rozpoczęta, pan Kępiński nie umiał wyjaśnić. Jego zdaniem były głupie. Niewątpliwie za każdym razem ktoś tam nawalał i usiłował ukryć własne błędy pod pozorami trudności obiektywnych. Majaczyło mu się w umyśle, że po większej części usprawiedliwiano się jakimiś sprawami zdrowotnymi, wszyscy zainteresowani zapadali na rozmaite dolegliwości, to przedstawiciele inwestora, to projektanci, to wykonawca, to miejscowe władze administracyjne... Wręcz epidemia!

— Wiecie, teraz mi to przyszło na myśl, zaczynam się zastanawiać, czy to nie jest jakaś niezdrowa okolica — rzekł poirytowany. — Bagnista, malaryczna, czy coś w tym rodzaju...

— To jest w górach — wtrąciła grzecznie Okrętka.

— W górach? No to może coś innego. Wirus...

— Łamią ręce i nogi — wtrąciła znów Okrętka.

— Wy o tym coś wiecie? — zainteresował się pan Kępiński.

— Nie — odparła Tereska. — Ale chcemy się dowiedzieć. Skoro i tak musisz się z tym barłożyć, mógłbyś nam przynajmniej powiedzieć, kto jest tym kolejnym inwestorem.

— A dobrze, sprawdzę. Ale jak się czegoś dowiecie, musicie i mnie powiedzieć, bo zaczyna mnie to naprawdę denerwować...

Tereska i Okrętka wróciły na górę.

— Nie ma siły, ruszamy — zdecydowała Tereska.

— I od razu się nastaw, że będziesz musiała odwalić całą robotę sama, bo ja się włączę dopiero po osiemnastym. Rzeczywiście, w tym musi coś być.

— Zbierzmy elementy! — zaproponowała z zapałem Okrętka.

— Mam nadzieję, że będzie to coś nadzwyczajnego. Zróbmy spis wszystkich pewnych wiadomości.

— Od razu widać wpływ kontaktów z milicjantem...

— Odczep się. Od czego zaczynamy?

— Od ustalonych faktów — rzekła bez wahania Tereska, wyciągając z szuflady czysty zeszyt w kratkę. — Mamy miejscowość, a w niej zamek. Zamek w Gnatach. Musisz lecieć do Biblioteki Narodowej albo na wydział historii i zabrać się do lektury. Zacznij od Piastów Śląskich i szukaj po kolei, a potem przepisz, co znajdziesz.

— Jeszcze istnieje jakaś konserwacja zabytków — przypomniała Okrętka, otwierając zeszyt i sięgając po długopis. — Trzeba będzie zadzwonić do fotografa...

— Czekaj, po kolei. Wiemy o następujących wydarzeniach: po pierwsze, budowla jest wyraźnie pechowa, urzędowe osoby nie mogą jej ugryźć od czterech lat. Bez wyraźnego powodu. Po drugie normalny milicjant zrobił z siebie histerycznego panikarza, wygląda na to, że też bez powodu. Po trzecie, ten tam jakiś... Kto to był?

— Inżynier rolnik.

— Po trzecie, inżynier rolnik latał z krzykiem boso po śniegu. Z powodów nieznanych. Po czwarte, mąż tej żony złamał rękę przez głupi korek od termosu...

— Ale to już nie w zamku. W ogóle nie był w Gnatach, wyjechał z nich!

— Ale w okolicy. Możliwe, że przedtem był w zamku, należy to zbadać. Musisz iść do nich, już wiem, gdzie to jest, zostawił adres i błagał, żebym sobie pozwoliła wyświadczyć jakąś przysługę. Niech powie, gdzie był i co robił w ramach przysługi.

Okrętka kiwała głową, notując poszczególne punkty. Męża zapisała w osobnej rubryce.

— Po piąte, fotograf patrzył dziwnym wzrokiem — uzupełniła. — Pojechał tam i złamał nogę...

— Czekaj, też nie wiemy gdzie, w zamku czy w okolicy. Docent Wiśniewski nie wiedział?

— Nie. Na ten temat nic.

Tereska zastanawiała się przez chwilę.

— Masz jego numer do pracy — rzekła. — Zadzwoń do nich i spytaj, może będą wiedzieli. Możesz udawać, że nic nie wiesz o nodze, dopiero oni ci powiedzieli, będziesz wstrząśnięta i o wszystko wypytuj. Wiemy, że pojechał do zamku, bo sam ci to powiedział, ale nikt mu nie zabraniał iść na spacer i złamać nogę na przykład na torach kolejowych...

— Tam nie ma torów kolejowych. Sprawdzałam na mapie.

— No więc gdziekolwiek. W kamieniołomie. Na schodkach sklepu spożywczego. Dowiedz się możliwie dużo, bo bez tego nie ruszymy z miejsca. Czy wiemy coś więcej?

Okrętka przeczytała spis i pokręciła głową.

— Chyba nie. Na razie wygląda na to, że zamek w Gnatach wszystkim szkodzi. Mam cichą nadzieję, że nie szkodzi na odległość...

Kiedy nazajutrz wieczorem Tereska wróciła do domu, czekała już na nią wielce wzburzona przyjaciółka.

— Słuchaj, tych ofiar było więcej! — zakomunikowała złowieszczo na wstępie. — Zadzwoniłam do niego do pracy i od razu mi powiedzieli, oni mają coś z tym zamkiem, dużo mi powiedzieli. Jeden technik zleciał z tarasu.

— Na litość boską! — wykrzyknęła zaskoczona Tereska. — I co?! Zabił się?!

— Nie. Na szczęście nie, złamał sobie obojczyk, ale też zleciał bez żadnego sensownego powodu. Zdenerwowałam się do tego stopnia, że wcale nie poszłam do męża i żony. A fotograf wraca za parę dni, miał jakieś komplikacje i dlatego tak długo tam leży, ale komplikacje już wyleczyli i została mu sama noga...

— Poczekaj, po kolei. Zaraz... Nie wiesz, czy jest mój ojciec?

— Nie, jeszcze nie wrócił.

— W takim razie uzupełniamy dane wyjściowe we własnym zakresie. Gdzie złamał nogę, w zamku czy w okolicy? Powiedzieli ci?

— Owszem. To znaczy, najpierw powiedzieli, że w goleniu, potem, że parę centymetrów poniżej kolana, a potem zaczęli się sprzeczać między sobą co do piętra, z czego wynika, że w zamku. Zleciał ze schodów.

— Z jakich schodów?

— Nie wiem. Wyszło mi, że zleciał ze schodów i wypadł na zewnątrz, bo podobno nie od razu go znaleźli i bardzo zmarzł. W środku by nie zmarzł.

— A technik? Co z technikiem?

— A o techniku to powiedzieli dlatego, że ktoś tam krzyknął, że im niedługo wszystkich pracowników diabli wezmą. Bardzo dobrze było słychać odgłosy z pokoju. I ta osoba, która ze mną rozmawiała, zaczęła narzekać, że to istna klątwa, technik tam był, w zamku, i zleciał z tarasu, nie wiadomo dlaczego, bo balustrada jest solidna, i ledwo mu zdjęli gips, połamał się elektryk. Dla nich ten fotograf to jest elektryk. I słyszałam, jak jeszcze tam kogoś między sobą wymieniali, ale już nie wiedziałam, jak o to spytać... Słuchaj, co teraz?

— Na razie dopisz ich do tych ofiar zamkowych. Jak ojciec wróci, zapytamy go, co wie. Sprawa zaczyna wyglądać poważnie...

Pan Kępiński wrócił do domu rozpromieniony.

— No, moje drogie, pozbyłem się Gnatów! — wykrzyknął na ich widok z wielką ulgą i satysfakcją, zaledwie wszedłszy do holu.

W drzwiach służbówki pojawił się Januszek, który z zachowania siostry i jej przyjaciółki bezbłędnie wywnioskował, że coś się święci i z wielkim zainteresowaniem czekał na rozwój sytuacji. Węszył sensację.

— Pewnie że się pozbył, skoro mu wypadły — wymamrotał pod nosem. — Ja bym się z tego tak nie cieszył...

— Ostatni raz narobią mi zamieszania — mówił zadowolony pan Kępiński. — Trudno, jeszcze w tym roku przeboleję, potem będę miał z nimi święty spokój. Już wiadomo, że w przyszłym roku przejmie tę inwestycję Kombinat Miedziowy i uwolnię się od niej na zawsze.

Tereska zamachała ręką.

— Kombinat Miedziowy do bani, jeszcze nic nie wiedzą. Nam potrzebni ci, którzy byli w przeszłości. Kto był ostatni? Sprawdzałeś?

— Jako ostatni nawalił nam Centralny Zarząd Uzdrowisk. Chcieli tam mieć sanatorium i właśnie zrezygnowali. Nie zmieścili się w terminie i już im ta inwestycja przepadła, całe szczęście! Kombinat

Miedziowy niech sobie robi, co chce, ma własną
księgowość...

— A dlaczego się nie zmieścili w terminie? Wiadomo?

— Wiadomo. Im z kolei nawaliło biuro projektów.

— Jakie biuro projektów?

— Tego nie wiem. Moje drogie, nie wymagajcie ode mnie za wiele. Pod koniec czwartego kwartału nie mogę się wdawać w szczegóły cudzych kłopotów, mam dosyć własnych...

Tereska i Okrętka wycofały się na piętro. Mocno zaintrygowany Januszek podążył za nimi i wśliznął się do pokoju Tereski.

— Hej, słuchajcie, o co to chodzi? — spytał nieufnie. — Coś za dużo słyszę o gnatach, gnaty sobie połamali, gnaty im wypadły, to co to ma być? Taniec szkieletów?

— Nie wiemy — odparła Okrętka i zwróciła się do Tereski. — Uważam, że możemy mu powiedzieć. Ma zasługi i w ogóle może się przydać. Co ty na to?

Tereska kiwnęła głową.

— Jest coś dziwnego — wyjaśniła. — Nie wiemy co. Na razie mamy pięć sztuk ofiar nie wiadomo czego. Rzecz dzieje się w Gnatach...

— W jakim sensie w gnatach? Reumatyzm wszystkich łapie?

— Nie w gnatach w sensie kości, tylko w Gnatach w sensie nazwy. Miejscowość to jest, ty głupcze. Rzecz dzieje się w Gnatach na zamku i w okolicy i kompletnie nie wiemy, co się dzieje.

— Znaczy, nikt nic nie wie? To fajnie. A co się tam dzieje?

— Nie wiemy...

Okrętka pokazała mu spis ofiar i wyjaśniła sprawę bardziej szczegółowo. Januszek słuchał z uwagą i wielkim zaciekawieniem. Supozycję wysunął od razu.

— Szukają czegoś — zawyrokował. — Łażą gdzieś tam, zlatują albo coś na nich zlatuje i nikt się nie chce przyznać. Wymyślają różne głupoty, żeby się inni nie połapali i też nie zaczęli szukać. Nie ma inaczej!

— A ten mąż z korkiem, to uważasz, że co? Też szukał? Na szosie?

— A kto go tam wie, czy on faktycznie był na szosie. Nie na szosie go znaleźli, tylko sam do szpitala dojechał, nie? A poza tym zeznał, że był zdenerwowany. Zeznał, czy nie?

— No owszem, zeznał...

— Niby czym? Że mżyło? Albo tą żoną, akurat! Co, miał jasnowidzenie, że szpital się pali, tak? W duchy wierzycie! Mógł być zdenerwowany tylko dlatego, że musiał wyjechać, chociaż nic nie znalazł, na to się jeszcze zgodzę...

— No dobrze, ale słyszysz przecież, co ojciec mówi. Od czterech lat inwestycja wylatuje im z planu i ci ostatni też zrezygnowali. Gdyby tam było coś do znalezienia, nie zrezygnowaliby za nic w świecie!

Januszek przez chwilę rozważał sprawę.

— Żadne takie — rzekł kategorycznie. — Inwestor to jest instytucja, nie? Gdzie wyście widziały, żeby instytucja zrobiła coś z sensem? Pojedynczy człowiek owszem, nie powiem, ale nie instytucja. Instytucja ma to w odwłoku, coś im nie wychodzi, rezygnują i cześć. I nie instytucje tam zlatują z balkonów, tylko człowieki, znaczy tego, chciałem powiedzieć pojedyncze ludzkie sztuki. Instytucja się wypina, a człowiek jedzie i szuka. Ja wam to mówię!

— On ma trochę racji — przyznała Okrętka, w której słowa Januszka rozbudziły wielkie nadzieje. Bardzo chciała, żeby w zamku było coś schowane, żeby udało się to znaleźć i żeby to były jakieś zabytki...

— Ciągle za mało wiemy — powiedziała z niezadowoleniem Tereska. — Musimy mieć ściślejsze informacje. Najlepiej byłoby bezpośrednio od ofiar...

— Od fotografa trzeba się dowiedzieć, jakie to biuro projektów nawaliło temu inwestorowi — podsunął Januszek. — Powinien wiedzieć.

Okrętka nagle podskoczyła na krześle.

— Jak to, jakie? O Boże, przecież jego! Mówił, że jedzie służbowo!

— I dopiero teraz to sobie przypomniałaś? — oburzyła się Tereska. — Idź do nich! I nie gadaj przez telefon, tylko idź osobiście, zaraz po szkole jeszcze zdążysz!

— Zaraz, czekajcie! — przerwał ostrzegawczo Januszek. — Oni się tam spytają, po co ona pyta. Lepiej im tak zaraz nie wywalać kawy na ławę. Co im powiesz?

— Nie wiem. W ogóle mi będzie okropnie głupio. Tak znienacka iść do obcych ludzi...

— Nie obcych! — zaprotestowała Tereska. — Już ich poznałaś telefonicznie. Interesujesz się fotografem. Znasz go osobiście. Możesz chcieć od niego jakieś zdjęcia, mógł ci obiecać...

— Nic mi nie obiecywał.

— No to co? Ale mógł. Zależy ci na tych kamieniach z grobu księcia. I w ogóle martwisz się o niego. Mów po prostu na inny temat, aha, to musi być przecież konserwacja zabytków. Interesuj się zamkami, a tym w szczególności, wymyśl o nim byle co, słyszałaś, że ma romańską wieżę albo renesansowe attyki, albo cokolwiek. Posadzkę z czarnego dębu...

— Marmurowe schody — podpowiedział Januszek. — Wyślizgane...

— Wszystko jedno, mogą być schody. Oni cię od razu skorygują, może nawet pokażą ci ten zamek na jakichś fotografiach, będziesz się wszystkiemu dziwić i zrobisz z siebie kompletną debilkę. Oni ci będą wyjaśniać i zanim się obejrzysz, już z nich wydoisz wszelkie informacje.

— Z całą pewnością jedyne, co mi doskonale wyjdzie, to ta debilka! — westchnęła Okrętka żałośnie.

— Ale trudno, spróbuję. Z tym, że nie jutro, puknij się w arbuz, jutro mamy pływalnię. Pojutrze.

— Niech będzie pojutrze. Ale jutro do męża...

— A ja? — spytał ochoczo Januszek. — Co ja mam robić?

— Ty na razie poczekasz. Zobaczymy, co się wyklaruje...

W ciągu dwóch dni ilość materiału do dedukcji urosła imponująco. Okrętka uzyskała informacje, którymi nie mogła podzielić się z Tereską, bo Tereska gdzieś zniknęła i bardzo późnym wieczorem jeszcze jej nie było. Podzieliła się zatem częściowo z Januszkiem, który w kwestii nieobecności siostry wyraził przekonanie, iż jest ona wynikiem katastrofy samochodowej. Tereska odwalała swoje ostatnie jazdy przed egzaminem...

Nazajutrz lekcje w szkole stanowiły jedno pasmo udręk, utrudniały bowiem nieznośnie jakiekolwiek porozumienie. Tereska, żywa i zdrowa, zdążyła tylko powiadomić Okrętkę, że przydzielony jej samochód zepsuł się na peryferiach miasta. Razem z instruktorem czekała na przybycie pomocy drogowej, instruktor zaś opowiadał jej o wybrykach natury, różnych rodzajach złych warunków atmosferycznych i przykrościach, jakie przez nie mogą spotkać kierowcę, podawał konkretne przykłady i pod koniec rozmowy pojęła, że awaria samochodu stanowiła prezent sił wyższych. Przeznaczenie, nic innego. Albo zwyczajne ślepe szczęście...

Zaraz po szkole musiały się rozstać i znów, kiedy Tereska wróciła do domu po korepetycjach i swoim dodatkowym angielskim, czekała na nią zdenerwowana Okrętka w towarzystwie przejętego Januszka.

— Mów natychmiast, co on ci powiedział! — zażądała niecierpliwie. — Nic z tego nie zrozumiałam!

— Ty, miej sumienie — zwróciła się Tereska do brata. — Przynieś mi tu coś do jedzenia, skonam z głodu, a na dole nie sposób rozmawiać. Jest ciotka Magda, zaraz się zacznie wtrącać.

— Ale ja też chcę usłyszeć, co on ci powiedział! — zaprotestował z oburzeniem Januszek.

— Słowem się nie odezwę przez ten czas. Ona mi opowie swoje, a to, głowę daję, słyszałeś już ze sześć razy. Skocz po prowiant!

— Ale pamiętaj, beze mnie ani litery! — zastrzegł się Januszek i popędził do kuchni.

Okrętka, miotana sprzecznymi uczuciami, z jednej strony potrzebą wyrzucenia z siebie własnych zdobyczy, z drugiej pragnieniem usłyszenia wieści od Tereski, nie zwlekała ani chwili.

— Więc słuchaj, nie zgadniesz. Czy ty wiesz, gdzie pracuje ten twój mąż...?!

— Dla ścisłości, zwracam ci uwagę, że to nie jest mój mąż — przerwała Tereska z lekkim naciskiem.

— Nie posuwaj się za daleko...

— Dobrze, twój w przenośni. Wiesz, gdzie pracuje? Tereska zgadła od razu.

— W tym samym biurze co fotograf! Tak?

— Zgadłaś! Skąd wiesz?

— Domyśliłam się. Teraz, w tej chwili. Chodzi mi po głowie, że to chyba architekt, tak wynikało z gadania tej żony. Zamek, remont, pasuje!

— No więc tak. Właśnie. Obaj tam pracują, tylko w różnych pracowniach. Owszem, zrobiłam z siebie debilkę, widziałam zamek na fotografii, tak mu do romańskiej wieży, jak mnie do kardynała Hozjusza...

— Dlaczego akurat Hozjusza?

— Nie wiem. Wszystko jedno, może być Richelieu. To jest coś zupełnie idiotycznego, co oni tam wygadują i wyobraź sobie, chyba w to wierzą. Biuro we Wrocławiu odmówiło, architekt powiatowy odmówił, wszyscy odmówili, więc to przyszło do nich, a oni odmówili wreszcie w tym roku i dlatego twojemu ojcu wyleciało, a odmówili, bo już nikt nie chce tam jechać za skarby świata. Ta klatka fotografa to inna klatka...

Do tego momentu Tereska nadążała za treścią opowiadania Okrętki, ale teraz poczuła, że się gubi.

— Czekaj, jaka klatka? Piersiowa? Przecież złamał rękę, nie, przepraszam, nogę, to jeszcze dalej...

— Ale jaka piersiowa, zwariowałaś?! Schodowa!

— Klatka schodowa fotografa...?

— Ta, z której zleciał! Mam na myśli, że to nie jest klatka schodowa w środku, ta marmurowa, wyślizgana, tylko inna, na zewnątrz. Całkiem na zewnątrz, przy tym tarasie, z którego zleciał technik. Nie chcą o tym mówić, ale już dawno temu ktoś stamtąd uciekł i potem wniosło się biuro pegeeru, ale historycznie nic tam nie ma zupełnie, bo aż do wojny mieszkał tam zwyczajnie jakiś baron czy graf, czy coś takiego, trochę poszkodowany na umyśle i dlatego próbowali remontować, bo jest w doskonałym stanie...

Tereska zrezygnowała z prób samodzielnego rozwikłania wszystkich wątków, poruszanych przez Okrętkę, aczkolwiek wątpliwości, iż doskonały stan dotyczy zamku, a nie grafa, nie miała żadnych.

— Czekaj, to jest niemożliwe! Mów jakoś po kolei albo w porządku chronologicznym, albo tematami. Na razie zrozumiałam, że biuro męża i fotografa miało się zająć remontem zamku, bo te inne biura odmówiły. Chciałabym wiedzieć, dlaczego odmówiły.

— A właśnie. O tym nie chcą mówić, ale im się samo wyrywa i to są niesłychane idiotyzmy. Wszystkich po kolei spotkało coś złego i wszyscy stamtąd pouciekali. I oni mówią...

— Czekaj! — przerwała znów Tereska, usiłująca równocześnie słuchać i myśleć. — Ja bym wolała najpierw tło. Historycznie jak było?

Okrętka westchnęła i spróbowała opanować emocje.

— Wybudowali go gdzieś tam w piętnastym albo szesnastym wieku, jako zamek był mały i nie bardzo obronny. Ale, dziwna rzecz, nikt go nigdy nie zrujnował i nie padł pastwą pożaru. Zniszczył się trochę samodzielnie i w osiemnastym wieku... nie, w dziewiętnastym. Na początku dziewiętnastego wieku przebudowali go na pałac, kawałek został zamkiem, a reszta pałacem, widziałam to na fotografii. Nie jest wielki, ale trochę skomplikowany, szczególnie, że ma takie dziwne klatki schodowe w rozmaitych głupich miejscach, a przed wojną przerabiał go jeszcze ten pomylony graf. Wprowadził luksusy, świat-

216 ło, wodę, centralne ogrzewanie, łazienki, coś tam rozwalił, a coś przybudował. I niektóre z tego, co przybudował, także otynkował, a niektóre nie, za to otynkował inne kawałki i teraz na oko nie widać, które jest które, musieliby sprawdzać dokładnie i z bliska, a nikt nie sprawdzał, bo wszyscy pouciekali...

— Czekaj. A kto tam dawniej mieszkał? Jakaś zamurowana żona, jakiś samobójca...?

— Nikogo takiego nie było. To znaczy owszem, ten pierwszy, ten, co wybudował, zapomniałam, kto to był, podobno porzucił pierwszą żonę i zamieszkał tam z drugą, ale małżeństwo było nieszczęśliwe...

— Kto to mówi?

— Mąż.

— Nasz mąż...?

— Nasz.

— Skąd to wie i dlaczego mówił?

— Podobno słyszał w Gnatach. A mówił, żeby uzasadnić gadanie o klątwie...

— Wiedziałam, że na tym się skończy! — rzekła z politowaniem Tereska i otworzyła drzwi, za którymi słychać było tupiącego Januszka. Januszek wkroczył z wyładowaną tacą.

— Masz, wtranżalaj. I nigdzie więcej po nic nie idę, bo już mnie tam zaczęli maglować, czy nie jesteś chora. Powiedziałem, że umarłaś, a my oboje, ona i ja, robimy stypę. Ojciec im się kazał odchromolić, bo jest ciekawy, co wam wyjdzie z tych Gnatów. I gadaj, co ci powiedział ten kierowca!

— Nie kierowca, tylko instruktor — poprawiła Tereska, lokując tacę na biurku. — Zaraz, niech ona skończy, a ja przez ten czas trochę zjem. Gadanie o klątwie musi być, to oczywiste, ale nam chodzi o konkrety. Co tam było ostatnio i czy tam ktoś mieszka?

— Różne rzeczy były. Zaraz po wojnie kwaterowało wojsko. Potem zagnieździły się jakieś biura i zarządy, ale nie wymagaj ode mnie, żebym pamiętała jakie i w jakiej kolejności, oni sami tego nie wiedzą.

— Kto nie wie?

— Ci w biurze. Oni wiedzą tylko, że teraz siedzi tam coś podwójnego, zarząd pegeeru i biuro wczasów dziecięcych, to jest razem, bo pegeer żywi wczasy dziecięce. Innych wczasów nie ma, bo brakuje pokoi, dla dzieci jest jeden wielki. Nikt nie mieszka na stałe, ale mają dwa pokoje gościnne i czasem nocuje tam ktoś na delegacji i nocowali ci, którzy mieli zacząć remont.

— Nasz mąż też?

— Też. A wielki kawał stoi pustką, gdzieniegdzie nie ma nawet okien, tylko dziury w murach. Ale zabite deskami. Widziałam na zdjęciu. Od zewnątrz mają nawet dosyć dużo zdjęć, zdaje się, że jest to jedyna rzecz, jaką wszyscy robili. A kawałek dalej, w parku, w takim domeczku, mieszka cieć, który wszystko robi i pilnuje kotłowni. Domeczek też był na fotografii, bardzo ładny. Na stałe nikt nie mieszka.

— A graf mieszkał aż do wojny?

— Nawet do końca wojny. Uciekł w ostatniej chwili. Podobno przerwał w połowie tynkowanie jednej ściany i zostawił tam drabinę i różne wiaderka. Tę ścianę na wszelki wypadek rozwalili, bo myśleli, że może coś zamurowywał, ale okazało się, że nie, więc ją postawili z powrotem.

— Kto?

— Podobno wojsko. Wojsko musiało sprawdzić, czy nie zamurował tam jakichś materiałów szpiegowskich albo czegoś podobnego...

— Niech ja mchem porosnę, jeśli nie wojsko — wtrącił z przekonaniem Januszek.— Nikt inny by tej ściany nie postawił z powrotem.

Tereska i Okrętka równocześnie pokiwały głowami, zgadzając się z jego opinią.

— Ciekawe swoją drogą, że tyle tego zapamiętałaś — zauważyła Tereska nieco podejrzliwie.

Okrętka westchnęła.

— Prawdę mówiąc, wszystko sobie zapisałam. Myślałam, że mi będzie potrzebne, ale okazuje się, że nie, wcale. Nauczyłam się na pamięć w trakcie zapisywania. A do tego jeszcze ten mąż zobaczył, że sobie zapisuję widoki z fotografii i powiedział, że może mi dać opis techniczny obiektu od zewnątrz. I dał. Powiedział, że opisu technicznego obiektu od wewnątrz nie ma i on wątpi, żeby kiedykolwiek powstał, ale od zewnątrz zrobili. Aha, a graf uchodził za pomylonego, bo wszystkie prace budowlane wykonywał własnoręcznie. No, prawie wszystkie...

— Dobra, stany umysłowe grafa są mało ważne. Mów o faktach!

Okrętka odwróciła się na krześle, wypiła trochę herbaty ze szklanki Tereski, oparła się wygodniej i wyciągnęła nogi.

— Fakty ci właśnie przekazałam — oznajmiła. — Więcej nie ma. Jako pierwsze ostrzegało przed klątwą biuro we Wrocławiu. Ci tutaj krzywili się i natrząsali, a teraz sami twierdzą, że ciąży klątwa, z tym, że za nic na świecie nie chcą mówić szczegółowo. Każdy udaje, że w żadną klątwę nie wierzy i nie chce tam jechać z różnych innych powodów,

ale daję wam słowo, wyglądają, jakby wierzyli w nią
święcie. I ciągle komuś się wyrywa, że ktoś tam nie
wierzył, i proszę, sam się przekonał...

Na chwilę zapanowało milczenie. Tereska i Januszek patrzyli na Okrętkę z wyraźnym niesmakiem.
Tereska z politowaniem pokiwała głową.

— No dobrze, a nasz mąż? Co z nim było?

— Nic. To znaczy, słowa nie powiedział, poza tym,
co już wiesz o złamaniu na szosie. Przyznał się tylko, że
owszem, nocował w zamku. I absolutnie nic poza tym.

— I nie pytałaś go?!

— Pytałam nachalnie. Udawał kretyna, jakiego
świat nie widział. W ogóle nie rozumiał, co się do
niego mówi. Chyba współczuję tej żonie... Za to
o samym zamku, jako o budowli, opowiadał bez
końca i dlatego tyle wiem. No, teraz mów, co ci
powiedział ten instruktor!

Tereska rozważała przez chwilę uzyskane informacje. Skrzywiła się, westchnęła, odstawiła tacę na
tapczan i wróciła do biurka.

— Ten instruktor w zasadzie opowiadał mi o katastrofach samochodowych — zaczęła tajemniczo.

— Doskonała zachęta dla kogoś, kto właśnie robi
prawo jazdy. No i między innymi, na bazie opisy-
wania różnych okropnych tras, wspominał, jak raz
był w takiej miejscowości, która nazywa się Gnaty.
Zawiózł tam jakiegoś faceta, bo sam jechał do Gry-
fowa, więc mógł go podrzucić kawałek dalej. Wyjechał dość późno...

— Czekaj no! — przerwał z naganą Januszek.
— Skąd wyjechał?

— Z Gnat. W drogę powrotną.

— Takie rzeczy mów wyraźnie, skąd i dokąd, bo
to tam jechał, tu jechał i wszystko się myli.

— Dobrze. Z Gnat wyjechał dość późno, bo jadł tam kolację, ten zawieziony facet go zaprosił, miał tam rodzinę i jedli u rodziny...

— Co jedli, możesz pominąć — powiedziała szybko Okrętka.

— W każdym razie alkoholu nie używał. Ledwo wyjechał, zaraz za Gnatami natknął się na rozbity samochód. Kierowca i dwóch pasażerów byli w niezłym stanie, tylko samochód w kawałkach, bo była akurat beznadziejna gołoledź i podobno wyjechał im nagle na szosę pijany rowerzysta. Instruktor mówi, że rower rzeczywiście leżał, ale pijaka ani śladu. Oni mówili, że uciekł, zostawił rower i prysnął w las, co jest o tyle prawdopodobne, że rower sam na szosę nie przyszedł, a żadnych zwłok też nie było. Widoczność dobra, bo świecił księżyc. Instruktor mówi, że obejrzał sobie ten ich samochód z ciekawości, opisał mi nawet dokładnie, jak ta ich katastrofa wyglądała, każdy szczegół obadał. Kierowca nie był taki głupi, żeby hamować, ale pijaka chciał ominąć i wpadł w poślizg...

— O Boże...! — jęknęła Okrętka.

— Cicho bądź! — syknął na nią Januszek. — Mów dalej, w poślizg i co? W którą stronę?

— Najpierw w lewo... To znaczy tak, pijak im wyleciał z prawej strony i przewrócił się razem z rowerem. Kierowca skręcił w lewo, ale niosło go bokiem prosto na pijaka, więc dodał gazu. Wyciągnął za środek szosy, równocześnie jadąc bokiem, ale nie mógł tak jechać w nieskończoność, szosa była wąska i wysadzana drzewami...

— Ile jechał? — przerwał Januszek.

— Jakieś pięćdziesiąt, ale dodał gazu. Próbował skręcić w prawo, ciągle dodając gazu i walnął tyłem w drzewo. Odbiło go, poleciał na prawą stronę, wal- nął znów tyłem w drzewo, bokiem tyłu, znów go odbiło, poleciał na lewo i tym razem walnął przodem...

— I cały czas dodawał gazu? — spytała kąśliwie Okrętka.

— Nie, po drugim walnięciu przestał. Instruktor mówi, że niewiele brakowało, a byłby wyszedł z tego interesu, tyle że z pogruchmonionym tyłem, bo to był świetny kierowca, ale drzewo rosło o pół metra za blisko. A gołoledź była taka, że nikt się nie mógł utrzymać na nogach, coś zupełnie wyjątkowego...

— Świetny kierowca i po czymś takim jechał pięćdziesiątką? — zgorszył się Januszek.

— Instruktor mówi, że sam też by jechał pięćdziesiątką, bo nie spodziewał się aż takiego lodowiska, ale przez przypadek wcześniej przyhamował i połapał się w sytuacji. No i jechał trzydzieści pięć. Wracając do tematu, obejrzał, mówię, wszystko, i zabrał ich oczywiście, ale nie zaraz, tylko po długim głędzeniu. Oni się zastanawiali, czyby tu nie poczekać na milicję, a on ich przekonywał, że to nie ma sensu, bo mróz był cholerny, a w razie czego on będzie za świadka. Dla świętego spokoju narysował sobie nawet w ich oczach cały przebieg katastrofy, ale mówi, że jego zdaniem to był tylko taki pic na wodę i fotomontaż, bo dwóch z nim gadało, a jeden przez ten czas wyciągał różne rzeczy z samochodu...

— Z którego samochodu? — przerwał Januszek. — Jego?

— Nie, ich. Z tego rozbitego. Chodziło im o to, żeby go zająć gadaniem i lataniem po szosie, żeby nie widział, co on wyciąga. I wcale nie kierowca wyciągał, tylko jeden z pasażerów. Zabrał ich w końcu do samej Warszawy, z tym, że jeden wysiadł po drodze. Mówi, że cały czas opowiadali różne głupoty, gadali, że byli w zamku, gdzie straszy, istnieje legenda, że kto zobaczy ducha, tego nieszczęście spotka, polecieli oglądać ducha i proszę, jakie skutki. Już mają ducha. Spytał, czy tego ducha widzieli, na co zaczęli się śmiać i powiedzieli, że kierowca widział. Kierowca był zły jak diabli i nic nie mówił. Potem wypytywali go dyplomatycznie, po co był w Gnatach, jak często tam jeździł, kogo zna i inne takie. I on mówi, że jedno z dwojga, albo to byli szpiedzy, albo kontrwywiad, albo MSW...

— Czyli jedno z trojga — poprawiła Okrętka.

— Z trojga, rzeczywiście. Był ciekaw, czy w Gryfowie wstąpią na milicję, otóż nie, nie wstąpili. Jeden wysiadł w Jeleniej Górze, a pozostali dwaj dojechali z nim do Warszawy, na Woli podziękowali grzecznie, wsiedli do taksówki i tyle ich widział...

Na chwilę zapanowało milczenie. Wszyscy troje popatrzyli na siebie wzajemnie i w rozmaity sposób pokiwali głowami. Okrętka sięgnęła po zeszyt.

— Trzeba ich dopisać — rzekła spokojnie. — Jesteś pewna, że on mówił prawdę?

— Jestem pewna absolutnie!

— Nic więcej nie powiedział? Wypytałaś go dokładnie?

— Wydarłam z niego wszystko pazurami. On sam się zastanawiał, kim oni byli, z tym, że tylko z ciekawości, o Gnatach w ogóle nie miał pojęcia. Mówi, że uważałby ich za zwyczajne ofiary katastrofy, gdyby nie dwie rzeczy. Po pierwsze to, że kierowca nie poleciał na milicję i w ogóle nie zajmował się samochodem, a po drugie, jego zdaniem, trzymali się znacznie lepiej niż normalni ludzie. Ostatecznie musieli być trochę porozbijani, a nic po nich nie było widać. Mówi, że to jest specjalna sztuka zachować się odpowiednio w momencie katastrofy. Musieli mieć trening, on na ten temat bardzo dużo wie, też mi o tym opowiadał. Najlepiej jest podobno...

— Przewidujesz nasz udział w różnych katastrofach? — przerwała Okrętka z lekką urazą.

— A ty nie? — zdziwił się Januszek. — Przecież wplątaliśmy się już w te Gnaty. Niech ona powie, jak najlepiej.

Okrętka popatrzyła na niego wzrokiem pełnym obrzydzenia i lewą ręką rozmierzwiła sobie włosy na głowie. Prawą miała zajętą długopisem.

— Podobno najlepiej jest przyjąć pozycję kulistą — zakomunikowała Tereska. — Skulić się, weprzeć w co popadnie i schować głowę w ramiona. Możliwe, że powinniśmy to poćwiczyć.

— Fajnie, ja mogę wjeżdżać na rowerze pod samochody — zaofiarował się Januszek. — A wy będziecie przyjmować pozycję kulistą...

— Przestań się wygłupiać — zdenerwowała się Okrętka. — Nie powiedziałaś jeszcze, kiedy to było.

— W tym roku, w zimie. Chyba w styczniu albo w lutym.

Okrętka dopisała datę, odsunęła zeszyt, odchyliła się z krzesłem do tyłu i spojrzała na przyjaciółkę.

— No tak. I co teraz?

— Teraz to już widać, że sprawa jest śmierdząca — rzekł z zadowoleniem Januszek. — Musi być niezła draka, jeżeli narobiło się tyle szumu.

— Ciekawe, od czego się to wszystko zaczęło — powiedziała w zamyśleniu Tereska. — Zaraz, nie powiedziałam wam jeszcze, że byłam u inwestora, zdążyłam tam wpaść wczoraj, pod koniec ich pracy.

— I co?

— Mało, ale zawsze coś. Nie mają pojęcia o niczym, ich zdaniem zaistniały trudności obiektywne. Dostali dwie opinie na piśmie, że obiekt nie nadaje się na sanatorium i po tych opiniach zrezygnowali ostatecznie...

— A kto wystawiał opinie? — przerwała Okrętka.

— Jeden ich pracownik, jakiś rzeczoznawca od tych rzeczy i jeden pracownik biura projektów, ale już nie wiem którego.

— Nie ma znaczenia. Co do biura, łatwo można zgadnąć, dlaczego wystawili taką opinię. Natomiast ten ich pracownik... Co złamał? Rękę, nogę, żebra...?

— Nie wiadomo.

— Jak to? Nie wzięłaś od nich jego nazwiska i adresu?! Chyba zgłupiałaś...!

Tereska z nagłym zainteresowaniem przyjrzała się oburzonej Okrętce.

— Ciekawa rzecz — rzekła zgryźliwie — jak tylko się włączyłaś aktywnie, od razu ci się wzmogła bystrość umysłu. Pamiętam, że nie tak dawno trzeba było z ciebie wszelkie poglądy wyrąbywać toporem...

— No to co? Zmieniłam zapatrywania. Życzę sobie nadzwyczajnych wydarzeń, bo zwyczajne wyszły mi czubkiem głowy. To mi pasuje.

— A może po prostu już się zaczynasz przystosowywać do przyszłej egzystencji przy boku władzy wykonawczej...?

— A co? — zaciekawił się Januszek. — Ona się chce zaangażować do milicji?

— Półgłówek — mruknęła Okrętka.

— Coś w tym rodzaju — potwierdziła Tereska.

— Chcieć chce, tylko nie jest pewna, czy milicja ją weźmie.

— Idiotka — mruknęła Okrętka.

Januszek obejrzał ją od góry do dołu i z powrotem.

— Weźmie — zawyrokował. — Tak na oko to ona się zupełnie nie nadaje, a oni lubią takich, co się na oko nie nadają.

— Odczepcie się! — wrzasnęła Okrętka stanowczo i wyraźnie.

— A nazwiska i adresu nie wzięłam, bo oni tam nie pamiętali, kto to był — powiedziała Tereska. — Musieliby znaleźć tę opinię i obejrzeć podpis, a ja się, niestety, śpieszyłam i nie mogłam na to czekać. Pamiętali za to, dziwna rzecz, że opinia przyszła pocztą, bo jej autor był na zwolnieniu lekarskim...

— No, no — odezwał się z uznaniem Januszek po chwili martwej ciszy. — Ale pogrom...

Okrętka stuknęła głośno nogami krzesła, wracając z nim do normalnej pozycji. Oparła łokcie na biurku i ręce wczepiła we włosy.

— No więc mnie to wygląda na coś w rodzaju wypłaszania — oznajmiła z determinacją. — Ktoś wypłasza wszystkich z zamku i okolicy, nie wiadomo po co i dlaczego.

— Owszem, pasuje — zgodziła się Tereska. — Rozgania towarzystwo dosyć ostro, chociaż sposoby dobiera monotonnie. Nie chce dopuścić do remontu...

— Tam chyba jest coś schowane — przerwał Januszek. — Trefny towar, nie ma inaczej, bo ci gieroje twojego instruktora na majówkę tam nie pojechali. I to musi być duża rzecz!

— I zauważcie, jak oni wszyscy nie chcą nic mówić...

Późnym wieczorem rozważania i dedukcje doprowadziły wreszcie do jednego tylko, niepodważalnego wniosku. Należało znaleźć kogoś, kto powie coś więcej. Jedyną bezpośrednio dostępną ofiarą zamku okazał się fotograf, który miał wrócić już lada dzień. Tylko on stwarzał nadzieje na uzyskanie dodatkowych, niezbędnych informacji. W końcu to on właśnie zapoczątkował całe zainteresowanie aferą, robiąc dziwne miny i zadając podejrzane pytania, niech więc teraz odpracuje swój wygłup. O odmowie udzielenia jasnej, wyczerpującej odpowiedzi w ogóle mowy być nie może!...

☆ ☆ ☆

Fotografa upolowała Okrętka, wciąż pełna niegasnącego zapału. Złapawszy go telefonicznie i usłyszawszy skargi na rozmaite braki i trudności, od razu skorzystała z okazji, wysuwając propozycję doraźnej pomocy. Fotograf mieszkał sam, jego narzeczona akurat miała grypę, a dozorczyni była nieuczynna, cierpiał zatem zwyczajny głód. Okrętka złożyła mu wizytę, przynosząc całą torbę artykułów spożywczych.

Fotograf-elektryk z nogą w gipsie kusztykał o kulach po mieszkaniu. Wdzięcznym sercem przyjął dostarczone pożywienie, częstując w zamian Okrętkę konfiturami z wiśni, jedynym produktem, jakim dysponował w obfitości.

— Moja matka to robi — oznajmił. — Nawet lubię konfitury, ale ile tego można zjeść? Już mi śmiertelnie obrzydły, a zapasy mam jeszcze na parę lat. Niech pani zje chociaż trochę, bo nie mogę na nie patrzeć.

Okrętka dla dobra sprawy gotowa była zjeść nawet truciznę. Z miejsca podjęła zasadniczy temat, trochę niespokojna, czy rozmówca nie zatnie się znienacka w milczeniu. Na szczęście nic takiego nie nastąpiło, fotograf przestał jakoś obawiać się ośmieszenia. Chętnie wyjawiał swoje poglądy i opisywał przeżycia.

— Rozumieć, to ja z tego nie rozumiem nic — wyznał szczerze. — Nie wierzę w takie kretyństwa jak duchy, ale tam istnieje coś nie do pojęcia. Nic nie ma, a to cholerstwo się pojawia.

— Co?! — spytała Okrętka, niekoniecznie uprzejmie, ale za to energicznie.

— A bo ja wiem, co? Duch.

— Jak to, duch?

— No, a jak ja mam to nazwać? Zjawa.

W pierwszej chwili Okrętka pomyślała, że fotograf zwariował i zrobiło się jej gorąco. Potem nabrała przekonania, że chyba się wygłupia. Przyjrzała mu się. Wyglądał normalnie i wcale nie wesoło, raczej był zirytowany.

— Jak to, zjawa...? — spytała w lekkim oszołomieniu. — Pan mówi poważnie?

Fotograf gniewnie wzruszył ramionami.

— Tak daleko swoich żartów nie posuwam — rzekł z lekkim rozgoryczeniem, wskazując nogę w gipsie. — Rozumiem, że pani nie wierzy, ja też nie wierzyłem. Diabli wiedzą, co tam jest, dość, że pojawia się takie draństwo z niczego. Zresztą, niech to cholera bierze, niechby się pojawiało, ale te wypadki...! Istna hekatomba!

Okrętka milczała. Treść słów fotografa wywierała wpływ na jej umysł, powodując jakieś dziwne zmącenie. Nie zdając sobie sprawy z tego, co robi, dobrała więcej konfitur.

— Słyszałem o tym, oczywiście — ciągnął fotograf. — Cała ta heca wydawała mi się podejrzana, ostatecznie nikt nie symulował złamań i potłuczeń. Przyznaję, że bałem się jechać, ale jak już pojechałem, zaczęło mnie korcić. Zwłaszcza, że nie uniknie się tej zmory, słychać ją w połowie budynku.

— Jak słychać...? — spytała Okrętka trochę zdławionym głosem.

Fotograf zastanowił się.

— Dziwnie. Do niczego to niepodobne. Idzie wedle wszelkich reguł, zaczyna się gdzieś w dole, jakby w lochach...

— Tam są lochy...?!!!

— Są, co nie ma być. Normalne, jak pod każdym zamkiem. Tam się zaczyna i leci do góry, takie jakby brzęczenie, najpierw cicho, a potem coraz głośniej. Na pierwszym piętrze już łomocze jak cała składnica złomu i czasem się posuwa jeszcze wyżej, a czasem nie, z tym, że przebija w tych brzękach jakby klekot. Potem schodzi na dół i cichnie.

— I co to jest...? — wyszeptała Okrętka po chwili milczenia.

— Nie wiem. Nikt nie wie. Nie ma żadnej sensownej przyczyny ani żadnego źródła. Gorzej, że potem się pojawia to coś... No, ten duch.

Okrętka z pewnym wysiłkiem przełknęła konfitury.

— Widział go pan...?

— A pewnie! Nawet mu zdjęcie zrobiłem, mam drania na odbitce. Stąd właśnie to...

Popukał się po gipsie na nodze. Wyraz twarzy miał pełen niesmaku. Okrętka pośpiesznie popiła konfitury herbatą.

— I przez niego pan zleciał...?

— A bo ja wiem? Chyba tak. Uparłem się zrobić mu zdjęcie. Czatowałem na niego na tarasie, bo on się pojawia na tarasie albo w dawnej sali balowej. To jest taka komnata w starej części, zdewastowana i dziurawa i śmieszna rzecz, zostało w niej jedno lustro, wmurowane w ścianę. Stare to lustro i pęknięte, ale jeszcze w nim coś widać, dziwacznie wygląda... Co to ja mówiłem... aha, na tarasie. Tam jest dość widno, pada światło z latarni na murze. Czatowałem, pojawił się ten skurczybyk tak ze dwa metry przede mną, strzeliłem dwa razy, a to ścierwo się na mnie rzuciło. Ja też się rzuciłem, do tyłu, z tym, że nie tylko ze strachu, chociaż uczciwie mówiąc, nie czułem się przyjemnie... ale koniecznie chciałem zrobić jeszcze jedno zdjęcie. Potem się ocknąłem na dole, z tą nogą...

Okrętka mgliście poczuła, że przez jakiś czas będzie chyba miała niechęć do konfitur, ale mechanicznie jadła nadal. Fotograf westchnął.

— Darłem się nawet jak kot z pęcherzem, ale nikt nie słyszał, bo nikogo nie było. Dlatego się przeziębiłem. Dobrze, że nie złapałem zapalenia płuc, jak mój poprzednik...

Okrętka milczała przez chwilę, wpatrzona w niego, na oślep dziubiąc łyżeczką konfitury.

— A... zdjęcie...?

— Zdjęcie wyszło. Jedno. Aparaty się nie uszkodziły, bo szczęśliwie zleciały na mnie. Mogę pani pokazać.

Pokusztykał w głąb pokoju do komody o licznych płaskich szufladach i wyciągnął dwie duże odbitki. Okrętka zerwała się z fotelika i popędziła za nim. Rozłożył odbitki na komodzie, pokazując jedną palcem.

— To robiłem z fleszem i nic nie wyszło. A to w warunkach naturalnych, przy świetle tej latarni...

Okrętka uczepiła się rękami blatu komody, nie myśląc na razie nic. Po długiej chwili przyszło jej do głowy, że w celu zobaczenia czegokolwiek powinna jednak otworzyć oczy. Wymagało to dużego samozaparcia, ale było chyba konieczne...

Jedna odbitka bardzo wyraźnie prezentowała ceglany, chropowaty mur, kawałek kamiennych płyt posadzki i wysoki, wąski otwór w murze. Na drugiej było to samo, tyle że znacznie ciemniejsze i mniej wyraźne, na tle muru zaś widniała biała, dość wysoka, trochę rozmazana i nieforemna zjawa...

— A te dźwięki nagrałem na taśmę — powiedział fotograf złym głosem. — Chciałem, żeby sanitarni posłuchali, bo na początku wysuwali przypuszczenie, że to może z rur. Nic podobnego, wcale do rur nie pasuje, a poza tym, jakie rury? Żadnych rur tam nie ma i nie może być, instalacja idzie zupełnie inaczej...

Bezgranicznie oszołomionej Okrętce zaświtało nagle niejasne przypomnienie czegoś, co w obliczu opinii fotografa powinno być ważne, ale nie była w stanie zastanowić się nad tym. Umknęło jej zresztą natychmiast. Umysł jej jednakże w pewnym stopniu ocknął się z drętwoty.

— Czy mógłby mi pan pożyczyć to zdjęcie? — spytała pośpiesznie, wciąż jeszcze trochę nieswoim głosem.

— Mogę pani dać, zrobiłem kilka odbitek — odparł fotograf i popatrzył na nią z zainteresowaniem. — A co? Ciekawi panią ta cała historia?

— A pana nie?!!!

Fotograf westchnął.

— Mnie ciekawość zaprowadziła nie do piekła wprawdzie, ale do szpitala. Mała różnica. Niemniej przyznaję, że przeprowadziłem coś w rodzaju śledztwa i pozbierałem różne wiadomości. Głupia sprawa i może trochę ryzykowna, ale jeżeli pani chce posłuchać, proszę bardzo. Niech się pani jeszcze poczęstuje...

☆ ☆ ☆

— Czy możesz mi dać kawałek kiszonego ogórka? — spytała żałośnie Okrętka, przybywszy do Tereski. — Albo śledzia, albo chociaż kawałek kiełbasy...

— Możesz dostać cały obiad — odparła zdumiona Tereska. — Nawet z deserem, został kisiel z konfiturami...

— Nie!!! — wrzasnęła Okrętka, cofając się gwałtownie. — Żadnych deserów!!! I żadnych konfitur!!! I w ogóle żadnych obiadów, przez tydzień nic nie zjem!!! Ogórka albo śledzia, na litość boską!!!

— Działanie zamku na odległość jest może słabsze, ale za to bardziej urozmaicone — orzekła Tereska, przyglądając się, jak jej przyjaciółka wpycha do ust wielkie porcje kiszonej kapusty. — Mogę ci jeszcze dać cebuli, to też, w porównaniu z konfiturami, produkt kontrastowy. Po cóżeś tyle tego zeżarła?

— Nie wiem — wymamrotała Okrętka niewyraźnie. — Z uprzejmości. I nie wiedziałam, co robię. Przyniosłam taśmę, powinna pasować do twojego magnetofonu...

Komisyjne obejrzenie podobizny tajemniczej zjawy i wysłuchanie potępieńczych dźwięków wprowadziło dezorientację i zagmatwało sprawę całkowicie. Tereska i Januszek, śmiertelnie zdumieni, zaskoczeni i pełni niedowierzania, zażądali ścisłego sprawozdania z całej wizyty u fotografa.

— To jest jedyny człowiek, który w ogóle mówi — zauważyła Tereska. — Bezcenny świadek, zwłaszcza, że specjalnie zbierał wiadomości!

— Mów od początku! — rozkazał Januszek.

— Nie wiem, gdzie był początek — powiedziała zdenerwowana Okrętka. — Nie połapałam się w chronologii. W każdym razie kiedyś tam...

— Czekaj — przerwała Tereska. — Czy on wie także o wszystkich innych?

— No pewnie, przecież ci mówię, że węszył!

— Bardzo dobrze. Mów! Kolejność obojętna.

Okrętka przechyliła krzesło do tyłu i oparła o ścianę.

— No więc kiedyś tam, jakiś czas temu, ktoś usłyszał potworny krzyk ze środka zamku. Taki krew w żyłach mrożący. Przylecieli ludzie i znaleźli jedną facetkę z tamtejszego biura, całkiem bez zmysłów, w sali balowej na podłodze. To znaczy, w takiej komnacie bez okien, nie używanej. Facetka w pierwszej chwili mówiła, że widziała ducha, ale w drugiej wyparła się i mówiła, że nic nie widziała. To znaczy, ściśle biorąc, nic nie mówiła. W ogóle była normalna, oprzytomniała, poszła do domu i od razu wylała sobie wrzątek na nogi...

— Specjalnie? — zainteresował się Januszek.

— Nie, przypadkowo. Poparzyła się.

— A co robiła w tej nie używanej komnacie?

— Podobno przechodziła. Ciemno było, bo to w zimie. I właśnie wcale nie o północy, tylko wieczorem czy może nawet po południu. Potem za jakiś czas znów rozległ się okropny krzyk, znów nadlecieli ludzie, ale nie znaleźli nikogo i do dziś nie wiadomo, kto krzyczał.

— A kto słyszał?

— Ten cieć od kotłowni i jeszcze chyba ze dwie osoby. Potem był tam jakiś urzędnik, przedstawiciel któregoś inwestora, oglądał zamek i zanocował. Co mu się stało w nocy, nikt nie wie, ale rano był już spakowany i miał guza na głowie. Powiedział, że mu się ten zamek nie podoba i czym prędzej wyjechał...

— Pierwszy, co nabrał wody w gębę — zaopiniował Januszek.

— To pewnie ten, który potem wystawił negatywną opinię — mruknęła Tereska.

— Nie wiem, może ten. Potem był jakiś technik z Wrocławia, miał robić remanent...

— Jaki remanent?

— Zamku.

— Oszalałaś?! Jaki remanent zamku?!

— No, co to wisi na sklepach? — zniecierpliwiła się Okrętka. — Jak nie remanent, to co?

— Przyjęcie towaru — podsunął Januszek.

— Inwentaryzacja towaru! Miał robić inwentaryzację zamku. Siedział tam trzy dni, a po trzech dniach wyleciał za okno. W tej komnacie bez okien. Skręcił nogę w kostce i tam podejrzewali, że chyba wyskoczył, a on twierdził, że nie. Kręcił okropnie i właściwie nie wiadomo, jak i dlaczego znalazł się za oknem.

— I tylko nogę skręcił? Nic więcej?

— Podrapał się także, bo tam leżała wielka kupa gałęzi. Ścięli drzewo, poobcinali gałęzie i akurat tam zostawili. Potem przyjechało dwóch z wrocławskiego biura projektów i tu mamy wiadomości ściślejsze, bo fotograf zna ich osobiście. Jeden zleciał ze schodów, a drugi...

— Z tych samych co fotograf?

— Nie, z innych. Ze schodów w środku. A drugi dostał takiego rozstroju żołądka, że przez trzy tygodnie był na zwolnieniu. Podobno to nerwicowe. No i ten co zleciał ze schodów, to w ogóle jest kumpel naszego męża, wreszcie coś z siebie wydusił, wtedy, kiedy mąż tam pojechał, żeby też zająć się zamkiem. Ostrzegł go po przyjacielsku. Wyraźnie powiedział, że on w żadne idiotyzmy nie wierzy, ale tego ducha widział na własne oczy...

— Powiedział, ducha?

— Ducha. Jak byk. Dlatego mąż był zdenerwowany... Ale czekaj, bo przedtem jeszcze było kolejno dwóch skądś tam, z jakiejś komórki budowlanej i z biura projektów. Co do jednego, nie ma ścisłych informacji, ale drugi uciekł z zamku nocą i wpadł w przerębel, tam jest takie nieduże jeziorko, zanim się wygrzebał, zanim co, dostał zapalenia płuc i w malignie się wygadał. Krzyczał: „Nie wierzę w ciebie, precz ode mnie!", krzyczał: „Precz, ty, taka owaka!"...

— W malignie krzyczał „taka owaka"? — zdziwiła się Tereska.

— No nie, krzyczał dokładniej, ale fotograf mi tego nie powtórzył, bo nie chciał się wyrażać. Dużo krzyczał. „Zgiń, przepadnij!" i: „A kysz", i: „Wieczne odpoczywanie!". Cały szpital podobno słuchał z szalonym zainteresowaniem. Kobrę zgasili, żeby go nie zagłuszała...

— Wynika z tego, że duch jest rodzaju żeńskiego — zauważył Januszek.

— Owszem — potwierdziła Okrętka. — Gada się o jakiejś żonie, chyba o tej z szesnastego wieku. Nikt by na to nie zwracał uwagi, żeby nie te przy-

padłości. Nie ma siły, ani jedna osoba nie wyszła
bez szwanku...

— A czy był tam kiedykolwiek ktoś trzeźwy? — spytała sucho Tereska.

Okrętka zamachała rękami i dość gwałtownie wróciła z krzesłem do normalnej pozycji na czterech nogach.

— Wyobraź sobie, wszyscy byli trzeźwi! Tak jak ten bosy inżynier rolnik. Może to i dziwne, ale prawdziwe... Czekaj, więc ten kumpel męża, ten z Wrocławia, mówi, że widział ducha i słyszał odgłosy...

— Jakie odgłosy?

— No te, potępieńcze. Normalne. Słuchałaś przecież, szczękanie łańcuchów, klekotanie kości...

— Naprawdę klekotanie kości uważasz za objaw normalny?

— To nie ja tak uważam, to ten kumpel męża. Mówi, że ten duch był taki prawdziwy, że się nie wytrzymał go nerwowo i dlatego zleciał ze schodów. Złamał sobie dwa żebra...

— Ciekawe, dlaczego jest gadanie o duchu, a nie na przykład o istocie z kosmosu — zastanowiła się Tereska. — Zacofanie...?

— Może dlatego, że ten duch nie wygląda na istotę z kosmosu. Wcale nie jest podobny.

— Skąd, na litość boską, wszyscy wiedzą, jak wyglądają istoty z kosmosu?!

— A skąd wiedzą, jak wygląda duch? Tradycja. Kumpel męża mówi, że jest to białe, odrobinę jakby przezroczyste, połyskuje, rusza się, niematerialne i nagle znika. I pojawia się tam, gdzie go nie było, po czym rzuca się na człowieka. Tak to określił. Wie, że niematerialne, bo dotknął. To znaczy, niczego nie dotknął, ale miał jakieś dziwne uczucie i dopuszcza możliwość, że było to grobowe zimno, ewentualnie odwrotnie, gorące tchnienie.

— Ty, a gdzie on przebywa, ten kumpel waszego męża? — zainteresował się Januszek. — Nie w szpitalu czasem?

— Naszego męża — poprawiła z naciskiem Tereska.

— Toteż mówię, waszego...

— Nie waszego masz mówić, tylko naszego. Taki sam on nasz, jak i twój.

— Dobra, naszego — zgodził się Januszek. — Mnie bez różnicy. To gdzie on przebywa, zamknęli go już w Tworkach czy jeszcze nie?

— W biurze przebywa i nikt go nie zamierza zamykać — odparła Okrętka. — Poza duchem jest całkiem normalny. Fotograf wygląd zewnętrzny potwierdza, zresztą na zdjęciu widać, tyle że nie dotykał. Tamtejszy architekt powiatowy też się narwał. Co z nim dokładnie było, nie wiadomo, ale znaleźli go na tarasie z rozbitą głową i ślady tak wyglądały, jakby szarżował bykiem na ścianę. Milicja to zbadała. Nie zamarzł na śmierć, bo był tylko lekki przymrozek przygruntowy, to było w październiku, a potem w ogóle słowa nie powiedział...

— Stracił mowę? — spytał z nadzieją Januszek.

— Na ten temat! W ogóle mówi. Aha, o mało nie zapomniałam, był jeden wyjątek. Facet z tutejszego biura był tam na wiosnę, zanim jeszcze dzieci na kolonie przyjechały. Słyszał o tych wypadkach i pojechał specjalnie, żeby sobie coś złamać, bo twierdził, że inaczej trupem padnie z przepracowania. Miał nadzieję w szpitalu trochę odpocząć. Nawet jak bierze urlop, też mu pchają robotę, bo to jest podobno najlepszy projektant od urządzeń sanitarnych na świecie. Nie chcieli go puścić, ale uparł się i pojechał.

— I co?

— Nic. Kompletnie. Noc przespał kamiennym snem, w dodatku w tej komnacie, bo czatował na ducha. Nic nie słyszał. Nawet myśleli, że umarł, bo się go rano nie mogli dobudzić. Jest to jedyny człowiek, któremu nie tylko nic się nie stało, ale mówi, że odniósł korzyść, bo się wyspał jak nigdy. I to już mniej więcej wszystko. Ta klatka schodowa, z której spadają, to jest jakaś idiotyczna rzecz, kręcona i trafia się na nią znienacka...

Januszek sięgnął po zdjęcie i studiował je przez chwilę.

— Solidna robota — pochwalił. — Ciekawe, komu się chciało... Albo raczej ciekawe, co to może być, że komuś się chciało. Jak on tego ducha wykombinował?

— Dźwięki też niezłe — przyznała w zamyśleniu Tereska. — Chociaż trochę nietypowe, zamiast klekotania kości, powinny być raczej jęki.

— Co do jęków, mogę go zastąpić — oznajmiła Okrętka. — Przyjmijcie do wiadomości, że zaczynam się bać. On mówi, że fachowcy to sprawdzili i nic tam nie ma, kompletnie...

— Zaczynam rozumieć, dlaczego milicjant się wygłupił — przerwała Tereska. — Czekaj, a czy wiadomo, po jakiego diabła te pierwsze osoby latały wieczorem po komnacie? Następne można zgadnąć, czatowały na ducha, ale pierwsze?

— Łazienka — westchnęła Okrętka. — To znaczy, za przeproszeniem, toaleta. Za salą balową były kiedyś garderoby i buduary i graf pomyleniec zrobił obok eleganckie łazienki i toalety. Czynne są cały czas, bo ta dalsza część już ma okna. A te kręcone schody prowadzą na dół, do czynnej kuchni.

— Rozumiem. A biurowa część, z tej pałacowej strony, nie ma toalety?

— Ma, owszem, bardzo wytworne, ale właśnie nieczynne. Dlatego wszyscy latali na drugą stronę...

— I na drodze do wychodka stawał im duch. Nowość jakaś. W życiu nie słyszałam o duchu, który by się czepiał urządzeń sanitarnych...

— Trzeba by poszukać na węch i nieracjonalnie — powiedział stanowczo Januszek po dłuższej chwili zastanowienia.

— Dlaczego nieracjonalnie?

— Bo racjonalnie szukały już gliny i rozmaici fachowcy. I chałę znaleźli. Trzeba robić same takie głupoty, jakie by im do głowy nie przyszły. Jedyna szansa.

Tereska zgodziła się z bratem.

— Trzeba zbadać, kiedy pojawił się pierwszy raz i kto tam wtedy siedział, na stałe i chwilowo. Trzeba popytać ludzi.

— Mnie ten cieć zalatuje. Ja bym pogadał z cieciem...

— Słuchajcie no, co wy macie na myśli? — spytała podejrzliwie Okrętka.

— Jak to co? — zdziwiła się Tereska.— Przecież to chyba jasne, że w przerwie jedziemy do Gnat. Akurat nam przerwa wypada razem.

— Nie tylko nam, Zygmuntowi też — przypomniał Januszek.

— Założę się, że pojedzie! Może się przydać...

— Musimy zrobić spis potrzebnych rzeczy...

Z dłońmi w rozczochranych włosach, z łokciami na biurku, Okrętka w milczeniu wysłuchiwała, jak

Tereska i Januszek rozważają kwestię ciężaru i objętości rozmaitych przedmiotów, przydatnych do polowania na duchy, jak wybierają czas i środki komunikacji, w ogóle nie zdając sobie sprawy z potworności pomysłu. Co innego rozwiązywać zagadkę z bezpiecznej odległości, a co innego znaleźć się samemu w oku cyklonu. Jechać do tego upiornego zamku...!

Po bardzo długiej chwili wydobyła z siebie głos.

— Słuchajcie, czy to nie będzie przesada? — powiedziała słabo. — To może być niebezpieczne...

— Dlaczego? — zdziwił się Januszek. — Będziemy uważali na te schody. Byle nie zbliżać się za gwałtownie.

— Nie, nie to... Ale ci ludzie... No, wiecie, ci z samochodu... Kontrwywiad, to jeszcze, najwyżej nam dadzą kuratora, ale, nie daj Boże, szpiedzy...

— Szpiedzy ukręcą nam łeb — powiedziała spokojnie Tereska. — Ale to nie powód, żeby taką sprawę zostawić odłogiem. Nawet jeżeli tam nic nie ma i pokazuje się prawdziwy duch, ja to chcę zobaczyć!

— Ja też! — podtrzymał ją energicznie Januszek. — W ogóle nie wierzę w to całe gadanie, ale bez obejrzenia na własne oczy nie powiem, co odgadniemy!

— A poza tym, sama chciałaś — wytknęła Tereska.

Okrętka zamilkła. W tej sytuacji nie miała nic do powiedzenia. Rzeczywiście, sama chciała i teraz nie pozostało jej nic innego, jak tylko sprostać własnym chęciom...

☆ ☆ ☆

Siedziba tajemniczych sił nadprzyrodzonych stała w zaśnieżonym parku. Wyglądałaby zupełnie niewinnie, gdyby jej środkowa część nie straszyła czernią pustych okien. Oglądali to z zewnątrz, zatrzymawszy się pośrodku porządnie odmiecionej alei, która prowadziła od wspomnienia po bramie parkowej aż do głównego wejścia.

— Oryginalne dosyć — stwierdził krytycznie Zygmunt. — Na lewo pałac, w środku średniowiecze, a na prawo diabli wiedzą co...

— Na prawo efekty działalności grafa-pomyleńca — wyjaśniła ponuro Okrętka. — Średniowiecze przerobione na nowoczesność albo odwrotnie, nowoczesność podrobiona pod średniowiecze.

— Patrzcie, na pierwszym piętrze były balustrady — zauważył Januszek, wskazując dziury w murze.

— Resztki sterczą. A w ogóle mały ten zamek. Taki mały i ma takiego ducha...?

Tereska w skupieniu porównywała fotografie z obiektem.

— Ten nawiedzony taras powinien być po drugiej stronie — zawiadomiła po chwili. — Musimy to obejrzeć dookoła.

Zygmunt westchnął, ruszając w obchód zamku. W dziwaczną sprawę ducha został wciągnięty natychmiast po przyjeździe do domu ze swojej Szkoły Morskiej. Nie wierzył w ani jedno słowo z wszystkich zasłyszanych opowieści, ale rzecz wydała mu się dostatecznie interesująca, żeby bezpośrednio po jednej podróży udać się w drugą, znacznie bardziej męczącą. Całą drogę studiował listę ofiar i opis wydarzeń, domagając się dodatkowych informacji, dzięki czemu wszyscy dotarli na miejsce rozpaczliwie niewyspani.

Na szczęście sprawę zakwaterowania mieli załatwioną. Fotograf okazał się nie tylko przydatny, ale

także uczynny. Zadzwonił do dyrekcji PGR, zamó-
wił dla biura dwa pokoje gościnne i zapowiedział
przyjazd czterech osób z listem polecającym. Teraz
musieli tylko dopełnić formalności, polegających na
podpisaniu oświadczenia, iż decyzję w kwestii noclegu w zamku podejmują na własną odpowiedzialność i w razie czego nie będą rościć żadnych pretensji. Oświadczenie podpisał Zygmunt jako jedyny
pełnoletni. Rozpakowali rzeczy i wyszli na rekone-
sans.

Panowała odwilż. Brnąc w mokrym, lepiącym się
śniegu, potykając się i przewracając na niewidocz-
nych pod nim nierównościach, obeszli budowlę dookoła. Po przeciwnej stronie istotnie znajdował się
taras. Zajmował cały środek budynku na wysokości
pierwszego piętra, jednym końcem przytykał do po-
przecznego, pałacowego skrzydła, drugi zaś stanowiły ozdobne, szerokie schody, schodzące na poziom parteru. Podtrzymywały go słupy, za którymi
widać było w głębi zamurowane cegłami otwory dol-
nych komnat. Podobne kamienne słupy, dość dziwne, bo jakby nie wykończone, wystawały z masyw-
nej balustrady. Kilka z nich miało dekoracyjne ka-
pitele i było połączone ze sobą łukami, reszta ster-
czała luzem.

— Według opisu technicznego nie wiadomo, co
to jest — zakomunikowała Tereska. — Albo dawny
renesansowy dziedziniec, który się rozleciał, albo
nowy renesansowy dziedziniec, który nie został wy-
kończony. Wszędzie piszą „przypuszcza się" albo
„prawdopodobnie".

— Prawdopodobnie wszyscy cierpią na zaburze-
nia równowagi psychicznej — zaopiniował cierpko
Zygmunt.

— Tutaj zleciał fotograf — przypomniała Okrętka.

Stali i gapili się na dziwaczne słupy z kamienia, aż Januszek przypomniał, że w planach mieli jeszcze nawiązanie znajomości z cieciem. Cieć nazywał się Jesionek, fotograf wypowiadał się o nim bardzo pozytywnie i polecał go jako osobę godną zaufania, co w tym całym morzu niepewności stanowiło pewną pociechę.

Znany z fotografii domek pojawił się na końcu ścieżki, która poprowadziła ich od narożnika zamku. Za domkiem widać było ściany parterowej kotłowni z wysokim kominem. Jesionka najpierw usłyszeli, a potem zobaczyli, zajęty był bowiem wygrzebywaniem koksu z wielkiej, pokrytej śniegiem hałdy. Sypał go na taczki. Koks hurkotał, a Jesionek pogwizdywał.

Przyjrzeli mu się z zainteresowaniem i stwierdzili, że wygląda sympatycznie. Średniego wzrostu, dość gruby, zwalisty, z czerstwą, dobroduszną twarzą i sumiastymi wąsami. Na oko mógł mieć ze 60 lat. Chętnie wdał się w pogawędkę, opierając dłonie na stylisku łopaty i patrząc na nich życzliwie.

Przekazali pozdrowienia od fotografa, dowiedzieli się, gdzie tu można robić zakupy spożywcze, po czym zamilkli. Wsparty na łopacie Jesionek przyglądał im się z zaciekawieniem, grono badaczy zaś zastanawiało się, jak by tu taktownie podjąć zasadniczy temat.

Za domkiem zagdakała jakaś zapóźniona kura i Okrętka nagle westchnęła.

— Mój Boże, jak tu spokojnie! — rzekła tonem cichej tęsknoty. — Jak to przyjemnie tak spokojnie żyć...

— Ano, ja tu żyję już prawie czterdzieści lat — odparł żywo Jesionek. — Dzieci we świat poszły, a my tu z żoną... Spokojnie jest, nie powiem, nawet aż za bardzo. Tyle że w tem zamku co i raz to się coś wyprawia...

— Co się wyprawia? — zainteresowała się Tereska z gwałtownością wręcz zachłanną.

Jesionek sięgnął do kieszeni, powoli wyjął paczkę papierosów, wydłubał jednego i zapalił. Cztery pary oczu patrzyły na niego w napięciu.

— To nic nie wiecie? — spytał z lekkim niedowierzaniem. — Nie mówili wam, że tu straszy?

Milczeli wszyscy, niepewni, co powinni teraz okazać, ciekawość czy sceptycyzm. Jesionek nie oczekiwał odpowiedzi.

— Bo straszy nie do wytrzymania — podjął smutnie. — Mieli remont tu robić, wyrychtować to elegancko, wczasy zrobić. A to by zaraz było weselsze życie. Najeżdżałoby się narodu od wiosny do jesieni, a nawet i w zimie, człowiek by może co zarobił, a zawsze uciecha. Ale nic z tego...

— Bo co? — wyrwało się Januszkowi.

— Ano, bo straszy... Byli tu różni i żaden nie wytrzymał i tak otóż nic się nie robi. Niszczeje tylko, aż się całkiem rozleci.

Popatrzył w kierunku zamku, westchnął, gestem beznadziejności rzucił niedopałek papierosa i przydeptał go butem. Od strony domku rozległ się pełen wyrzutu damski głos.

— Feluś! A zaprosze państwa do środka, co tak będziecie na mrozie gadać!

— To żona — wyjaśnił Jesionek. — Ja się Feliks Jesionek nazywam.

244 Zygmunt pośpiesznie, acz wytwornie dokonał prezentacji całego towarzystwa. Damski głos z domku powtarzał swoje zaproszenie.

— Zaraz, nie pali się! — odkrzyknął Jesionek.

— Muszę koksu przyrzucić!

— Pomożemy panu — zaofiarował się żywo Zygmunt. — Gdzie to odwieźć? Ma pan może drugie taczki? Januszek...

— Już się robi! — podchwycił ochoczo Januszek.

Pomogli wszyscy czworo, przewożąc i zsypując koks do składu opałowego w pomieszczeniu obok kotłów i w kwadrans później siedzieli w małym domku, w reprezentacyjnym pokoju, zapchanym tysiącem haftowanych poduszek. Gospodyni, uradowana towarzystwem, poczęstowała ich herbatą z sokiem malinowym własnej roboty.

— Malin tu a malin — rzekła. — A na mróz nic lepszego jak sok malinowy. To i robię tyle, że dla wszystkich starczy.

— Jaki tam mróz! — wtrącił lekceważąco jej mąż.

— Odwilż trzyma. Mróz to złapie za jakie dwa, trzy dni. Luty teraz, musowo będzie mrozić.

— To co z tym zamkiem? — spytała Tereska, tłumiąc niecierpliwość. — Tak pan ciekawie zaczął opowiadać...

Jesionkowa przeżegnała się ukradkiem, Jesionek zaś oparł się wygodniej na krześle i poprawił poduszkę za plecami.

— Ano, duch się tam pokazuje — oznajmił z westchnieniem. — Duch jak się patrzy, łańcuchami pobrzękuje i ludziom krzywdę czyni. Niedobry to duch. Musi i za życia baba była niedobra i całkiem się nie dziwię, że ją graf zadusił...

— Bo ten duch, to baba — wtrąciła Jesionkowa, żegnając się ponownie. — Żona grafa, co to ją w dawnych czasach zamordował.

— Przychodzi i w lustrze się przegląda — ciągnął Jesionek. — Podobnież papiery jakieś znaleźli, że to wszystko prawda. Znaczy graf, co ten zamek wystawił, pierwej gdzie indziej mieszkał z pierwszą żoną, ale jak już miał jej całkiem dość, nowy zamek tu pobudował, w tamtem starem kark jej skręcił i tu już z nową przybył. Z drugą znaczy. Ale pierwsza nie popuściła, znalazła go i jak się za nim przywlokła, tak do dziś chodzi. Do lustra tak ciągnie, nic, jeno lustro i lustro, a przegląda się, a przypatruje, czy aby dosyć piękna, żeby tę drugą wygryźć. A kogo po drodze spotka, krzywdę mu czyni. W szczególności chłopom nie daruje, musi zemsty szuka...

W milczeniu i z największą uwagą wysłuchano opowieści o wszystkich znanych już wydarzeniach, wzbogaconych licznymi szczegółami. Jesionek opowiadał chętnie, barwnie i obrazowo, co najmniej tak, jakby był dumny z ducha i traktował go jak atrakcję, wydatnie podnoszącą walory miejscowości. Na końcu okazało się, że jest akurat przeciwnie.

— Największą krzywdę to nam zrobił już bez to samo, że jest. Nijakiego remontu nie będzie, nic nie będzie, bo wszystkie stąd uciekają. Niby to każden co innego wymyśla, to mu co nie pasuje, to czasu brak, to chory, a tak w rzeczy samej nijako im przyznać, że się boją. Ja tam się jem nie dziwię, ale żal...

— A pan tego ducha widział? — spytała Tereska.

— A bo raz? Ale ino z daleka, jak po tarasie chodził. Do środka za nic nie wejdę, starszy człowiek jestem i zdrowia nie będę marnował. Panu to radzę uważać...

Kiwnął głową w stronę Zygmunta, który w połowie pohamował gest wzruszania ramionami, ponieważ wyleciała mu zza pleców poduszka. Poprawił ją czym prędzej.

— I pan naprawdę wierzy w tego ducha? — spytał z zaciekawieniem.

— Co mam nie wierzyć, jak go widziałem? Z początku to nikt nie wierzył i zaczęli szukać, co to może być takiego i skąd się bierze, ale wyszło, że znikąd. Po mrozie se chodzi i tyle. Latem się nie pokazuje, może przez to, że długo widno, ale od jesieni do wiosny co i raz go widać. A już zawsze jednego dnia, trzynastego lutego, na świętej Katarzyny. Albo nieboszczka Katarzyna miała na imię, albo to jest ten dzień, kiedy ją graf utrupił. Wiem na pewniaka, bo jak raz trzynastego nam wypada rocznica ślubu i zawsze ją u córki obchodzimy. Córka najstarsza tu we wsi mieszka i nasze insze dzieci też się zjeżdżają. I nie ma roku, żeby kto nie ucierpiał.

— Trzynastego to prawie za tydzień — zauważyła nerwowo Okrętka.

— I od kiedy się ten duch pokazuje? — spytała Tereska. — Zawsze był?

— E, nie. Czy przed wojną, to nie wiem, ale jak myśmy tu nastali, to go nie było. Mnie to jeszcze we wojnę przywieźli, u grafa na robotach byłem, spodobało mi się nawet i tak po wojnie zostałem. Przy zamku. Zamek, że to ocalał, tom się starał, ile mogłem, żeby nie zniszczał, żeby takie dobro uratować. Siedziały tu różne urzędy, jakieś zarządy od Ziem Odzyskanych czy coś takiego. Wyniosły się ze dwadzieścia pięć lat temu i nastały te od turystyki, nawet mieszkało dosyć dużo narodu, bo jeszcze to było w lepszym stanie. Dach nie przeciekał ani te rury nie popękały, co je potem trza było zaszpuntować. Później te od turystyki poszły precz i pegeer się wprowadził razem z kolonią dla dzieci, co do dziś dnia tam siedzą. No i wtenczas właśnie jakiś czas pustką stało, z miesiąc chyba, a mnie nie było, bo w szpitalu jak raz leżałem i ktoś ukradł cegły.

— Jakie cegły? — spytał podejrzliwie Zygmunt, nie widząc związku ducha z materiałami budowlanymi.

— A te z okien. Wszystkie puste okna, co państwo pewno widziały, były zamurowane. Znaczy, na parterze były zamurowane, a górą tylko luzem ułożone. Pewno dlatego z parteru ukradli ino połowę, a z góry wszystkie co do jednej. Dochodzenie nawet było, ale to dopiero później, jak wróciłem, tak że szukaj wiatru w polu. I od tamtego czasu, będzie już z osiem lat, zaczął się ten duch pokazywać...

— A milicja co na to? Nie sprawdzali?

— Sprawdzali, dlaczego nie. I te wszystkie, co tu miały o remoncie obradować, tyż sprawdzały. Nikt się niczego nie dopatrzył. Może tam co przeoczyły, bo to każden ino patrzył byle prędzej uciekać. Dwóch tylko...

Jesionek urwał nagle, po czym zmienił ton.

— Z tych wszystkich, co uciekły, dwóch tylko wróciło — ciągnął tajemniczo. — Kto to był, to ja nie wiem, ale wracały cięgiem i niby to za świeżym powietrzem patrzały...

Cztery osoby wymieniły między sobą błyskawiczne spojrzenia.

— Ale ja mam oko. Co im tam było powietrze! Węszyły tu oba i szukały, i tyle miały zysku, że jeden nogę skręcił, a drugiemu cegła rękę przygnietła. Wtenczas poszły precz. Ino te oba takie były uparte, a tak to co i raz kto inny przyjeżdża i zaraz o ducha pyta, a ja tylko pokazuję, gdzie lustro i taras, bo co mi tam. Sam nie chodzę...

Duch jako temat utrzymał się do końca wizyty. Przy pożegnaniu Jesionkowa zaoferowała świeże jajka, bo jej kury, mimo zimy, niosły się doskonale. Zdecydowano się na te jajka od razu i Jesionkowa ułożyła je ładnie w koszyku, który należało jej zwrócić następnego dnia.

— Mogli coś wykombinować tylko wtedy, kiedy tu nikogo nie było — rzekł Zygmunt w drodze powrotnej. — Wtedy kiedy ukradli te cegły.

— Mnie się rysuje — rzekła Tereska. — Ale niestety, nic atrakcyjnego, zwykła szpiegowska afera.

— Ha, żeby...! — wykrzyknął żarliwie Januszek.

— Jak ci się rysuje? — spytał Zygmunt.

— Słyszeliście, ciągle ktoś przyjeżdża i pyta o ducha. I on pokazuje miejsce. Czego więcej potrzeba? Nie dość, że obcy ludzie mogą się tu pętać do upojenia, to jeszcze każdy, jak po sznurku, trafia do tego samego punktu. Do lustra. Skrzynka kontaktowa.

— Puknij się w globus! — zaprotestował energicznie Zygmunt. — Nie ma na świecie takiego idiotycznego szpiega, żeby lazł akurat tam, gdzie jest jakaś sensacja! I jeszcze heca z duchem, w oczy bije, że to kant! Oni wolą na siebie nie zwracać uwagi.

Tereska aż się zatrzymała.

— Ależ właśnie dlatego! Wszyscy myślą tak samo jak ty i pies z kulawą nogą nie będzie podejrzewał szpiegowskiej afery! I sam popatrz, ile lat...?! I co? Nikt się nie interesuje!

— Zainteresowali się ci dwaj z samochodu — przypomniał Januszek.

— No właśnie. To są rutyniarze, wszyscy myślą logicznie, przywykli do jakichś zasad, to, co nielogiczne i bez sensu, automatycznie uważają za niemożliwe. Pojechali sobie i cześć. A czy ty masz pojęcie, ile osób mogło się tu już porozumieć bez żadnego kłopotu?

Zygmunt zaczął się wahać. Rzeczywiście, działalność szpiegowska oparta na duchu to byłoby coś tak idiotycznego, że nikt by tego nie potraktował poważnie. A zatem, kto wie...?

— Na wszelki wypadek trzeba te miejsca obejrzeć pod odpowiednim kątem widzenia — zadecydował.

— Przede wszystkim lustro...

— Ja nie chcę, żeby to była szpiegowska afera! — jęknęła buntowniczo Okrętka. — Nie znam się na tym i w ogóle to okropne! Gdyby była szpiegowska afera, fotograf by nas ostrzegł!

— Ale to lustro musi coś znaczyć — upierała się Tereska. — W kompletnej ruinie zostało lustro. Musi w tym coś być!

— Zastanówmy się — zaproponował Zygmunt. — Lustro, lustro... Co lustro? W lustrze się człowiek odbija...

— Może się krzywo odbijać — podsunął Januszek.

— Czekajcie, chodzi o ducha — przypomniała Tereska. — Możesz patrzeć w lustro i zobaczyć coś za plecami. Odwracasz się i nic nie ma. Patrzysz w lustro i jest. Odwracasz się i znów nic...

— Owszem, niezłe — pochwalił Zygmunt. — Od czegoś takiego można w ogóle zwariować.

— Ewentualnie może być tak, że zobaczysz coś w lustrze pod odpowiednim kątem. Rozumiecie, trzeba stanąć tam, gdzie duch i popatrzeć. Z innego miejsca się nie zobaczy, tylko akurat z tego...

Nie zwracając uwagi na to, co robią, dotarli do zamku, weszli do pokoju, zdjęli kurtki i buty, zjedli resztę kanapek. Rozważania trwały. Zygmunt sięgnął po zeszyt ze spisem ofiar i wydarzeń.

— Jeżeli ukradzenie cegieł wprowadziło jakąś odmianę, zastanówmy się jaką — rzekł, wyciągając długopis. — Jazda, wyliczamy wszystkie możliwości!

— Świeże powietrze— powiedziała Okrętka niepewnie.

— Wilgoć — powiedziała Tereska. — Deszcz mógł padać do środka. I temperatura, zrobiło się zimniej...

— I widniej — dodał Januszek. — Zrobił się widok na durch, bo te okna są naprzeciwko siebie.

— Przeciągi — podsunęła Okrętka.

Zygmunt notował spostrzeżenia.

— Akustyka — dorzucił. — Wszystko lepiej słychać, w środku i na zewnątrz. Co jeszcze?

— Chyba nic więcej...

— Dobra, to teraz co to daje? Z punktu widzenia ducha...

— Widok to na nic — rozważała Tereska. — Zaraz... Wilgoć... Podobno coś tam się lęgnie z wilgoci, ale żeby duchy, nie słyszałam. Wilgoć do bani...

— Świeże powietrze chyba też — zauważył Zygmunt. — Dla duchów raczej stęchlizna...

— Widniej... Odpada, duchy nie lubią światła dziennego. Temperatura owszem, różne tam grobowe zimna, lodowate powiewy, pasuje. Nie było jeszcze ducha, od którego buchałoby tropikalnym upałem. Co tam dalej?

— Wiatr. Wiatr chyba też do kitu. Żaden duch nigdy nie pojawiał się w przeciągach, w każdym razie ja nic o tym nie wiem. Akustyka... Na co mu, on nic nie gada!

— Ale te dźwięki...

— Dźwięki słychać w środku! Nikt nie mówi o słuchaniu dźwięków na zewnątrz!

— Może chodziło mu o to, żeby właśnie było słychać...?

— Słuchajcie, czy wyście zgłupieli? — spytała rozpaczliwie Okrętka, która, mimo niechęci do szpiegów, z dwojga złego wolała już prawdziwego, żywego wroga w ludzkiej postaci niż niepojętą zjawę z innego świata. — Zaczynacie tak mówić, jakby on był prawdziwy!

— Zrobiony jest solidnie — przypomniał Januszek.

— Czekajcie, to właściwie, w odniesieniu do cegieł, została nam tylko temperatura — rzekł Zygmunt, wykreślający poszczególne pozycje. — Akustyka wydaje się wątpliwa. Logicznie należałoby przyjąć, że duch się zaląrł z zimna...

Koło północy Januszek ziewnął przeraźliwie i wszystkim od razu przypomniała się całonocna podróż, marsze po śniegu, przerzucanie koksu... Polowanie na ducha zgodnie przełożono na jutro.

☆ ☆ ☆

Zamkowa kuchnia, z której pozwolono im korzystać, okazała się ogromna i wspaniale wyposażona, aczkolwiek większość urządzeń była chwilowo nieczynna. To, co działało, wystarczało im jednakże w zupełności. Z kranu nad zlewozmywakiem leciała ciepła woda, a dwufajerkowa kuchenka elektryczna rozgrzewała się wprawdzie powoli, ale za to potem grzała doskonale. Można było spożywać tu wszystkie posiłki. Produkty, które mogłyby się zepsuć w cieple, postanowiono ulokować na górnym, zimnym podeście klatki schodowej, tuż przy komnacie ducha, gdzie miały chłód, zarazem znajdując się pod ręką.

W komnacie było zimno i mokro, wiatr wiał na przestrzał przez dziury w zewnętrznych murach. Pęknięte i zamglone lustro, złożone z trzech ściśle do siebie dopasowanych tafli i obramowane wywijasami z brązu, wmurowane było w ścianę, przeciwległą kręconej klatce schodowej, prawie pośrodku. Naprzeciwko lustra znajdował się potężny, ozdobny kominek, wyraźnie od wielu lat nie używany. Przy samej zewnętrznej ścianie od strony tarasu znajdowały się nie tyle drzwi, ile otwory pozbawione futryn, jeden prowadzący do pomieszczeń pałacowych, a drugi przy podeście schodów.

Skrupulatne oględziny lustra, ramy i ściany dookoła nie dały żadnego efektu. Ktoś już wcześniej interesował się tą samą kwestią, bo w wielu miejscach mur przy ramie był rozdłubany i pokruszony. Widać było wyraźnie, iż jest to rama lustra, solidnie osadzona w murze i absolutnie nic poza tym. Jedynym wynikiem badań było przemarznięcie na wylot w wilgotnym, lodowatym przeciągu.

— To jest niemożliwe! — zdenerwowała się poszczękująca zębami Okrętka. — Zaczynam rozumieć, dlaczego każdemu kontakt z duchem szkodzi, już mam zapalenie płuc! Czy nie możemy szukać gdzie indziej?

— Owszem, są piwnice — odparła równie zmarznięta Tereska. — Tam przynajmniej nie wieje...

Januszek bardzo rozsądnie zaproponował nabycie od Jesionkowej przynajmniej jednej butelki malinowego soku. Okrętka od razu zaaprobowała pomysł.

— I tak musimy jej oddać koszyk. Pójdziemy dzisiaj, tylko znajdę jakieś naczynie i przełożę jajka.

Piwnice miały instalację elektryczną, ale świeciły tam nędznie małe żaróweczki, z ledwością rozpraszające mrok. Zygmunt wkręcił jedną z przywiezionych żarówek, 200 watów, i pomieszczenie pod kuchnią rozbłysło jasnością, zdecydowanie dodającą otuchy. Znajdowały się tam wyczystki pod przewodami kominowymi, wszystkie zamknięte żelaznymi drzwiczkami. Zygmunt otworzył je po kolei, były czyste, prawie bez sadzy i śmieci.

— Jedno z dwojga — oznajmił — albo używane, albo nie używane.

— Rzeczywiście — przyświadczyła zjadliwie Tereska. — Trzecią możliwość trudno znaleźć. Dokonałeś wielkiego odkrycia.

— Głupia jesteś, idzie mi o to, że albo nie używają kominów, czyli nie pali się tu żadnego ognia, albo ktoś ich używa do innych celów i dlatego wyczyścił.

— Obejrzyjmy dokładnie — zażądał Januszek.

— Daj, ja też...

Zaczęli pchać głowy do przewodów i macać rękami, szybko przeistaczając się w pomocników kominiarza. Tereska z Okrętką udały się dalej, mężnie pokonując wewnętrzne opory.

Piwnice były mroczne i posępne, po kątach czaiły się czarne cienie. Należało zaczynać od znalezienia kontaktu i zapalenia żaróweczki, zanim weszło się do następnego pomieszczenia, bo atmosfera wywierała swój wpływ. Zbyt łatwo byłoby poddać się jej, omijać wzrokiem czarne kąty, rozmawiać przerażonym szeptem...

Od razu znalazły piwnicę na wina, gdzie przy ścianach trzymały się jeszcze resztki półek. W następnej tkwiły w murze beczki, kilku brakowało, zamiast nich widniały w ścianach głębokie dziury.

— Gdybym mogła zyskać pewność, że milicja to wszystko dokładnie zbadała, doznałabym dużej ulgi — wyznała z troską Tereska, oświetlając latarką wnętrze jednej z nich. — Potworna robota, właściwie w każdym miejscu może coś być.

— Szczególnie, że nie mamy pojęcia, czego szukamy — mruknęła zgryźliwie Okrętka.

Spróbowała poruszyć zamurowane beczki. Żadna nie drgnęła, obok jednej natomiast mur był wykruszony i gruz posypał jej się znienacka na nogi. Zdążyła uskoczyć.

— Już wiem, jakim sposobem jednemu cegła coś tam przygniotła — oznajmiła. — Zdaje się, że idziemy po śladach poprzedników. Do bani taka robota.

— Wymyśl lepszą — mruknęła Tereska, wciąż penetrując dziury po beczkach ostrym strumieniem światła.

— To na nic — powtórzyła Okrętka, przyglądając się jej krytycznie. — Jestem za dedukcją. Obejrzyjmy do końca i zastanówmy się, co robili inni. A potem zróbmy co innego.

— Jakiego innego?

— Głupiego. Zróbmy coś, czego by żaden fachowiec nie zrobił. Januszek ma rację, to nasza jedyna szansa.

Tereska wyjęła głowę z dziury i zastanowiła się.

— Może i masz rację. Trzeba nawiązać przyjacielskie kontakty z milicją i spytać, czy dokładnie szukali.

— W każdym razie nie róbmy tego co inni, bo też wylądujemy w szpitalu... O Boże...! Co to...?!!

Skądś, z mrocznej głębi, stamtąd, gdzie już były, niejako zza ich pleców, dobiegł nagle jakiś cichy, posępny, grozę niosący dźwięk. Jakby stłumione,

ponure, złowieszcze wycie. Potem coś zabrzęczało,
załomotało żelazem...

Tereska i Okrętka zdrętwiały radykalnie, sparaliżowało je i zaparło im dech. Dźwięk znakomicie pasował do tych grobowych kazamatów. Głuchy, złowrogi ryk trwał ciągle, natężał się i cichł, towarzyszył mu ten brzękliwy, żelazny łomot, przytłumiony, odległy, ale wyraźny. Dobiegał stamtąd, skąd przyszły i gdzie wiodła ich droga powrotna, z pomieszczenia pod kuchnią...

Okrętka poczuła w sobie nieopanowaną, dziką chęć wezwania pomocy. Otworzyła usta, ale nie wydobył się z nich żaden głos. Teresce mgliście mignęło w głowie, że tam przecież zostali Zygmunt i Januszek, na litość boską, co się z nimi stało...?! Przemogła skamieniałą odrętwiałość, ściskając w spoconej nagle dłoni zapaloną latarkę, na uginających się nogach ruszyła w stronę źródła dźwięku. Okrętka, wciąż bez słowa chociaż z otwartymi ustami, sztywno, automatycznie, ruszyła za nią...

Wycie nieco przycichło, na pierwszy plan wybijał się teraz żelazny łomot. Tereska nabrała rozpędu, przebiegła piwnicę z resztkami półek, wpadła do następnej, przed sobą ujrzała jasność. Wycie znów się wzmogło. Tereska dopadła drzwi i spojrzała...

Zatrzymała się jak wryta i gwałtownie uchwyciła futryny, ponieważ na plecy wpadła jej Okrętka, która chwilę przedtem zamknęła oczy. Obie milczały, z różnych przyczyn niezdolne do posłużenia się głosem. Okrętce udało się wreszcie w pewnym stopniu zrealizować swoją dziką chęć krzyku o pomoc.

— Co...?! — wychrypiała Teresce w ucho rozpaczliwym szeptem.

Tereska rozumiała doskonale, że przyjaciółka pyta ją, co widzi, ale milczała nadal. Brzękliwy łomot pomieszany z wyciem grzmiał w całym pomieszczeniu. Okrętka poczuła, że nie zniesie tego ani chwili dłużej, padnie trupem, ucieknie, oszaleje! W przypływie ostatecznej desperacji otworzyła oczy.

Przed wyczystką przewodu prowadzącego do kominka w sali balowej klęczał Januszek, wydawał z siebie głuche, potężne ryki i walił młotkiem w żelazne drzwiczki, z trzaskiem zamykając je i otwierając. Odwrócony był do nich tyłem...

Po dość długiej chwili Tereska poruszyła się i odetchnęła głęboko.

— Nic nam się nie stanie, poza tym, że umrzemy na serce — rzekła z rozgoryczeniem. — Ciekawe, skąd pochodziły te dźwięki, kiedy nie było tu mojego brata...

Januszek nagle zamilkł, zaniechał walenia młotkiem, otworzył drzwiczki, wepchnął głowę do środka i jakby nadsłuchiwał. Tereska podeszła do niego.

— Czyś zwariował? — spytała cierpko. — Co robisz?! I gdzie Zygmunt?

Januszek wyjął głowę z przewodu i obejrzał się.

— Zygmunt na górze — wyjaśnił. — Sprawdzamy, co słychać przez przewód kominowy. Ja tu krzyczę, a on słucha... o, idzie. No i co?

W wejściu do piwnicy pojawił się niezadowolony Zygmunt.

— Słychać, ale tylko przy samym kominku — oznajmił. — Dalej nic. I wcale nie to samo co z taśmy, mało brzęczy. Jakieś to takie... przytłumione.

Januszek zerwał się i wręczył mu młotek.

— Trzeba sprawdzić dokładnie. Pokrzycz tu trochę i powal, ja też chcę posłuchać. Tylko czekaj, przyniosę z kuchni coś do brzęczenia...

Wrócił po krótkiej chwili, przynosząc patelnię, łopatkę do węgla i dużą łyżkę. Oddał im te przedmioty, polecił brzęczeć i znów popędził na górę. Tereska i Zygmunt odczekali kilka sekund, po czym Zygmunt jął walić w drzwiczki łopatką od węgla i młotkiem, wydając gromkie ryki. Tereska bębniła łyżką w patelnię.

Ciągle jeszcze oparta o futrynę drzwi Okrętka słuchała przez chwilę tych produkcji akustycznych. Nagle poczuła, że nie ma rady, musi natychmiast zająć się czymś zwyczajnym, inaczej bowiem jej psychika ulegnie gruntownemu wypaczeniu. Porzuciła potwornie hałaśliwą piwnicę, udała się na górę i na podeście kręconej klatki schodowej natknęła się na koszyk z jajkami. Od razu zdecydowała się je przełożyć. Zdjęła wieko z dużego, tekturowego pudła, w którym przyjechały różne artykuły spożywcze, pozostawiła w pudle puszki konserw, masło i wędlinę, do wieka zaś włożyła 50 jajek. Produkowane na dole dźwięki poprzez klatkę schodową docierały do niej dość słabo, okrzyki Januszka z sali balowej słyszała znacznie wyraźniej. Z rezygnacją pomyślała, że powinna jakoś uodpornić się na odgłosy...

Jedynym pozytywnym efektem całego męczącego dnia były dwie butelki malinowego soku, które zostały im odstąpione z wielką radością. W kwestii odkryć pozostawali nadal w punkcie zerowym.

Szli nazajutrz na posterunek MO niewyspani i zniechęceni, bo czaty na ducha również okazały się bezowocne. Wiał silny wiatr, pobyt w sali balowej groził śmiercią z zimna, postanowili zatem czuwać obok, w pałacowym holu, a do sali tylko zaglądać. Każdy kolejno miał spędzić tam dwie godziny. Pomysł okazał się koszmarny, nikt się nie wyspał, a za to wszyscy zmarzli. Zygmunt zmienił koncepcję.

— Jedna noc na osobę — rzekł po drodze. — Mogę być pierwszy. Ten stróżujący weźmie koc, termos i budzik, może sobie nawet drzemać, tylko będzie nastawiał budzik co kwadrans. W ten sposób dla każdego trzy noce przelecą spokojnie.

— Zastanówmy się, co zrobimy teraz — powiedziała Tereska w pobliżu posterunku. — Nie możemy tam wejść i pytać o ducha, bo wyrzucą nas od razu. Trzeba dyplomatycznie.

— Niby jak dyplomatycznie?

— Nie wiem. Wejdziemy i spytają, po co przyszliśmy. I co, powiemy, że tak sobie?

— No nie, musimy wykombinować jakiś powód...

— Co tu kombinować? — skrzywił się Januszek. — Znacie przecież tego milicjanta, co się z wami kotłował w zeszłym roku. Żywy, prawdziwy i wiecie, jak się nazywa. Powiemy, że szukamy jego kumpla, który podobno tu pracuje. I już, początek jest.

Tereska i Okrętka wymieniły szybkie spojrzenia. Okrętka jakby nieco wypogodniała.

— Dobra, początek jest, co dalej? — skrytykował Zygmunt. — Powiedzą, że takiego tu nie ma, nikt go nie zna i cześć. I co?

Januszek był w natchnieniu.

— Zaczniemy się cholernie martwić. Spytamy, czy nie pracował w zeszłym roku albo byle kiedy. Poględzimy o pozdrowieniach, powiemy, że im tu nudno, bo spokojnie, albo odwrotnie, że niespokojnie, bo podobno, cieć nam mówił, duch paskudzi atmosferę. I już siedzimy na duchu. Co, źle?

— Całkiem dobrze — pochwaliła Tereska i zwróciła się do Okrętki — ale ty będziesz pytać, ty z nim

rozmawiałaś ostatnia, wyjdzie bardziej prawdopodobnie. Powiesz, że było gadanie o feriach, bardzo
chwalił te okolice i odniosłaś wrażenie, że tu pracuje jego kumpel. Albo nawet sam mówił. Możesz
się jąkać, żeby nie powiedzieć niczego zbyt wyraźnie.

— Jąkanie zapewne wyjdzie mi najlepiej — mruknęła Okrętka, niejasno czując, że udział Krzysztofa
Cegny w tej mistyfikacji czyni ją w jakiś niesprecy-
zowany sposób znośniejszą...

Przed posterunkiem MO stał akurat radiowóz.
Nie wydało im się to niczym niezwykłym, weszli
zatem do środka. W środku było trzech milicjantów,
rozmawiali ze sobą za barierką, przedzielającą pomieszczenie w połowie. Dwóch było w kurtkach,
jeden w samym mundurze. Na widok gości zamilkli,
ten w mundurze podszedł do barierki.

— Słucham? — spytał trochę niecierpliwie.

Tereska huknęła Okrętkę w żebra.

— Przepraszam bardzo — powiedziała Okrętka
nieśmiało — my... To jest ja... To znaczy... Myśmy
tu przyjechali...

Milicjant patrzył pytająco, bez słowa.

— No...! — wyrwało się Januszkowi.

— Chciałam zapytać — ciągnęła Okrętka z wido-
cznym wysiłkiem — zdawało mi się... To znaczy...
Chciałam się dowiedzieć... Czy tu pracuje znajomy
pana Krzysztofa Cegny...

— Proszę? — zdziwił się milicjant, nieco zaskoczony.

— Znajomy Krzysztofa Cegny — powtórzyła
Okrętka prawie rozpaczliwie. — Czy tu jest ten pan,
który go zna... To znaczy... No, znajomy Krzysztofa
Cegny...

Jeden z tych dwóch w kurtkach podszedł nagle do barierki.

— Ja jestem znajomym Krzysztofa Cegny — powiedział dość ostro. — Co się stało?

Okrętka spłoszyła się niebotycznie. Możliwość, że istotnie spotkają tu znajomego Krzysztofa Cegny, jakoś nie przyszła im do głowy i nie opracowali zeznań na tę okoliczność. Pamiętała tylko, że mieli się zmartwić, ale mgliście wydawało się jej, że nie będzie to właściwa reakcja. Reszta gapiła się na faceta z naszywkami starszego sierżanta jak wół na malowane wrota i nie służyła żadną pomocą. Zbieg okoliczności wszystkich na chwilę ogłuszył, zapomnieli bowiem zupełnie, że przecież gdzieś tu właśnie pracował ów kumpel Krzysztofa, który zrobił z siebie pośmiewisko.

Milicja wykazała przytomność umysłu.

— Dowód proszę — powiedział zimno starszy sierżant w kurtce.

Dla Okrętki konkretne polecenie, co ma teraz zrobić, było nieomal szczęściem. Pośpiesznie wygrzebała z torby i podała mu legitymację szkolną. Starszy sierżant obejrzał ją dokładnie.

— Dlaczego pani tu przyszła i jak pani tu trafiła? — spytał. — Pani jest z Warszawy?

— Z Warszawy — przyznała Okrętka. — I niedawno, w grudniu, właśnie widziałam się z Krzysz... z panem Cegną... i tego... Przyjechaliśmy tu na ferie, bo podobno ładnie...

W tym momencie przypomniała sobie o owym wyśmiewanym kumplu Krzysztofa i zrobiło jej się straszliwie gorąco. To mógł być właśnie ten... Rozmiar zbliżającego się natrętnie nietaktu ogłuszył ją do reszty.

Starszy sierżant przyjrzał się jej z uwagą, a potem zwrócił się do pozostałych.

— Państwa również poproszę o dowody.

Tereska, Zygmunt i Januszek zdążyli oprzytomnieć i właśnie byli w trakcie sięgania po dokumenty. Co do konieczności pokazania ich, nie mieli wątpliwości, sytuacja zrobiła się dziwna i w atmosferze zaląągł się czarny cień tajemniczego podejrzenia. Coś im nie wyszło.

— To się nazywa ślepe szczęście — mruknął Januszek, podając sfatygowany kartonik.

Starszy sierżant obejrzał wszystkie dowody tożsamości i ponownie zwrócił się do Okrętki.

— Ciekawe — rzekł uprzejmie. — To w Warszawie widziała się pani z Krzysztofem Cegną?

— W Warszawie.

— I w grudniu?

— W grudniu...

— Ciekawa rzecz. Bo widzi pani, Krzysztof Cegna jest w Szczytnie. I to już drugi rok. I co pani na to?

Okrętka zdenerwowała się nagle.

— Nic ja na to. Wiem, że jest w Szczytnie, sama się starałam, żeby był. Przyjechał do Warszawy na dwa dni, bo jego matka była chora. I co pan na to?

— Przyjechał na dwa dni, matka chora i zdążył się widzieć z panią?

— Spotkał mnie przypadkiem... O Boże, znów to samo!!!

— Nie ma siły, musimy powiedzieć prawdę — wtrąciła się nagle Tereska. — Rzeczywiście, głupio wyszło, ale nie spodziewaliśmy się, że naprawdę spotkamy tu znajomego Krzysztofa Cegny. Bo widzi pan, myśmy to sobie wymyślili.

Starszy sierżant popatrzył teraz na nią.

— Dobra, mówcie prawdę.

— Rany, wszystko na nic! — westchnął Januszek.

— Cicho bądź! — zgromiła go Tereska. — Widzi pan, myśmy tu rzeczywiście przyjechali na ferie i chcieliśmy przyjść do milicji, żeby prywatnie i przyjacielsko pogadać. Nie wiedzieliśmy jak zacząć i wykombinowaliśmy, że będziemy pytać o znajomego Krzysztofa Cegny, bo to jest jedyny milicjant, jakiego osobiście znamy. I bardzo lubimy. Do głowy nam nie przyszło, że trafimy tak idiotycznie... To znaczy, chciałam powiedzieć, że trafimy tak szczęśliwie...

— A o czym chcieliście pogadać?

— No, teraz już musimy się przyznać, przepadło. O tym kretyńskim zamkowym duchu. Słyszeliśmy o nim i ciekawi nas, co panowie o tym myślą, nie urzędowo, tylko prywatnie.

— A Krzysztofa Cegnę skąd znacie?

— Zakuwał je w kajdanki i prowadził do pudła — wymamrotał pod nosem Januszek. — Zaprzyjaźnili się po drodze...

— Pomogłyśmy rozwikłać wielką aferę przemytniczą — wtrąciła godnie Okrętka. — W zeszłym roku. I składano nam oficjalne podziękowanie.

Starszemu sierżantowi nagle błysnęło w oku, z zainteresowaniem obejrzał jej wypływające spod czapki włosy i twarz mu się rozjaśniła.

— Aaaa! — rzekł zupełnie innym tonem. — To wy... To ja o pani słyszałem. W porządku, wszystko rozumiem, cholernie się cieszę, że mogę was poznać. Ależ traf! Za pół godziny już by mnie tu nie było, bo ja pracuję w Gryfowie i właśnie mieliśmy odjeżdżać. Pogadamy sobie, dlaczego nie...

— Chwałaż Bogu! — westchnęła z ulgą Tereska.

— A ja już się zacząłem obawiać, że spędzimy te ferie w przymusowym bezruchu — odezwał się Zygmunt. — Okazuje się, że ich wygłupy na coś się przydały... Czy moją siostrę zna cała milicja w Polsce?

— Nie cała — odparł z uśmiechem sierżant. — Tylko niektórzy funkcjonariusze. Te włosy to pani rzeczywiście ma...

☆ ☆ ☆

— Cholery można dostać — powiedział Zygmunt z posępną irytacją. — Mówiłem, że to jest w ogóle zawracanie gitary! Nie wierzę w żadne duchy, mary, zmazy, nie wiem skąd brali tych swoich pracowników, ale chyba z zakładu dla nerwowo chorych. To są majaczenia zwyrodniałych umysłów!

— Mamy go na fotografii — przypomniała Tereska.

— Na fotografii możesz mieć nawet wampira przy pracy.

— W naturze też go widzieli.

— Trzy noce czekamy! — wrzasnął Zygmunt. — I co...?!

— Nie kłóćcie się — powiedziała wyglądająca oknem Okrętka. — Warto było tu przyjechać chociażby dla samych widoków. Popatrzcie, jak to wygląda teraz.

Poprzedniego wieczoru świat okryła gęsta mgła, w nocy złapał mróz i park wokół zamku roziskrzył się szronem. Zamkowe mury pokryła srebrna koronka dzikiego wina. Po południu mróz zwiększył się jeszcze, na niebo wylazł księżyc i oszroniony park nabrał baśniowego uroku. Tereska i Okrętka tkwiły w oknie, pokazując sobie wzajemnie elementy pejzażu.

— Pierwszej nocy możesz nie liczyć — powiedział Januszek. — Zostają dwie, trzecia dopiero będzie.

Zygmunt gniewnie wzruszył ramionami.

— Żadnego punktu zaczepienia. Żeby jeszcze faktycznie się co pokazywało, można by to rozszyfrować, ale już widzę, jak się pokaże. Zjawa z zaświatów, ha ha...!

— Dobra, ale nic nam nie pozostaje, tylko poczatować — rzekł ugodowo Januszek. — Sam go przecież nie wyprodukujesz.

— Nie zapomnij o herbacie — wtrąciła Tereska. — Twój termos został w kuchni, zrób sobie gorącą i dolej soku. Jest mróz.

— I ostrzegam cię, że spać się chce na tej warcie pioruńsko...

Kolej czuwania przypadała na Januszka. Od milicji uzyskano wszelkie informacje, czynności w rodzaju obmacywania beczek po winie i opukiwania przewodów kominowych zostały wykonane już wcześniej z największą dokładnością i na tej drodze nie można było spodziewać się sukcesów. Należało znaleźć inną. Tę inną mógł wskazać tylko duch i zjawa z tamtego świata stała się niezbędna.

Januszek włożył dwie pary skarpetek i udał się do kuchni. Zygmunt został w pokoju Tereski i Okrętki, zagłębiony w studiowaniu po raz dwudziesty listy ofiar. Przyjaciółki podziwiały widoki.

Januszek przesiedział pewien czas w kuchni, czekając na zagotowanie się wody. Nalał do termosu gorącej herbaty, obficie zaprawionej sokiem malinowym i ruszył na górę. Na schodach zatrzymał się nagle, tuląc do piersi termos.

Skądś, nieco niżej, jakby pod jego stopami, rozległ się cieniutki, brzękliwy dźwięk, przypominający podzwanianie cienkiego łańcuszka. Brzmiał przez

chwilę i zamilkł. Januszek czekał w bezruchu. Nadsłuchiwał. Dźwięk znów się rozległ, zabrzmiał głośniej, uniósł się ku górze, zadźwięczał grubszym łań-
cuchem, po czym opadł w dół, trochę przycichając.
Januszek tkwił na schodach z bijącym sercem i ter-
mosem w objęciach, nic nie myśląc, czując tylko, że
od tamtych trojga oddziela go jakaś olbrzymia przestrzeń...

Dźwięk znów zabrzmiał głośniej i znów poszedł
w górę. Brzęczał i dzwonił, wznosił się coraz wyżej
i wyżej, nie wiadomo skąd się biorąc, zbliżając się
do Januszka, aż przeleciał obok i uniósł się nad jego
głowę. Gdzieś wysoko w żelaznym brzęczeniu dał
się słyszeć jakby suchy klekot, po czym znów upiorny dźwięk jął się zniżać, aż wreszcie zatrzymał się
obok. Łańcuch brzęczał tuż przy jego uchu.

Tego Januszkowi było za wiele. Już chciał runąć
w dół, do bliskiej, bezpiecznej kuchni, ale przypomniał sobie te ofiary, łamiące ręce i nogi. „Byle nie
ze schodów..." — błysnęło mu i opanował ruchy.
Zszedł powoli, odstawił termos, z jakiegoś powodu
bowiem wydawało mu się, że powinien mieć wolne
ręce, po czym odwrócił się ku schodom. Łańcuch
wciąż brzęczał potężnie, tylko znów nieco wyżej.

W duszy Januszka wybuchła dość gwałtowna wal-
ka. Iść tam, przedrzeć się przez ten straszny dźwięk,
czy zostać tu, w tej widnej kuchni... Przeczekać...?
Ale co przeczekać, jakie przeczekać, kogo przeczekać, ducha...?! Ducha ma właśnie upolować!

Powoli, wstrzymując oddech, ruszył na kręcone
schody. Miejsce, gdzie właśnie brzęczało, przebył
galopem i znalazł się na podeście. Przed nim widniało wejście do sali balowej, połowicznie oświetlonej blaskiem księżyca. Ostrożnie zbliżył się do ot-

woru, stanął w progu i wyjrzał. W komnacie było pusto, na przeciwległej ścianie majaczyło tylko zamglone lustro. Brzęczący dźwięk znów zaczął się podnosić, zarazem rosło jego natężenie. Przez chwilę był obok Januszka, poszedł wyżej i teraz łomotały już trzy łańcuchy, wspomagane owym suchym, niesamowitym klekotem. Januszek miał wrażenie, że te łańcuchy pętają mu nogi...

Tkwił w wejściu nieruchomo, aż potępieńczy odgłos znów zaczął opadać. Przeleciał obok, zszedł w dół, stopniowo cichnąc, klekotu nie było już słychać, Januszek nadsłuchiwał, zabrzęczało nisko jeszcze raz i jeszcze raz, po czym wreszcie umilkło.

Cisza zapanowała absolutna. Januszek odetchnął głęboko i poruszył się. Powoli podszedł do dziury w murze, ostrożnie wyjrzał na zewnątrz, stwierdził z ulgą, że na tarasie jest pusto i wrócił do wnętrza. Przez chwilę jeszcze się wahał, po czym ruszył przez komnatę.

Znajdował się prawie na środku, kiedy nagle coś przed nim wyrosło. Zatrzymał się w połowie kroku, a serce zaczęło mu bić w gardle. Stało się. Tak jak mówili... Żadnych duchów nie ma, idiotyzm, żadnych duchów nie ma... Tylko kretyn mógłby się bać...

Pomiędzy nim a lustrem chwiała się biała, półprzejrzysta zjawa. W zamglonym, ciemnym lustrze widać było jej odbicie. Chwiała się, gnąc przy tym, jakby usiłowała obejrzeć się ze wszystkich stron...

Bliskość widma była ponad siły Januszka. Cofnął nogę, uczynił krok do tyłu. Nade wszystko w świecie pragnął chociaż przez chwilę nie patrzeć na to, spojrzeć gdzie indziej na cokolwiek innego, ale nie był w stanie oderwać oczu od wijącego się przed zwierciadłem upiora. Zrobiło mu się przeraźliwie gorąco, na plecach czuł strużki potu. Uczynił do tyłu jeszcze dwa kroki.

Zjawa nagle znikła. Januszek nie zdążył uświadomić sobie tego, nie zdążył odetchnąć, bo białe widmo wyrosło tuż przed jego nosem. Miotnął się do tyłu gwałtownie, duch wionął za nim. Januszek odruchowo, obronnym gestem, wyciągnął przed siebie ręce, przestał już myśleć, że duchów nie ma i tylko kretyn mógłby się ich bać, w pamięci pozostało mu wyłącznie jedno zdanie. „Byle nie ze schodów, byle nie ze schodów..." — podsuwał spłoszony umysł. Dlatego też, kiedy na podeście klatki schodowej potknął się i noga opadła mu z pierwszego stopnia, rzucił się rozpaczliwie całym ciałem ku przodowi. Potknął się znów i nie zdoławszy pohamować rozpędu, runął rękami i twarzą w coś, co zatrzeszczało pod nim i rozmazało się ślisko i obrzydliwie. Poderwał się. „Byle nie ze schodów" pomyślał półprzytomnie i znieruchomiał na środku podestu.

Po niewymownie długiej chwili jego jestestwo zaczęło odzyskiwać odrobinę równowagi. Uświadomił sobie, że klęczy na podeście z rękami wyciągniętymi do przodu i te ręce zaczynają mu już drętwieć. Opuścił je i stwierdził z kolei, że coś przeszkadza mu patrzeć. Oczy ma otwarte, ale trochę źle widzi. Chryste Panie, przeklęty duch zaszkodził mu na oczy!!! Jest tam jeszcze to bydlę, czy już go nie ma...?

Klęcząc podczołgał się do progu i ostrożnie rozejrzał po komnacie. Mimo uszkodzonego wzroku dostrzegł otwory w murze i nawet lustro, ducha natomiast nie zobaczył. Nie czekał dłużej, zerwał się na nogi i galopem popędził na drugą stronę.

Tereska i Okrętka odwróciły się od okna na tupot nóg i trzask otwieranych drzwi. Zygmunt podniósł głowę znad spisu wydarzeń. Wszyscy troje równocześnie spojrzeli na wpadającą, niezwykle udekorowaną postać i wszystkim trojgu zabrakło głosu.

— Krzy... — powiedział poszczękujący zębami, straszliwie zakurzony, dziwnie umazany i ciężko rozżalony Januszek. — Krzy... krzywdę mi zrobił...

Odpowiedzi nie usłyszał żadnej. Jego widok, połączony z treścią słów, sprawił, że nikt nie był zdolny do wydania najmniejszego dźwięku. Januszek usiłował mrugać, przy czym czuł opór coraz większy.

— Krzywdę mi zrobił! — powtórzył rozpaczliwie.

— No mówię do was, ruszcie się! Zrobił mi krzywdę!

— Jaką... krzywdę...? — spytała Tereska słabo, po następnej długiej chwili.

— Na oczy! Coś mi zrobił! Ja źle widzę!

— Niech ja skonam... — wyszeptał osłupiały Zygmunt.

Tereska otrząsnęła się nagle i oprzytomniała.

— Jak zmyjesz te jajka z twarzy, od razu zaczniesz widzieć dobrze — rzekła trzeźwo. — Co to w ogóle znaczy? Chcesz powiedzieć, że go widziałeś? Pojawił się...?!

Januszek dopiero teraz obejrzał własne ręce. Rozpoznał mazidło i spłynęła na niego niebotyczna ulga.

— Pojawił się...! — prychnął z rozgoryczeniem.

— Pojawienie to ja chromolę, żeby on zdechł, ten cholerny wypłosz! Rzucił się na mnie.

— Poważnie...?!

— A jak? Żartem...?

— No dobrze, ale dlaczego potłukłeś jajka? —
spytała żałośnie oszołomiona Okrętka.

Januszek ponuro spojrzał w jej kierunku spod sklejonych białkiem rzęs.

— A co, miałem może zlecieć ze schodów, jak tamte pokraki?! Jeszcze czego! Za to tego... Jak się zatrzymałem, to tego... Znaczy, no, potknąłem się i akurat były tam te jajka... Nie mogłaś ich gdzie indziej postawić?!

— Czekaj no! — wtrącił żywo Zygmunt i podniósł się, odrzucając zeszyt z notatkami. — Mów po ludzku, faktycznie go widziałeś? Jest tam?

— Nie wiem, czy jest, ale był. Jak byk. Mizdrzył się przed tym lustrem, aż obrzydzenie brało. I brzęczał, zgadza się, najpierw brzęczał, a potem wylazł. A te łańcuchy dzwoniły jak na pożar. Nic tu nie było słychać...?

— Nie, nic... Słuchajcie no, nic...?

Tereska i Okrętka od razu nabrały wątpliwości. Oglądały krajobraz, rozmawiały, ale możliwe, że coś szemrało...

— Szemrało! — powtórzył Januszek wzgardliwie.

— Szemrało...

— Idziemy! — zadecydował Zygmunt energicznie. — Ubrać się przyzwoicie i jazda! Może nareszcie coś się wyklaruje!

Rozcapierzając szeroko palce i wciąż usiłując otworzyć szerzej oczy, Januszek pierwszy wkroczył do sali balowej. Za plecami miał sprzymierzeńców, czuł się bezpiecznie, proszę bardzo, ta wstrętna zjawa mogła się teraz pojawiać do upojenia, proszę bardzo, mogła się nawet rzucać...

Zjawy nie było, sala balowa ziała pustką. Januszek wróciwszy z łazienki, gdzie wreszcie przejrzał na oczy, pokazał dokładnie miejsca, w których ujrzał widmo. Opisał je szczegółowo. Nieco mniej szczegółowo odtworzył scenę na podeście, po czym zszedł do kuchni i przyniósł termos z herbatą.

— W każdym razie dowiedzieliśmy się czegoś nowego — rzekła filozoficznie Tereska. — Wiemy już, jak tamci wszyscy spadali ze schodów. Też się na nich rzucał.

Januszek łypnął na nią podejrzliwie świeżo umytym okiem.

— A co, może nie? Może ci się wydaje, że miałem przywidzenia?

— Nie miałeś, nie miałeś. Inni mówili to samo. Coś w tym musi być.

Okrętka melancholijnie kiwała głową nad pudłem z jajkami. Zygmunt chodził po komnacie z kąta w kąt.

— Cholera wie, co robić — mruknął. — Nie ma go. Poczekać...?

— Na tym mrozie? Nie wiadomo, jakie długie przerwy robi.

— No dobra, to na razie wracamy. Zastanowimy się w pokoju...

Wszystkim od razu całkowicie odechciało się spać. W sali balowej trochę przemarzli, bo stroje, w pośpiechu, nie zostały właściwie dobrane. Popijając przyniesioną przez Januszka herbatę, która doskonale rozgrzewała, rozważali sytuację.

— Jedno jest pewne, a mianowicie to, że nikt nic nie rozumie — zawyrokował Zygmunt. — Ten milicjant gadał z nami uczciwie. Oni też coś podejrzewają, tyle że sami nie wiedzą, co powinni podejrzewać.

Tereska kiwnęła głową.

— Zgadza się. Ja rozumiem tyle samo co wszyscy, ale upieram się, że tajemnica leży w lustrze. Pojawia się przed lustrem, Januszek też go widział przed lustrem...

— I nawet się odbijał — potwierdził Januszek.

— Odbijał się? — zainteresował się Zygmunt.

— To on musi być materialny, nie ma siły...

— Głupi jesteś, jeżeli go ludzkie oczy widzą, to i lustro odbija, nie? Materialny czy niematerialny, co za różnica?

— Duch Barbary Radziwiłłówny był w ogóle tylko w lustrze — przypomniała Okrętka.

— W każdym razie jest. Pojawia się. Tamci nie łgali...

— Należałoby chyba spędzić tam całą noc — rozważał Zygmunt. — Pojawia się i znika, sprawdzić częstotliwość, zaznaczyć miejsca...

— Oszalałeś, całej nocy na takim mrozie nikt nie wytrzyma!

Narada trwała nadal. Pojawienie się widma gwałtownie dodało sprawie rumieńców, tajemnicza afera kotłowała się im pod nosem. Tereska sprzeczała się z Zygmuntem o rozmaite aspekty działalności szpiegowskiej, Januszek raz po raz odtwarzał postępowanie ducha, Okrętka owinęła nogi kocem i przysłuchując się ich debatom, usiłowała sobie przypomnieć to coś, co raz, kiedyś, zaświtało jej w głowie i mogło być ważne. Termos został opróżniony do końca. Brak herbaty z malinowym sokiem dał się odczuć tak dotkliwie, że Zygmunt oderwał się od dyskusji. Skoczył do kuchni, włączył maszynkę, postawił na niej pełny czajnik, spojrzał na zegarek i wrócił na górę.

Wniosek, że hipotetyczni szpiedzy, łamiący sobie w atakach paniki ręce i nogi, po prostu nie wierzyli w nadprzyrodzone zjawiska, i byli nimi zaskakiwani, a zatem może to jest prawdziwy duch, upadł dwukrotnie. Okrętka ciągle usiłowała sobie przypomnieć to coś ważnego, twierdząc zarazem, że owo coś nie ma żadnego sensu. Na głowie miała już istny kołtun. Tereska rozważała możliwość oderwania cichcem lustra od ściany, Januszek upierał się przy zbadaniu podnóża klatki schodowej, tam bowiem, jego zdaniem, rodził się dźwięk. Po półgodzinie Zygmunt przypomniał sobie o czajniku, zerwał się i ponownie popędził do kuchni.

Wyłączając maszynkę, uświadomił sobie, że nie wziął termosów. Nie chciało mu się jeszcze raz latać, pomyślał, że napełnią je w pokoju, przez tę krótką chwilę woda nie wystygnie. Wepchnął do kieszeni całą garść paczuszek ekspresowej herbaty, chwycił czajnik i popędził na górę. Był okropnie zirytowany, dyskusja bowiem znów przeniosła się na teren metafizyki.

Wbiegł na górny podest kręconej klatki schodowej, wpadł do komnaty i zatrzymał się, jak rażony gromem. Omal się nie przewrócił, bo wielki i ciężki czajnik z ukropem siłą rozpędu pociągnął go do przodu. Mimo woli, z konieczności, uczynił jeszcze jeden krok.

Przed nim był duch. Pośrodku sali w blasku księżyca srebrzyła się bardzo wyraźna, biała zjawa. Poruszała się, gnąc wdzięcznie, jak żywa istota, jak ludzka postać w powłóczystym, przejrzystym welonie...

Znieruchomiały Zygmunt na wszelki wypadek uniósł rękę i przetarł oczy. Jakby w odpowiedzi na ten gest postać znikła i w chwilę potem pojawiła się kawałek dalej, taka sama jak poprzednio, może

odrobinę bardziej ruchliwa. Z pewnym wysiłkiem
Zygmunt opanował uczucia. Ostatecznie jest dorosły, nie będzie się przecież bał, w żadne duchy nie wierzy... Mignęło mu w głowie przypomnienie, że już ktoś krzyczał: „Nie wierzę w ciebie, precz!", w środku zrobiło mu się jakoś nieprzyjemnie, a potem wybuchł w nim gniew. Nie myśląc o tym, co robi, uczynił kilka kroków do przodu, w kierunku ducha.

Duch znikł. Zygmunt zatrzymał się. Duch pojawił się znów, prawie tuż przed lustrem, wyraźny, biały, migotliwy, srebrzysty... Uciekał albo może naigrawał się z niego...

W umyśle Zygmunta normalne, prawidłowe funkcje uległy nagle zahamowaniu. Zjawisko, w które nie wierzył, które po prostu nie mogło istnieć, widniało przed nim jak byk, chwiejąc się urągliwie. W zamglonym lustrze chwiało się jego odbicie. Niejasno czując, że coś tu jest cholernie nie w porządku, że powinno to być materialne albo w ogóle nie powinno tego być, pchnięty bezwzględną, kategoryczną potrzebą stwierdzenia materialności idiotycznego widma, Zygmunt runął znienacka do przodu, wprost na zwiewną, białą, osrebrzoną istotę...

Dalej wszystko rozegrało się błyskawicznie. Rozpędzony Zygmunt, nie napotykając żadnego oporu, przeleciał przez ducha i nie zdoławszy się już zatrzymać, z całej siły, z rozmachem, wyrżnął ciężkim czajnikiem w dolną płytę lustra. Głowę zdołał ochronić, walnął tylko w górną płytę łokciem drugiej ręki. Na wysokości jego kolan z brzękiem posypało się szkło.

Duch znikł. Zygmunt stał przez chwilę oparty o ścianę, ciężko dysząc i nie wypuszczając z ręki czajnika. Potem poruszył się, poczuł, że jest mu mokro w kolana, obejrzał swoje zalane wodą spodnie i zdołał pomyśleć, że, chwała Bogu, na tym mrozie szybko stygnie... Potem rozejrzał się dookoła podejrzliwie i wrogo i ruszył do pokoju.

— Po prostu cudownie — powiedziała jadowicie Tereska, oglądając efekty ataku na upiora. — Wiemy, w jaki sposób nabawił się urazu ten, którego znaleźli z rozbitą głową. Szarżował na ducha, nie miał czajnika, więc załatwił go bykiem. Niedługo rozszyfrujemy wszystkich.

— Stłukłeś lustro — powiedziała zmartwiona Okrętka, posuwając nogą odłamki szkła. — Nie wiem, czy nie każą nam za nie zapłacić.

— To było już popękane — pocieszył ją Januszek.

— Tylko te dwie górne płyty są dobre, dolna była do niczego, nie ma się czym przejmować. Dobrze, że nie waliłeś z góry. Ale niezły jest, co?

— Niech go piorun strzeli — powiedział rozzłoszczony Zygmunt. — Wcale go nie ma, przeszedłem jak przez powietrze. Cholera, chyba rzeczywiście jest niematerialny...

Nazajutrz, w blasku dnia, odsłonięta pod stłuczoną taflą lustra ściana zaprezentowała zwyczajny, nieco popękany tynk. Tereska nie mogła się od niego oderwać, skrupulatnie badając go przez lupę centymetr po centymetrze. Towarzyszący jej Januszek, również zwolennik podstępnej szajki szpiegowskiej, uzyskał łup w postaci kawałka dekoracji, odłamanej od brązowej ramy, którą próbował poruszyć. Okrętka zdenerwowała się na niego okropnie.

— Mało, że nic tu nie wykryjemy, to jeszcze niszczymy ocalałe zabytki! Zostaw to! Barbarzyńcy, chuligani! Widzisz przecież, że nic nie ma!

Januszek schował odłupany kawałek do kieszeni.
— Gdzieś coś musi być. Wyłącz już tę pogadankę dla klas pierwszych i drugich, dobra, przecież nie ruszam...

— Wcale nie wiem, czy nie ma — odezwała się nagle klęcząca przed lustrem Tereska. — Coś mi się widzi...

Ostrożnie podważyła trzymający się jeszcze przy ramie kawałek lustrzanego szkła, zawahała się, po czym oderwała go energicznym szarpnięciem. Mniejsze kawałki obok posypały się same, a razem z nimi wypadło trochę pokruszonego tynku. Tereska znów się zawahała, pomacała uszkodzenie, obejrzała je przez lupę, chwyciła z podłogi ostry, lustrzany trójkąt i z determinacją dziabnęła w ścianę. Mały placek tynku odpadł z dziwną łatwością...

Januszek padł na kolana obok siostry, Okrętka zapomniała o niszczeniu zabytków, Zygmunt odstawił pod ścianę szczotkę, przyniesioną w celu pozamiatania stłuczki. Tereska dostała wypieków. Hamując dziką zachłanność, ostrożnie i delikatnie odrywała następne kawałki tynku od tego czegoś, co było pod nimi...

— No no! — powiedział w podziwie Januszek. — Ale zgadłaś...!

☆ ☆ ☆

Pod tynkiem, zamiast cegły, znajdowało się żelazo. Cegła była również, ale bardzo pokruszona i w nikłych ilościach. W wydłubanym otworze pojawiło się coś, co wyglądało jak gruba blacha albo jak stalowa płyta i co przy opukiwaniu dawało pusty dźwięk. Na razie widać było tego tyle, że zmieściłyby się dwie dłonie, ale ciągnęło się we wszystkie strony gdzieś dalej, nie wiadomo na jaką odległość. Dłubanie napotkało trudności, cegła i tynk wokół odsłoniętego placka trzymały się znacznie solidniej i stanowiły grubszą warstwę, odłamek ostrego szkła nie dawał temu rady.

— Jeżeli to ma być szpiegowska skrytka, to ja jestem chiński cesarz — oznajmił stanowczo Zygmunt.

— Bo co? — zainteresował się Januszek.

— Puknij się. Przychodził szpieg i walił kilofem, tak? Za każdym razem, jak chciał coś schować albo wyjąć? I co, tłukł to lustro i wstawiał na nowo?

Tereska przysiadła na piętach.

— To może być coś zamurowane na stałe...

— A może od drugiej strony? — wysunęła niepewne przypuszczenie Okrętka. — Może to jest tył...?

Januszek poderwał się, popędził do holu za salą balową i wrócił po krótkiej chwili.

— Gładka ściana — zaraportował. — Nic kompletnie, najmniejszego śladu!

— A pukanie...?

Już po kwadransie zagadkowość znaleziska nabrała mocy granitu. Starannie opukiwana ściana w holu dawała wszędzie mniej więcej jednakowy dźwięk. Blacha, rzetelnie wmurowana za lustrem, była niedostępna z żadnej strony. Supozycja, iż jest to po prostu jakiś rodzaj wzmocnienia muru, pchała się coraz natrętniej.

— Ale przecież za tym jest pusto — powiedziała zdenerwowana Tereska. — A powinien być mur! Ja bym tego odsłoniła więcej.

— Ja bym popatrzył, co ten duch teraz wykombinuje — podsunął Januszek. — Zrobi mu to jakąś różnicę, czy nie...

— Słusznie! — poparł go Zygmunt. — Zanim zaczniemy rozwalać ścianę, sprawdźmy, czy to będzie miało jakiś wpływ. Pojutrze jest tej świętej Katarzyny, jeżeli nie pokaże się dziś ani jutro, pojutrze go mamy jak w banku.

— No dobrze, do pojutrza możemy poczekać...

Potępieńczy, cichutki brzęk łańcuchów zastał ich wszystkich razem w kuchni, przy kolacji. Przerwali zażartą dyskusję, zamilkli w pół słowa. W zapadłej nagle ciszy wyraźnie dał się słyszeć wznoszący się ku górze, przytłumiony, brzękliwy odgłos.

— Magnetofon — wyszeptał Zygmunt. — Nagrać drania...

Tereska poderwała się bez słowa i skoczyła na schody. Magnetofon miała w pokoju.

Dźwięk podniósł się razem z nią i popędził do góry. Teresce na moment zaparło dech, zatrzymała się i przycisnęła do ściany, bo doznała wrażenia, że to coś, brzęczące grubymi łańcuchami, leci tuż obok i nie zmieści się razem z nią na klatce schodowej. Brzęk poleciał wyżej, zaklekotał sucho, Tereska odetchnęła, poruszyła się, przeskoczyła dwa stopnie, ale dźwięk znów się zniżył i trwał na jej poziomie. W Tereskę coś wstąpiło, eksplodowała w niej dzika determinacja, desperackim gestem, zamknąwszy oczy, runęła wprost na dźwięk i przyłożyła ucho do słupa konstrukcyjnego.

Dźwięk opadł, przez chwilę brzęczał niżej i znów poleciał do góry. Zagrzmiał jej potężnie nie tyle w uchu, ile jakby dookoła głowy, po czym wzniósł się wysoko i jął klekotać. Tereska trwała z uchem przy słupie mniej dla badań naukowych, a bardziej dlatego, że trochę zdrętwiała. Brzęki i klekot wciąż odbijały się jej w głowie i zabłysła jej nagle myśl, że od czegoś takiego z pewnością można nieodwracalnie zwariować. Myśl przeraziła ją do tego stopnia, że gwałtownie oderwała ucho i popędziła na górę. Kiedy z magnetofonem w objęciach przebiegała przez komnatę z powrotem, kątem oka dostrzegła jakiś ruch. Była już prawie przy wejściu na klatkę schodową. Zatrzymała się jak wryta i powoli odwróciła głowę...

Duch migotał srebrzyście przed lustrem, oświetlony blaskiem księżyca. Ze straszliwą wyrazistością Tereska dostrzegła nagle różnicę pomiędzy omawianiem tych kwestii w widnym pomieszczeniu i w licznym towarzystwie, a oglądaniem go samotnie, w widmowo oświetlonej komnacie. Stała w kamiennym bezruchu, bez tchu wpatrzona w zjawę, odbijającą się w dwóch trzecich lustra, aż do chwili kiedy biała postać zafalowała gwałtowniej i znikła. Wówczas złapała oddech, odwróciła się i wybiegła z sali balowej.

— Rychło w czas! — powiedział gniewnie Zygmunt. — Produkowałaś ten magnetofon, czy co? Dawno umilkło!

Tereska położyła magnetofon na kuchennym stole.

— Widziałam go — powiedziała, nie kryjąc emocji. — Pokazał się tak samo, przed lustrem. Ten dolny kawałek ma w nosie.

— Jest tam jeszcze? — zainteresował się gwałtownie Januszek, odsuwając krzesło.

— Nie, znikł. Zresztą nie wiem, może wrócił...

Januszek zerwał się i popędził na górę. Tereska usiadła na jego miejscu.

— Słuchajcie — rzekła z przejęciem — on nie chodzi na nogach...

279

— A co, widziałaś nogi? — zainteresował się z kolei Zygmunt, czyniąc ruch, jakby też chciał się zerwać.

— Coś ty, jakie nogi? Gdzieś ty widział ducha z nogami?!

— Właśnie myślałem, że ma i chciałem zobaczyć...

— Nie ma żadnych nóg, mam na myśli, że on się nie posuwa, tylko wyrasta z podłogi i w podłogę się chowa. Rozumiesz, nie przemieszcza się poziomo...

— Tylko pionowo. Owszem, mnie też się tak wydawało. Nie przesuwa się, tylko znika jakby w dół. W podłogę.

— To znaczy, że w tym zamku grasuje pionowy duch — stwierdziła jadowicie Okrętka. — Zdaje się, że zaczynacie bredzić...

Zygmunt, nie zważając na nią, nadal zastanawiał się nad kwestią pionowości ducha.

— I wyrasta tak samo, w pionie. Ale Januszek mówi, że się rzucił... Ale z drugiej strony przede mną uciekał tą pionową metodą, tu znikł, a tam się pojawił...

— Przełazi pod podłogą...

— Cholera go wie, może i przełazi. Może należałoby jednak zbadać tę posadzkę...

— Czy teraz zaczniemy zrywać ocalałe zabytkowe płyty? — spytała sucho Okrętka. — Może lepiej od razu wysadzić to wszystko w powietrze?

— Czekajcie, jeszcze coś! — przerwała niecierpliwie Tereska. — Te dźwięki... Przyłożyłam ucho, wiecie, to wygląda, jakby brzęczało w słupie!

— W jakim słupie?

— No w tym, tutaj, w środku klatki schodowej...

— Wykluczone! — zaprotestował stanowczo Zygmunt. — To jest słup konstrukcyjny i przypadkiem wiem, że na nim opiera się cała klatka schodowa. Musi być solidny, mowy nie ma o żadnych atrapach, nie może być pusty w środku. A nawet gdyby, to co? Duch siedzi na dachu i opuszcza na dół łańcuchy na sznurku? To co to jest, duch kominiarza?

— Nie wiem. Rozłupałabym ten słup.

— Matko Boska — powiedziała Okrętka ze zgrozą.

Januszek wrócił z sali balowej niezadowolony, bo zmarzł niepotrzebnie. Ducha nie widział. Skłonny był wziąć udział we wszystkich przedsięwzięciach, dających szansę rozwikłania tajemnicy. Z zapałem godził się na zrywanie płyt, rozłupywanie słupa, a nawet na wysadzenie zamku w powietrze.

— Ale w powietrze to dopiero ostatniego dnia — zastrzegł się. — Musimy gdzieś mieszkać, a na dworze za zimno...

Całkowita obojętność widma w stosunku do stłuczonej lustrzanej tafli i obecnej pod nią blachy z jednej strony odrobinę osłabiła zainteresowanie zagadkowym wzmocnieniem, z drugiej jednakże dodała śmiałości. Niewątpliwie był to jakiś nowy element, przez nikogo jeszcze nie badany. Nie budził wielkich nadziei, ale na wszelki wypadek należało nim się zająć. Januszek proponował przewiercenie kilku otworów, przez które może udałoby się zajrzeć.

— Mam wiertarkę — zakomunikował zachęcająco. — Przywiozłem. Wiertła też.

— Elektryczną?

— No, a jaką? Na węgiel drzewny...?

— I do czego ją chcesz podłączyć? Najbliższe gniazdko o kilometr!

— Przedłużacze...

— Za mało, nie wystarczą. Sięgną ledwie do połowy drogi.

— Spróbujmy kupić — podsunęła Tereska, uparcie
trwająca przy swoich poglądach na znaczenie lustra.
— Może będą w sklepie. Albo od kogoś pożyczyć...
Zabiegi, zmierzające do dalszej dewastacji ściany,
trwały cały dzień. Cel osiągnięto wieczorem, niezmiernie przejęty Januszek ze średnim wysiłkiem
wywiercił w żelaznej płycie trzy małe otworki. Pierwszy zajrzał przez jeden, przyłożywszy do niego
oko, podczas gdy do dwóch pozostałych przytknięto
latarki.
— Coś niby widać, ale właściwie to nic — oznajmił niepewnie, odchylając głowę. — Mnie się zdaje,
że pustka to nie jest.
Zajrzeli wszyscy kolejno. Ocena Januszka okazała
się trafna, zobaczyć nie udawało się nic, ale pustka
to jednak nie była. Wetknięty do jednej z dziurek
cienki szpikulec napotykał jakiś opór. Tak byli tym
zajęci, że potępieńczy dźwięk usłyszeli dopiero, kiedy wzniósł się w górę i załomotał na poziomie komnaty. Narzędzia pracy wyleciały im z rąk, Okrętka
nagle zaszczękała zębami.
— Cicho...! — wyszeptała Tereska.
— Właśnie nie cicho! — rozzłościł się Zygmunt.
— Wszyscy ciągle cicho i cicho, raz bądźmy głośno!
— Śpiewać...? — spytał z powątpiewaniem Januszek.
— W każdym razie odsuńmy się stąd — powiedziała niepewnie Tereska. — To jest jego miejsce.
I te dziury...
Usunęli się w kąt przy ścianie od strony tarasu.
Zygmunt poszedł na to ustępstwo, ale przechodząc
przez komnatę głośno tupał. Czekali w milczeniu,
do śpiewu nikt jakoś nie miał ochoty, Zygmunt tylko
chwilami mamrotał coś pod nosem. Napięcie rosło.

— Hej...! — zawołał nagle Januszek zduszonym szeptem. — Patrzcie...!

Odwrócili się wszyscy jak na komendę, Januszek wskazywał taras.

W słabym świetle pałacowej latarni na drugim końcu przechadzał się duch. Słupy rzucały cień, biała postać pojawiała się to w jednej, to w drugiej plamie światła. Poruszała się łagodnymi ruchami, chwilami blednąc nieco, chwilami zatrzymując się i materializując intensywniejszą bielą.

— Podejdźmy bliżej — zarządził szeptem Zygmunt. — Poświecimy...

Przekroczył zrujnowany próg dziury, za nim znajdowali się Tereska i Januszek. Okrętka pozostała z tyłu, na krótki moment tylko otworzyła oczy, po czym zamknęła je ponownie. Stała, trzymając się muru, pełna wahania, co zrobić. Spojrzeć i narazić się na ten widok...? Przełazić z zamkniętymi oczami...? Nic nie zrobić, zostać tu, gdzie jest...?

Zygmunt uczynił tylko jeden krok. Srebrzystobiałe widmo wyrosło mu nagle tuż przed samym nosem tak gwałtownie, że nie zdążył się opanować. Rzucił się w tył i wpadł na Tereskę, która wydała zdławiony okrzyk, również rzuciła się w tył i wpadła na Januszka. Januszek okrzyków nie wydawał, zastawił się rękami i z konieczności miotnął się do tyłu jako trzeci. Odepchnął Okrętkę od muru, potknął się i wylądował w komnacie na siedząco.

Zygmunt pohamował głupie odruchy i pozostał w progu. Odepchnięta Okrętka na moment otworzyła oczy, ujrzała białą postać, kiwającą się gniewnie przed jej bratem, z rozpaczliwym jękiem odskoczyła jeszcze bardziej w tył i zamarła na środku sali, znów ze ściśle zamkniętymi oczami, poprzysięgając

sobie więcej ich nie otwierać. Ciche jęki wydawała
nadal, nie zdając sobie z tego sprawy.

Biała postać przed Zygmuntem znikła równie nagle, jak się pojawiła, Zygmunt nie zdążył jej nawet oświetlić. Stał w progu dziury, zdezorientowany i wściekły i rozglądał się po tarasie. Tereska i Januszek ponownie stanęli za jego plecami.

— I co...? — wyszeptał Januszek.

— Nic — warknął Zygmunt. — Chała. Nie ma go.

Taras był pusty, duch znikł. Czekali, rozglądając się dookoła, zdenerwowani i pełni rosnącego napięcia. Januszek obejrzał się nagle do tyłu i aż się zachłysnął. Odezwać się nie zdołał, ale Tereska i Zygmunt odwrócili się również błyskawicznie.

Na środku sali stała oświetlona blaskiem księżyca Okrętka z dokładnie zaciśniętymi powiekami, duch zaś trzymał ją w swoich objęciach. Migotliwe widmo osłaniało ją całą, tkwiła w samym środku białej zjawy, zamazana jakaś, niewyraźna, nieruchoma, uwięziona we wnętrzu upiora. Co gorsza, jęczała cicho, rozpaczliwie i boleśnie.

W pierwszej chwili nikt nie był w stanie poruszyć się, wydać głosu, nawet mrugnąć. We wszystkich umysłach błysnęło nagle potworne przekonanie, że piekielny duch zniknie razem z nią, ona sama przemieni się w ducha. Januszek zdążył nawet zastanowić się, gdzie zacznie straszyć, tu czy w Warszawie...

W drugiej chwili Zygmunta odblokowało. Zaszarżował jak rozjuszony odyniec, runął ku środkowi sali, sięgnął przez ducha, chwycił siostrę za ramię i z całej siły szarpnął ku sobie. Duch nie stawił żadnego oporu, Okrętka wrzasnęła przeraźliwie i otworzyła śmiertelnie przerażone oczy. Duch kiwnął się w jej stronę, jakby się kłaniał i znikł.

— Więc w gruncie rzeczy on jest chyba nieszkodliwy — zawyrokowała Tereska po paru minutach, kiedy już wyraźnie okazało się, że Okrętka z bezpośredniego kontaktu ze zjawą nie wyniosła żadnych obrażeń i wszyscy ochłonęli z wrażenia. — Straszyć straszy i to całkiem nieźle, ale nic złego nie robi.

— Co za szczęście, że ja tego nie widziałam! — westchnęła Okrętka z ulgą. — Pomyśleć, że przez pomyłkę mogłam otworzyć oczy...! A tak, to tylko on mnie wystraszył, o mało trupem nie padłam, jak się na mnie rzucił...

— Myślałem, że już po tobie — usprawiedliwił się Zygmunt. — Głupio tak patrzeć jak coś dusi własną siostrę.

— Wcale mnie nie dusiło — zaprotestowała Okrętka z urazą.

— No właśnie, a co czułaś? — zaciekawiła się Tereska. — Siedziałaś w samym środku tego, czułaś coś?

Okrętka z lekkim wahaniem pokręciła głową.

— Nie wiem. Chyba nie. Chociaż nie... Wiesz, nie jestem pewna... Muszę się zastanowić...

— No...! — popędził ją niecierpliwie Januszek.

Okrętka usiłowała odtworzyć własne wrażenie sprzed kilku chwil. Bała się, oczywiście, ale bała się cały czas... Z zamkniętymi oczami czekała, co będzie. Było jej gorąco, pewnie ze strachu, potem zaś zimno, lodowato zimno... Na zmianę, gorąco i zimno...

Wyjawiła swoje doznania. Januszek prychnął z niechęcią.

— To tak jak ten... Który to...? Aha, nasz mąż... Nie, nie mąż, kumpel męża. Gorące tchnienie i grobowe zimno. Ale odkrycie...!

— Czekaj, czekaj! — ożywiła się nagle Okrętka. — Wiesz, rzeczywiście, gorące tchnienie. Daję wam słowo, to było ciepłe. Takie wilgotne. I zaraz potem poczułam to lodowate zimno...

— Zdecyduj się na coś — zażądała z naganą Tereska. — Wilgotne ciepło i lodowate zimno, to są na ogół dwie całkiem różne rzeczy.

— Toteż właśnie, jedno po drugim. Na zmianę. Ale nieszkodliwe, to prawda, nic poza tym nie czułam.

— To dlaczego jęczałaś?

— Ja jęczałam...? Pierwsze słyszę, przywidziało ci się!

— Jęczałaś — przyświadczył Zygmunt. — Dlatego myślałem, że cię dusi albo coś w tym rodzaju.

Januszek zapalił się nagle do doświadczeń. Przykład Okrętki udowodnił, iż bezpośrednie zetknięcie się z siłą nieczystą niczym nie grozi. Można ryzykować.

— To ja też chcę! — zawołał chciwie. — Gdzie on jest, ja też chcę wleźć do środka! Potem wam powiem, co czułem!

Duch zrobił mu grzeczność, pojawił się przed lustrem. Zanim lekko zaniepokojona Tereska zdążyła się odezwać, Januszek przebiegł przez komnatę, zawahał się na moment, po czym z determinacją pogrążył się we wnętrzu zjawy. W lustrze ukazało się jego zamazane odbicie. Stał nieruchomo, duch zaś giął się wdzięcznie i srebrzył wokół niego. Tereska i Zygmunt patrzyli przez chwilę, po czym zbliżyli się ostrożnie i nieufnie. Januszek wylazł z ducha.

— Zgadza się — rzekł. — Ciepłe. A teraz wyraźnie czuję to grobowe zimno. Poza tym nic, tylko trochę widok zasłania, jak się przez to patrzy...

— Cholera ciężka! — powiedział nagle Zygmunt i gwałtownym ruchem zdarł z rąk rękawiczki. Duch zniknął sprzed lustra i pojawił się na środku komnaty. Zygmunt rzucił się ku niemu i zanurzył w nim obie ręce tuż nad podłogą. Okrętka patrzyła bez tchu, Teresce nagle zaświtało, skoczyła do kąta, chwyciła kawałek lustra i wetknęła je w ducha.

— Niech ja skonam — rzekł niebotycznie zdumiony Zygmunt, zaniechawszy doświadczeń, ponieważ obiekt raczył zniknąć. — Słuchajcie, przecież to para...!

— No pewnie, że para! — przyświadczyła równie zaskoczona Tereska. — Patrzcie, zaparowało lusterko!

Odkrycie oszołomiło ich tak, że przez chwilę nikt nie wiedział, co z tym fantem zrobić. Tępo gapili się na białą zjawę, znów wyrosłą przed lustrem. Januszek bezmyślnie wetknął w nią rękę, potem nagle przykląkł i obie dłonie położył na posadzce. Duch rozszedł się na wszystkie strony przejrzystym, trochę poszarpanym welonem...

— Wszyscy do kuchni! — rozkazała otrzeźwiała gwałtownie Tereska. — Matko jedyna, zmarzłam na kość! Wszyscy padniemy tutaj lodowatym trupem...!

Siedząc w ciepłej kuchni i popijając gorącą herbatę z bezcennym sokiem, ochłonęli wreszcie po wstrząsie. Zdumiewająca przemiana szkodliwej zjawy w niewinną parę okazała się niełatwa do strawienia.

— No dobrze, ale skąd para? — powiedziała z irytacją Tereska. — Że para, to pewne, tylko skąd ona się tam bierze?!

— Głupie pytanie, przecież nie z zaświatów! — odparł Zygmunt, zarazem zły i pełen satysfakcji. — Z jakichś rur!

— Z jakich znowu rur, co wygadujesz?! Fachowcy
sprawdzali, wszyscy mówili, że tu nie ma żadnych
rur!

— Widocznie są. Chociaż... Czekaj, to się przecież pokazuje na tarasie...

— No więc właśnie! Wszyscy mówili, milicja też,
na tarasie nie ma rur! Nikt przy zdrowych zmysłach
nie układałby takich rur na tarasie!

— Ha! — wrzasnęła nagle Okrętka i przewróciła
szklankę z resztkami herbaty. — To jest właśnie to!
Przypomniało mi się, nareszcie! Graf-pomyleniec!
Nikt przy zdrowych zmysłach, ale on był przecież
stuknięty! I sam odwalał roboty budowlane...!

— No wiecie...! — powiedział Zygmunt, pełen
ciężkiej urazy do grafa. — Tego już za wiele. Paru-
jące rury na tarasie, to jest w ogóle niemożliwe.
Powinny były dawno zamarznąć i popękać!

— Toteż chyba popękały, skoro para się wydoby-
wa...

— No dobrze, a te brzęki? — zaprotestował Januszek, zdegustowany tak prozaicznym wyjaśnie-
niem sprawy. — A Katarzyna? Zawsze na świętej
Katarzyny, niby dlaczego akurat święta Katarzyna
paruje jak pralnia miejska, a inni święci nie? To co
to jest, patronka praczek?

Święta Katarzyna na nowo wprawiła wszystkich
w zakłopotanie. Para z popękanych rur stanowiła
wprawdzie zjawisko dość naturalne, ale przyczyny
jej pojawiania się były wciąż tajemnicze. Działalności sił nadprzyrodzonych nie udawało się w pełni
wykluczyć.

— I dlaczego nikt z tamtych tego nie wykrył, tylko
my? — zastanowiła się Tereska. — Dlaczego ucie-
kali w takim popłochu?

— Przypominam ci, że przeważnie oddalali się przymusowo — mruknęła Okrętka. — Prosto do szpitala...

— Nie wszyscy, niektórzy uciekli dobrowolnie!

— No dobrze, powiem wam — rzekł wspaniałomyślnie Zygmunt. — Nie wiem, czy bym uciekł, ale gdyby nie to, że siedzieliście w pokoju, ja bym z tym czajnikiem na niego poczekał. Możliwe, że z rozpędu wyleciałbym za okno, bo mnie zgniewało do nieprzytomności. I wyraźnie widzę, że za skarby świata nie przyznałbym się nikomu...

— Ja bym z tych schodów też zleciał — wyznał uczciwie Januszek. — Tylko cały czas sobie powtarzałem, że od schodów z daleka...

Tereska przypomniała sobie ową chwilę, kiedy z magnetofonem w objęciach stała w progu i patrzyła na widmo w mrocznej komnacie. Gdyby widmo wyrosło tuż przed nią...

— No dobrze, rozumiem wypadki — zgodziła się.

— Ale jednak nam się udało! A im nie.

— To przez nią — rzekł Januszek, wskazując Okrętkę. — Gdyby nie wlazła w ducha...

— Fakt — przyświadczył Zygmunt. — Zdaje się, że nikt inny tego eksperymentu nie zrobił.

— Nikt inny nie zamykał oczu — mruknęła Tereska.

— Poza tym, pojedynczej osobie nic by z tego nie przyszło, nie widziałaby siebie z daleka, najwyżej ględziłaby potem o tych tchnieniach i zimnach...

— Toteż właśnie ględzili — przypomniał Januszek.

— Myśmy byli w kupie — kontynuował w zamyśleniu Zygmunt. — Jak człowiek jest sam, to mu jednak trochę nieswojo, diabli wiedzą, co z czymś takim robić i na przykład wcale nie wiem, czy milicja do tej pary nie strzelała. Poza tym, te nieszczęśliwe wypadki...

— Już wiem! — ożywiła się nagle Tereska.
— Wszystkiemu winien początek. Pierwsza osoba, która się na to natknęła, z miejsca zaczęła o duchu, gdyby nie to, może by się wcale nie bali...

— Pierwsza była baba — wytknął Januszek.

— Jakby się na niego nadział jaki chłop, może by wcale nie zwrócił uwagi. Ale i tak ja uważam, że jeszcze nic nie wiemy!

— Jak to, wszystko wiemy...

— E tam. A te brzęki? Żeby wyło, to jeszcze, ale takie coś, do niczego nie podobne? Ona mówiła, że w słupie, ja bym sprawdził ten słup!

— Jak? Nie zburzysz go przecież, bo klatka schodowa runie!

— A po co mam burzyć, wystarczy przewiercić. Wywiercić dwie dziury i może się coś zobaczy...

— Już wywierciłeś trzy i nie powiem, co zobaczyłeś!

— Zawsze coś, nie? Pustki nie ma...!

— Ja bym sprawdziła, co tam jest, za tą blachą — wtrąciła energicznie Tereska. — Odkuć przynajmniej tyle, co w ramie...

— Ja bym sprawdził ten słup...

— Ja bym poszedł spać! — rozzłościł się Zygmunt. — Zdaje się, że mam ferie, jednej nocy do tej pory nie udało mi się przespać spokojnie...! Sprawdzajcie sobie, ale w dzień!

☆ ☆ ☆

Szatański pomysł Januszka został zrealizowany od samego rana. Zygmunt złamał się i wziął w nim udział. Po wywierceniu drugiej dziurki cofnął wiertarkę, obejrzał swoje dzieło i zwątpił w sens katorżniczej pracy. Nic się nie działo, przez żadną z dziurek nie było nic widać.

— I po cholerę nam to było? — spytał gniewnie.

— Nie wiem, z czego jest ten słup, ale gorszy niż bunkier! I co nam z tego?

Januszek ponownie przyłożył do dziurki oko.

— Nie wiem. Myślałem, że coś będzie. Ale przynajmniej widać, że jest pustka.

— I co ci z tej pustki?

— Też nie wiem...

— Oddajcie te narzędzia — powiedziała zimno Tereska. — Odkuję ścianę pod lustrem. Mogę sama, skoro wy nie chcecie.

— Kto tak powiedział? Wszyscy chcemy!

— Ja nie... — wymamrotała Okrętka cichutko i z rozgoryczeniem, ale nie pozostała sama w piwnicy. Usiadła w zrujnowanym oknie komnaty i ponuro przyglądała się, jak Tereska, Zygmunt i Januszek z zapałem niszczą zabytek.

Słońce zaczęło zniżać się ku zachodowi, kiedy nastrój poprawił się jej radykalnie. Zagadkowa blacha nie zajmowała całej ściany, roboty rozbiórkowe nie sięgnęły ramy lustra, kiedy okazało się, że ma swój kres. Pod dwiema ocalałymi taflami odsłonił się stalowy kwadrat. Nic już nie mogło powstrzymać zemocjonowanej Tereski, w Zygmunta i Januszka wstąpiły nowe siły, po kwadransie z dziury w murze wyszarpnięto wielkie, żelazne pudło.

Wszyscy czworo otoczyli je, przejęci i głęboko poruszeni. Pudło było ciężkie jak piorun, dość płaskie, zamknięte na dwa zamki, do których, rzecz jasna, nie było kluczy. Januszek wypróbował agrafkę, wytrych, kluczyki od walizek, spinacz biurowy i spinkę do włosów, bez skutku. Od Tereski, mimo to, bił triumfujący blask.

— To się dopiero nazywa ślepe szczęście! — oznajmiła dumnie i z satysfakcją. — Gdyby on nie stłukł lustra...!

— Narobiłem się jak dziki osioł, ale raz przynajmniej wiem po co — rzekł Zygmunt. — Co z tym zrobimy?

— Otwórzmy! — zażądała niecierpliwie rozpłomieniona Okrętka.

— Czym? Nic nie pasuje. Nawet podważyć nie sposób, bo cholernie ścisłe...

— Powinniśmy właściwie zawiadomić milicję...

— Mogą nam zabrać i nie pokazać. Ja chcę zobaczyć, co jest w środku!

— Może zawiaski...

— Głodny jestem epokowo! — oznajmił nagle Januszek. — Zabierzmy to do kuchni, możemy jeść i oglądać.

— Słusznie, on ma rację. Tu mi już ręce zgrabiały...

Kończyli jeść spóźniony obiad, wciąż oglądając leżące na stole, tajemnicze, zamknięte na głucho pudło, kiedy dobiegł ich nagle jakiś nowy dźwięk. Zamilkli i nadstawili uszu, zainteresowani, ale jeszcze bez niepokoju. Syk czy szum, dobiegał z piwnicy, słabo, niemniej jednak wyraźnie.

Krótką chwilę słuchali w bezruchu, po czym zerwali się i bez słowa popędzili na schody. Do piwnicy nie zeszli. Tłocząc się na ostatnich stopniach klatki schodowej, z przerażeniem patrzyli na to, co się tam działo.

Z wywierconych w słupie dziurek z przeraźliwym sykiem wydobywały się dwa wąskie strumienie pary pod potężnym ciśnieniem. Uderzały aż w przeciwległą ścianę, rozpierzchały na boki i kłębami wypełniały całe pomieszczenie, zaczynając już płynąć w górę szybem klatki schodowej. Natężenie strumieni zmieniało się, buchały to silniej, to słabiej, sycząc również nierównomiernie i produkując tej pary coraz więcej. W końcu nie było tam już nic widać.

— Pierwszorzędnie zgadłeś, że coś będzie — pochwalił Januszka oszołomiony nieco Zygmunt, cofając się ku górze.

— Ale nie brzęczy — odparł Januszek, blady z wrażenia.

Narastające kłęby pary zmusiły ich do wycofania się na wyższy poziom i powrotu do kuchni. W kuchni był spokój, para szła w górę klatką schodową i przedostawała się do komnaty.

— Zdaje się, że wyprodukowaliśmy rekordowego ducha — zauważyła niepewnie Tereska, ogłuszona nieco osiągniętymi efektami.

— Czy nie można tego jakoś powstrzymać? — spytała niespokojnie Okrętka. — Jestem pewna, że zaraz tu ktoś przyjedzie i zabiorą nam pudło...

Januszek nagle otrząsnął się z szoku.

— Ona ma rację. Jazda, spróbujmy otworzyć, zanim co...!

W dwie godziny później w zamku znajdowała się już milicja, straż pożarna i śmiertelnie zdumiony Jesionek wraz z całą rodziną, oderwaną od uroczystego przyjęcia. Zamek tonął w srebrzystych kłębach, święta Katarzyna pokazała, co potrafi. Dwóch hydraulików, jeden milicyjny, a jeden straży pożarnej, usiłowało opanować sytuację, próbując znaleźć odpowiedni zawór do zakręcenia. Bez rezultatu. Do piwni-

cy nie sposób było się dostać, a tym bardziej cokol-
wiek w niej zobaczyć. Okropne zamieszanie trwało aż do chwili, kiedy pozostawione własnemu losowi palenisko pod kotłami nieco przygasło i strumień pary przestał się wydobywać z konstrukcyjnego słupa.

Równocześnie żelazne pudło, dostarczające zajęcia przez cały ten czas, stanęło wreszcie otworem...

☆ ☆ ☆

— Przewierciliśmy ten słup zupełnie niepotrzebnie — powiedział z niezadowoleniem Zygmunt nazajutrz po niesłychanie rozrywkowej nocy, jedząc w kuchni śniadanie, które zarazem stanowiło obiad.

— Sam się sobie dziwię, co mi na umysł padło. Już nie mówię, że życie można było stracić, para pod ciśnieniem, a myśmy do tego przytykali oko... Ale co nam to właściwie miało dać?

— A co, mało ci dało...? — zdziwił się Januszek.

— Dać to dało dosyć dużo... Ale nie o to chodzi. Mogliśmy trafić na drugą rurę i w ogóle nic by nie dało...

— Ludzie trafiają w totolotka, a tam jest więcej możliwości — zauważyła beztrosko Tereska. — Tu było tylko jeden do trzech...

— Nie w tym rzecz. Po cholerę w ogóle było czepiać się słupa, mogliśmy go zostawić w spokoju. Papiery z tego pudła załatwiły całą sprawę! Wiedzieliby o słupie i bez naszego wiercenia.

— Myślałam, że tam będzie coś naprawdę nadzwyczajnego — powiedziała rozczarowana Okrętka.

— Papiery i papiery, i nic więcej!

— No wiesz...! — zgorszył się Zygmunt. — Przecież to bezcenna rzecz! Cała dokumentacja tego głupiego grafa! Wszystko już wiedzą i ducha wreszcie szlag trafił, Jesionek pęka ze szczęścia. Ty, co tam było, w tym słupie? — zwrócił się do Januszka.

— Byłeś przy tym...

Odkuty w górnej części słup konstrukcyjny okazał się słupem wielce oryginalnym. Składał się z trzech pionowych rur, przy czym dwie z nich stanowiły element nośny, trzecia zaś służyła jako przewód centralnego ogrzewania. Odkuwania pilnował Januszek, obsesyjnie wręcz zaintrygowany źródłem potępieńczych dźwięków. Efekty dokonanej głęboką nocą próby nie zawiodły jego nadziei.

— Strzeliło, mówię wam, jak z lufy armatniej! — opowiadał ochoczo. — Dwa kawałki żelaza i jeden kawałek drewna, podkładka i nakrętka, i taki klocek. Na samym spodzie to leżało i patrzcie, jak ta para fajnie pchała! Zaczynała od podkładki, potem leciał klocek, a na końcu nakrętka i na górze waliły w ten drugi klocek, co się tam kiwał na jednej śrubie...

— Po cholerę mu był ten klocek na górze?

— Tego nikt nie wie. Oni też się dziwili. Wszystkiemu się dziwili, takiej instalacji nie widzieli jeszcze nigdy w życiu. To wcale nie był średniowieczny słup, graf go sam robił...

— To już wiadomo z dokumentacji. Gdybyśmy im dali te papiery wcześniej, nie musieliby odkuwać słupa...

— Toteż właśnie — powiedział Januszek z satysfakcją. — I ja bym nie wiedział, co tam było. A to drewno nie zmurszało, bo było zaimpregnowane czymś, czego w ogóle na świecie nie ma. Chyba wynalazek grafa. Daj nam Boże taki impregnat, mówili, woda nie bierze, ogień nie bierze... Bardzo dobrze, że nie daliśmy im wcześniej.

— Jest dla mnie pociechą, że centralne ogrzewanie jednak działa — westchnęła smętnie Okrętka.

— Chociaż nie wiem, jakim sposobem. Z tego, co mówili, nie zrozumiałam ani słowa.

— Słowa mówili nawet dosyć ciekawe — zauważył Januszek z uznaniem.

— Te akurat zrozumiałam, tylko tych technicznych nie.

— Proste — wyjaśnił Zygmunt. — Odłączyli wynalazek grafa od całej reszty i po krzyku. Znaleźli według rysunków ten jego zawór w piwnicy, też zamurowany. Maniak, wszystko zamurowywał... Zrobił tam sobie coś w rodzaju termostatu, przy niższym ciśnieniu nie działało, ale jak cieć lepiej rozhajcował, zaczynało przepuszczać. I przy większej różnicy temperatur. Dlatego w ogóle włączyło się po tym ukradzeniu cegieł, jak w komnacie zrobiła się lodownia...

— Coś podobnego...! — wykrzyknęła Tereska.

— Popatrzcie, to rzeczywiście duch się zaląkł z zimna! Samo nam wyszło!

— Trochę ten wynalazek grafa był już rozregulowany — ciągnął Zygmunt. — I raz przepuszczał więcej, a raz mniej, a czasem się całkiem zacinał. Odłączyli to na mur i z głowy.

— Że też nikt na to nie wpadł...

— Po pierwsze nikt nie miał dokumentacji, którą graf, wedle tego, co tam sam napisał, uratował przed barbarzyńcami. A propos, on to zamurował od strony holu, grubo, na całą cegłę, dlatego pukanie nic nie dawało, myśmy ten skarb wydłubali od tyłu. Wykuwał dziurę trochę nierówno, gdzieniegdzie za mocno i dlatego lustro pękło... Po drugie takich rzeczy przed wojną się nie robiło, w ogóle były nieznane. A po trzecie wszystkich zmylił październik.

— Październik...? W jakim sensie?

— Jesionek jest obowiązkowy. Zawsze, na początku jesieni próbował, czy wszystko w porządku, rozpalał, gasił i żywa dusza tego nie kojarzyła. Z tym, że rozpalał na dwadzieścia cztery fajerki. Nikt tego nie zauważał, a duch wyłazit, więc tym bardziej im wyszło, że nie instalacja.

— A, to stąd ta święta Katarzyna! — ucieszyła się Tereska. — Przed tą swoją rocznicą ślubu też rozpalał jak szatan, żeby do rana mieć z głowy! A, właśnie, byłabym zapomniała... Już wiem, co to jest ten renesansowy dziedziniec, okazuje się, że został nie zniszczony, tylko napoczęty, graf zamierzał zrobić krużganki, a taras to miała być oszklona galeria. Jesionek o tym wiedział, powiedział mi, że słyszał na własne uszy, jak graf się kiedyś przed kimś żalił, że mu wojna nie pozwoliła skończyć i teraz ma trudności z materiałami budowlanymi. Teraz, to znaczy w czasie wojny. Dlatego słupy robił z kamienia i własnoręcznie...

— No wiesz...! — zgorszyła się Okrętka. — Nie mógł tego powiedzieć wcześniej i nie tobie, tylko tym nieszczęsnym fachowcom?

— Kiedy nikt go o to nie pytał. Poza tym nic by to nie dało, bo o rurach nie wiedział...

— Mnie się ten graf podoba — oznajmił Januszek. — Tyle namotać głupimi rurami, to i ja bym nie potrafił. Ale...! One wcale nie zamarzły, te rury, nie miały kiedy zamarzać, bo Jesionek lepiej przepowiada pogodę niż wszystkie instytuty świata. Zawsze wiedział, kiedy będzie mróz i palił wcześniej i podobno ani razu się nie pomylił. Cała okolica go z tego zna...

— Uspokoiłem się — powiedział Zygmunt po chwili milczenia. — Całe szczęście, bo spać bym nie mógł. Nie wyjechałbym stąd, wyrzuciliby mnie ze studiów. Teraz mi nawet trochę szkoda, że już musimy wracać do domu, ale zdaje się, że już jutro przyjeżdżają ci poszkodowani fachowcy...

☆ ☆ ☆

— Potworna rzecz — powiedziała z ciężkim rozgoryczeniem Okrętka, wracając razem z Tereską ze szkoły. — Człowiekowi się wydaje, że niby nic, jakieś tam byle co, tyle że najwyżej denerwujące, a wychodzi z tego wstrząsająca nadzwyczajność. Wydaje się, że będzie wstrząsająca nadzwyczajność, a wychodzi drętwa chała. Zawsze musi być odwrotnie...

— Nie wymagaj za wiele — skarciła ją Tereska.

— Dokonaliśmy odkrycia i pławimy się w chwale. Co prawda raczej kameralnie i bez rozgłosu, ale wyrazy uznania od najważniejszej osoby dostałaś.

— Tylko listownie!

— Zdaje się, że na Wielkanoc dostaniesz osobiście...

Okrętka zreflektowała się nagle i z oburzeniem spojrzała na Tereskę.

— No, no — powiedziała z urazą — ja ci nie wypominam najważniejszej osoby!

— Bo ja nie dostałam wyrazów uznania. Przeciwnie, zostałam obtańcowana jak stąd do Ameryki za ten przewiercony słup. Niebezpieczeństwo, lekkomyślność i tak dalej. Na chwilę mnie nie można zostawić samej, bo zaraz głupstwo zrobię.

— Z tego wynika, że nie należy cię zostawiać samej...

Przez chwilę szły w milczeniu. Tereska stłumiła ciepłą radość, która wypełniła jej serce na wspomnienie tego obtańcowania jak stąd do Ameryki.

— W każdym razie mamy satysfakcję moralną — oznajmiła. — A następnym razem przystąpimy do byle czego i wyjdzie nam ekstra bomba!

— Następnym razem... — zaczęła Okrętka i zamilkła.

— No! — popędziła ją niecierpliwie Tereska.

— Nie zacinaj się tak! Co następnym razem?

— Obawiam się, że w charakterze następnego razu wystąpi matura — powiedziała Okrętka ostrożnie. — Rzeczywiście ekstra bomba. Już teraz mi od tego niedobrze.

— Nie zawracaj głowy, tyle ludzi zdaje, zdamy i my.

— Możliwe. Ale potem...?

— Co potem? Pójdziemy na studia, mam nadzieję? Już się zdecydowałam, idę na archeologię i wiem, co robię. Mam wrażenie, że ty też wiesz, co robisz z tą twoją higieną psychiczną. Znerwicowanych dzieci nie zabraknie ci, to pewne!

— Studia studiami — powiedziała Okrętka, wciąż jakoś dziwnie ostrożnie — na studiach życie się nie kończy...

Tereska popatrzyła pytająco. Okrętka westchnęła.

— Mam poważne obawy, że potem wyjdziemy za mąż — wyznała ponuro.

Tereska zastanawiała się przez chwilę.

— Nie uważam tego za największe nieszczęście świata — rzekła krytycznie. — Z góry przewidujesz dla nas nieszczęśliwe małżeństwa czy jak?

Okrętka westchnęła ponownie.

— Niekoniecznie, chociaż wszystko jest możliwe. Ostatecznie wychodzi się za mąż za obcego człowieka...

— Uważam, że powinien ci się przed ślubem przedstawić...

— Głupia jesteś. I tak się przekonasz, jaki jest naprawdę dopiero, jak już będzie za późno. Ale nie o to idzie...

— A o co? Wyduś to z siebie nareszcie!

— No wiesz... Jak by ci powiedzieć... To już nie będzie to...

Tereska zamilkła. Pojęła doskonale. Oczywiście, że to już nie będzie to, zacznie się jakieś inne życie, dorosłe, jakieś obowiązki, pojawi się nowa odpowiedzialność, już nie tylko za siebie. Znajdzie się obok druga ludzka istota, z którą trzeba będzie wszystko dzielić. Ten ktoś drugi będzie się liczył...

Zrobiło jej się trochę niewyraźnie i jakby żal, a potem myśl o tym kimś drugim znów wywołała falę ciepłego wzruszenia. Ten ktoś drugi, właśnie ten, mógł zastąpić wszystko inne. Pod warunkiem, że byłby to właśnie ten...

Okrętka przyglądała się jej spod oka.

— Owszem, owszem — powiedziała zgryźliwie. — Widać, że masz na oku upragniony obiekt. Ja bym na twoim miejscu nie była taka zadowolona, bo sprostać jego wymaganiom, to ho, ho...! To znaczy, tym wymaganiom, którym trzeba sprostać, żeby pasowało do niego... To ho, ho...!

— Odczep się — mruknęła Tereska z rozjaśnioną twarzą. — Wcale nie jestem zadowolona. Ale prawo jazdy już mam i na koniu ostatnio przeskoczyłam przez drążek i nie zleciałam. Ty się lepiej martw o siebie.

— Martwię się, nie musisz mnie zachęcać. Bo co?

— Bo właśnie przyszło mi na myśl, że nie jestem pewna, czy nie powinnaś iść na prawo...

— Po co?!

— Chociaż nie. Prawo ci niepotrzebne. On odwali prawo, a ty tę swoją higienę psychiczną i współpraca będzie jak złoto. Żeby go tylko nie przerzucali z miejsca na miejsce, bo nie wiem, jak wytrzymasz te wszystkie przeprowadzki...

Okrętka popatrzyła na przyjaciółkę ze śmiertelnym oburzeniem i przyśpieszyła kroku. Ominęły jej przystanek i szły dalej.

— Bo wiesz... — powiedziała Tereska po chwili — tak się zastanawiam... Ciekawa jestem...

Okrętka zwolniła i spojrzała pytająco.

— Ciekawa jestem... — powtórzyła Tereska w zamyśleniu — i aż się dziwię, że nie wiem...

— No! Teraz ty się zacinasz? Zardzewiało ci coś?

— Bo wiesz... Chciałabym wiedzieć, co ty o nim właściwie myślisz...

Okrętka zatrzymała się nagle i odwróciła do niej.

— Otóż ja ci mogę powiedzieć, co ja o nim myślę — rzekła zdecydowanie. — Wiem, co myślę, i od razu ci mogę powiedzieć...

Urwała i popatrzyła na Tereskę. Tereska wzajemnie patrzyła na nią z wielkim zainteresowaniem. Okrętka spojrzała w dal i wolnym krokiem ruszyła przed siebie.

— Więc, tak między nami mówiąc, to ja nic nie myślę — wyznała po chwili z westchnieniem. — A w każdym razie staram się nic nie myśleć. Powiem ci prawdę. Ja bym też nie chciała zauroczyć...

KONIEC

SPIS TREŚCI

Bibliografia dotychczasowej twórczości Joanny Chmielewskiej

Klin   1964
☆
Wszyscy jesteśmy podejrzani   1966
☆
Krokodyl z Kraju Karoliny   1969
☆
Całe zdanie nieboszczyka   1972
☆
Lesio   1973
☆
Zwyczajne życie   1974
☆
Wszystko czerwone   1974
☆
Romans wszechczasów   1975
☆
Większy kawałek świata   1976
☆
Boczne drogi   1976
☆
Upiorny legat   1977
☆
Studnie przodków   1979
☆
Nawiedzony dom   1979
☆
Wielkie zasługi   1981
☆
Skarby   1988
☆
Szajka bez końca   1990
☆
2/3 sukcesu   1991
☆
Dzikie białko   1992
☆
Wyścigi   1992
☆
Ślepe szczęście   1992
☆
Tajemnica   1993
☆
Wszelki wypadek   1993
☆
Florencja, córka Diabła   1993
☆
Drugi wątek   1993
☆